我的家

巴金 著

人民文学出版社

图书在版编目（CIP）数据

我的家/巴金著；周立民编. —北京：人民文学出版社，2015
ISBN 978-7-02-011126-8

Ⅰ. ①我… Ⅱ. ①巴…②周… Ⅲ. ①随笔—作品集—中国—当代
Ⅳ. ①I267.1

中国版本图书馆 CIP 数据核字（2015）第 214253 号

责任编辑　赵　萍
装帧设计　陶　雷
责任校对　刘晓强　李　雪
责任印制　史　帅

出版发行　人民文学出版社
社　　址　北京市朝内大街 166 号
邮政编码　100705
网　　址　http：//www.rw-cn.com

印　　刷　三河市鑫金马印装有限公司
经　　销　全国新华书店等

字　　数　243 千字
开　　本　890 毫米×1290 毫米　1/32
印　　张　10.25　插页 25
印　　数　1—20000
版　　次　2015 年 10 月北京第 1 版
印　　次　2015 年 10 月第 1 次印刷

书　　号　978-7-02-011126-8
定　　价　42.00 元

成都李公馆的大门。这是巴金离家后，马路改造重修的大门。

小说《家》的插图（刘旦宅绘）。巴金记忆中的自己老家大门，正如小说中所写，门口有石狮子、石缸，门墙上挂着对联。

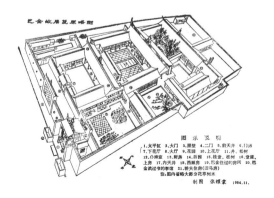

成都李家公馆手绘图（张耀棠绘）

1907年的家庭合影。右三是巴金的母亲，左三外婆怀里抱着的是巴金，这是目前所见到的他留下的第一幅影像。

1923年出川前的合影。前排为继母、弟弟李济生，后排是年长一点的几位弟兄，从左至右依次为：李采臣、李尧枚、李尧林、巴金。

巴金的祖父李镛

巴金的父亲李道河、母亲陈淑芬。李道河，系李镛长子，曾以过班知县的资格觐见清光绪帝，1909至1911年任广元知县，后辞官回到成都，1917年去世。巴金曾说："在家的时候父亲是很和善的，我不曾看见他骂过人……父亲很喜欢我，他平时常带着我一个人到外面去玩。"陈淑芬，品性善良，同情下人，巴金认为她"很完美地体现了一个爱字"，是自己幼年时代的第一个先生。她1914年在巴金10岁时去世。

大家族的合影。中排正中是巴金的祖父李镛，李镛右侧按年龄依次为他的儿女；李镛左侧为他的夫人和儿媳；后排八人应为尧字辈的孙子，前排右侧两个女孩应为李镛的次女道湘和幼女道漪。此照约摄于1898年左右。

巴金的二叔李道溥（华封），曾留学日本，归国后做官，辛亥后在成都创办法律事务所。晚年巴金撰文怀念二叔教他读《春秋左传》的情景。

巴金的三叔李道洋，随二兄留日，回国
后也做了短暂的南充知县，后在律师事
务所做助手。

巴金的三哥李尧林，与巴金并肩走出旧家
庭，到上海、南京求学。巴金回忆："每
当寒风震摇木造的楼房时，我总会想起在
南京北门桥一间空阔的屋子里，我们用小
皮箱做坐凳，借着一盏煤油灯的微光，埋
头在破方桌上读书的情景。"

巴金1938年摄于桂林，那一年完成《春》的写作。

巴金与大哥1929年摄于上海。1931年小说《家》刚刚在报纸上刊出的时候，巴金收到了大哥在老家自杀的电报，怀念与忧愤都化为了《家》的文字。

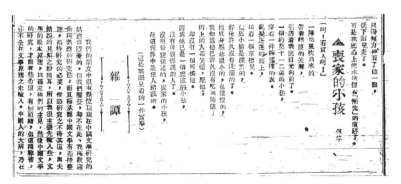

巴金的父母早亡，在少年的他心中留下深深的阴影，大家庭的压抑气氛更让他感到孤独。在成都时，巴金已经在报刊上发表了一些小诗，其中《丧家的小孩》中写道："没有母亲保护的，丧家的小孩，在这世界中是任人践踏的。"

1933年巴金在北平圆明园。这一年5月，小说《家》由开明书店出版。

1948 年底摄于淮海坊，《秋》《寒夜》等作品完成于此。

1987 年 10 月 8 日上午，巴金重返故乡。图为对双眼井的深情造访

1987年10月8日上午摄于正通顺街上

亲近故乡的泥土，发出会心的微笑。1987年10月重返故乡时，摄于成都

目　录

一

二

三

四

最初的回忆①

"这个娃娃本来是给你的弟媳妇的，因为怕她不会好好待他，所以送给你。"

这是母亲在她的梦里听见的"送子娘娘"说的话。每当晴明的午后，母亲在她那间朝南的屋子里做针线的时候，她常常对我们弟兄姊妹（或者还有老妈子在场）叙述她这个奇怪的梦。

"第二天就把你生下来了。"

母亲抬起她的圆圆脸，用爱怜横溢的眼光看我，我那时站在她的身边。

"想不到却是一个这样淘气娃娃！"

母亲微微一笑，我们也都笑了。

母亲很爱我。虽然她有时候笑着说我是淘气的孩子，可是她从来没有骂过我。她让我在温柔、和平的气氛中度过了我的幼年时代。

一张温和的圆圆脸，被刨花水捓得光光的头发，常常带笑的嘴。淡青色湖绉滚宽边的大袖短袄，没有领子。

我每次回溯到我的最远的过去，我的脑子里就浮现了母亲的面颜。

我的最初的回忆是跟母亲分不开的。我尤其不能忘记的是母亲的温

① 本篇最初收入一九三四年第一出版社版《巴金自传》，现收入《巴金全集》第十二卷。

柔的声音。

　　我四五岁的光景，跟着母亲从成都到了川北的广元县，父亲在那里做县官。

　　衙门，很大一个地方，进去是一大块空地，两旁是监牢，大堂，二堂，三堂，四堂，还有草地，还有稀疏的桑林，算起来大概有六七进。

　　我们住在三堂里。

　　最初我同母亲睡，睡在母亲那张架子床上。热天床架上挂着罗纹帐子或者麻布帐子，冷天挂着白布帐子。帐子外面有微光，这是从方桌上那盏清油灯的灯草上发出来的。

　　清油灯，长的颈项，圆的灯盘，黯淡的灯光，有时候灯草上结了黑的灯花，必剥必剥地燃着。

　　我睡在被窝里，常常想着"母亲"这两个字的意义。

　　白天，我们在书房里读书，地点是在二堂旁边。窗外有一个小小的花园。

　　先生是一个温和的中年人，面貌非常和善。他有时绘地图。他还会画铅笔画。他有彩色铅笔，这是我们最羡慕的。

　　学生是我的两个哥哥、两个姐姐和我。

　　一个老书僮服侍我们。这个人名叫贾福，六十岁的年纪，头发已经白了。

　　在书房里我早晨认几十个字，下午读几页书，每天很早就放学出来。三哥的功课比我的稍微多一点，他比我只大一岁多。

　　贾福把我们送到母亲的房里。母亲给我们吃一点糖果。我们在母亲的房里玩了一会儿。

"香儿，"三哥开始叫起来。

我也叫着这个丫头的名字。

一个十二三岁的瓜子脸的少女跑了进来，露着一脸的笑容。

"陪我们到四堂后面去耍！"

她高兴地微笑了。

"香儿，你小心照应他们！"母亲这样吩咐。

"是。"她应了一声，就带着我们出去了。

我们穿过后房门出去。

我们走下石阶，就往草地上跑。

草地的两边种了几排桑树，中间露出一条宽的过道。

桑叶肥大，绿阴阴的一大片。

两三只花鸡在过道中间跑。

"我们快来拾桑果！"

香儿带笑地牵着我的手往桑树下面跑。

桑葚的甜香马上扑进了我的鼻子。

"好香呀！"

满地都是桑葚，深紫色的果子，有许多碎了，是跌碎了的，是被鸡的脚爪踏坏了的，是被鸡的嘴壳啄破了的。

到处是鲜艳的深紫色的汁水。

我们兜起衣襟，躬着腰去拾桑葚。

"真可惜！"香儿一面说，就拣了几颗完好的桑葚往口里送。

我们也吃了几颗。

我看见香儿的嘴唇染得红红的，她还在吃。

三哥的嘴唇也是红红的，我的两手也是。

"看你们的嘴！"

香儿扑哧笑起来。她摸出手帕给我们揩了嘴。

"手也是。"

她又给我们揩了手。

"你自己看不见你的嘴？"三哥望着她的嘴笑。

在后面四堂里鸡叫了。

"我们快去找鸡蛋！"

香儿连忙揩了她的嘴，就牵起我的手往里面跑。

我们把满兜的桑葚都倒在地上了。

我们跑过一个大的干草堆。

草地上一只麻花鸡伸长了颈项得意地在那里一面走，一面叫。

我们追过去。

这只鸡惊叫地扑着翅膀跳开了。别的鸡也往四面跑。

"我们看哪一个先找到鸡蛋？"

香儿这样提议。结果总是她找到了那个鸡蛋。

有时候我也找到的，因为我知道平时鸡爱在什么地方下蛋。

香儿虽然比我聪明，可是对于鸡的事情我知道的就不比她少。

鸡是我的伴侣。不，它们是我的军队。

鸡的兵营就在三堂后面。

草地上两边都有石阶，阶上有房屋，阶下就种桑树。

左边的一排平房，大半是平日放旧家具等等的地方。最末的一个空敞房间就做了鸡房，里面放了好几只鸡笼。

鸡的数目是二十几只，我给它们都起了名字。

大花鸡，这是最肥的一只，松绿色的羽毛上加了不少的白点。

凤头鸡，这只鸡有着灰色的羽毛，黑的斑点，头上多一撮毛。

麻花鸡，是一只有黑黄色小斑点的鸡。

小凤头鸡比凤头鸡身子要小一点。除了头上多一撮毛外，它跟普通的母鸡就没有分别。

乌骨鸡，它连脚、连嘴壳，都是乌黑的。

还有黑鸡、白鸡、小花鸡，……各种各类的名称。

每天早晨起床以后，洗了脸，我就叫香儿陪我到三堂后面去。

香儿把鸡房的门打开了。

我们揭起了每一只鸡笼。我把一只一只的鸡依着次序点了名。

"去罢，好好地去耍！"

我们撒了几把米在地上，让它们围着啄吃。

我便走了，进书房去了。

下午我很早就放学出来，三哥有时候比较迟一点放学。

我一个人偷偷地跑到四堂后面去。

我睡在高高的干草堆上。干草是温暖的，我觉得自己好像睡在床上。

温和的阳光爱抚着我的脸，就像母亲的手在抚摩。

我半睁开眼睛，望着鸡群在下面草地上嬉戏。

"大花鸡，不要叫！再叫给别人听见了，会把鸡蛋给你拿走的。"

那只大花鸡得意地在草地上踱着，高声叫起来。我叫它不要嚷，没有用。

我只得从草堆上爬下来，去拾了鸡蛋揣在怀里。大花鸡爱在草堆里生蛋，所以我很容易地就找着了。

鸡蛋还是热烘烘的，上面粘了一点鸡毛，是一个很可爱的大的鸡蛋。

或者小凤头鸡被麻花鸡在翅膀上啄了一下就跑开了。我便吩咐它：

"不要跑呀！喂，小凤头鸡，你怕麻花鸡做什么？"

有时候我同三哥在一起，我们就想出种种方法来指挥鸡群游戏。

我们永远不会觉得寂寞。

傍晚吃过午饭后（我们就叫这做午饭），我等到天快要黑了就同三哥一起，叫香儿陪着，去把鸡一一地赶进了鸡房，把它们全照应进了鸡笼。

我又点一次名，看见不曾少掉一只鸡，这才放了心。

有一天傍晚点名的时候，我忽然发觉少了一只鸡。

我着急起来，要往四堂后面去找。

"太太今天吩咐何师傅捉去杀了。"香儿望着我笑。

"杀了？"

"你今天下午没有吃过鸡肉吗？"

不错，我吃过！那碗红烧鸡，味道很不错。

我没有话说了。心里却有些不舒服。

过了三四天，那只黑鸡又不见了。

点名的时候，我望着香儿的笑脸，气得流出眼泪来。

"都是你的错！你坏得很！他们捉鸡去杀，你晓得，你做什么不跟我说？"

我捏起小拳头要打香儿。

"你不要打我，我下次跟你说就是了。"香儿笑着向我告饶。

然而那只可爱的黑鸡的影子我再也看不见了。

又过了好几天，我已经忘掉了黑鸡的事情。

一个早上，我从书房里放学出来。

我走过石栏杆围着的长廊，在拐门里遇见了香儿。

"四少爷，我正在等你！"

"什么事情？"

我看见她着急的神气，知道有什么大事情发生了。

"太太又喊何师傅杀鸡了。"

她拉着我的手往里面走。

"哪一只鸡？快说。"我睁着一对小眼睛看她。

"就是那只大花鸡。"

大花鸡，那只最肥的，松绿色的羽毛上长着不少白色斑点。我最爱它！

我马上挣脱香儿的手，拚命往里面跑。

我一口气跑进了母亲的房里。

我满头是汗，我还在喘气。

母亲坐在床头椅子上。我把上半身压着她的膝头。

"妈妈，不要杀我的鸡！那只大花鸡是我的！我不准人家杀它！"

我拉着母亲的手哀求。

"我说是什么大事情！你这样着急地跑进来，原来是为着一只鸡。"

母亲温和地笑起来，摸出手帕给我揩了额上的汗。

"杀一只鸡，值得这样着急吗？今天下午做了菜，大家都有吃的。"

"我不吃，妈，我要那只大花鸡，我不准人杀它。那只大花鸡，我最爱的……"

我急得哭了出来。

母亲笑了。她用温和的眼光看我。

"痴儿，这也值得你哭？好，你喊香儿陪你到厨房里去，喊何厨子把鸡放了，由你另外拣一只鸡给他。"

"那些鸡我都喜欢。随便哪只鸡，我都不准人家杀！"我依旧拉着母亲的手说。

"那不行，你爹吩咐杀的。你快去，晚了，恐怕那只鸡已经给何厨子杀了。"

提起那只大花鸡，我忘掉了一切。我马上拉起香儿的手跑出了母亲的房间。

我们气咻咻地跑进了厨房。

何厨子正把手里拿着的大花鸡往地上一掷。

"完了，杀死了。"香儿叹口气，就呆呆地站住了。

大花鸡在地上扑翅膀，松绿色的羽毛上染了几团血。

我跑到它的面前，叫了一声"大花鸡"！

它闭着眼睛，垂着头，在那里乱扑。身子在肮脏的土地上擦来擦去。颈项上现出一个大的伤口，那里面还滴出血来。

我从没有见过这样的死的挣扎！

我不敢伸手去挨它。

"四少爷，你哭你的大花鸡呀！"这是何厨子的带笑的声音。

他这个凶手！他亲手杀死了我的大花鸡。

我气得全身发抖。我的眼睛也模糊了。

我回头拔步就跑，我不顾香儿在后面唤我。

我跑进母亲的房里，就把头放在她的怀中放声大哭：

"妈妈，把我的大花鸡还给我！……"

母亲温柔地安慰我，她称我做痴儿。

为了这件事，我被人嘲笑了好些时候。

这天午饭的时候，桌子上果然添了两样鸡肉做的菜。

我望着那两个菜碗，就想起了大花鸡平日得意地叫着的姿态。

我始终不曾在菜碗里下过一次筷子。

晚上杨嫂安慰我说，鸡被杀了，就可以投生去做人。

她又告诉我，那只鸡一定可以投生去做人，因为杀鸡的时候，袁嫂在厨房里念过了"往生咒"。

我并不相信这个老妈子的话，因为离现实太远了，我看不见。

"为什么做了鸡，就该被人杀死做菜吃？"

我这样问母亲，得不着回答。

我这样问先生，也得不着回答。

问别的人，也得不着回答。

别人认为是很自然的事情，我却始终不懂。

对于别人，鸡不过是一只家禽。对于我，它却是我的伴侣，我的军队。

我的一个最好的兵就这样地消失了。

从此我对于鸡的事情，对于这种为了给人类做食物而活着的鸡的事情，就失掉了兴趣。

不过我还在照料那些剩余的鸡，让它们先后做了菜碗里的牺牲品，连凤头鸡也在内。

老妈子里面，有一个杨嫂负责照应我和三哥。

高身材，长脸，大眼睛，小脚。三十岁光景。

我们很喜欢她。

她记得许多神仙和妖精的故事。晚上我和三哥常常找机会躲在她的房里，逼着她给我们讲故事。

香儿也在场，她也喜欢听故事。

杨嫂很有口才。她的故事比什么都好听。

我们听完了故事，就由她把我们送回到母亲房里去。

坝子里一片黑暗。草地上常常有声音。

我们几个人的脚步声在石阶上很响。

杨嫂手里捏着油纸捻子，火光在晃动。

我们回到母亲房里，玩一会儿，杨嫂就服侍我在母亲的床上睡了。

三哥跟着大哥去睡。

杨嫂喜欢喝酒，她年年都要泡桑葚酒。

桑葚熟透了的时候，草地上布满了紫色的果实。

我和三哥，还有香儿，我们常常去拾桑葚。

熟透了的桑葚，那甜香真正叫人的喉咙痒。

我们一面拾，一面吃，每次拾了满衣兜的桑葚。

"这样多，这样好！"

我们每次把一堆一堆的深紫色的桑葚指给她看，她总要做出惊喜的样子说。

她拣几颗放在鼻子上闻，然后就放进了嘴里。

我们四个人围着桌子吃桑葚。

我们的手上都染了桑葚汁，染得红红的，嘴也是。

"够了，不准再吃了。"

她撩起衣襟揩了嘴唇，便打开立柜门，拿出一个酒瓶来。

她把桑葚塞进一个瓶里，一个瓶子容不下，她又去取了第二个，第三个。

每个瓶里盛着大半瓶白色的酒。

多少恨

昨夜梦魂中

还似旧时游上苑

车如流水马如龙

花月正春风

——南唐李后主：《忆江南·怀旧》

从母亲那里我学着读那叫做"词"的东西。

母亲剪了些白纸订成好几本小册子。

我的两个姐姐各有一本。后来我和三哥每个人也有了这样的一本小册子。

母亲差不多每天要在小册子上面写下一首词，是依着顺序从《白香词谱》里抄来的。

是母亲亲手写的娟秀的小字。

晚上，在方桌前面，清油灯的灯光下，我和三哥靠了母亲站着。

母亲用温柔的声音给我们读着小册子上面写的字。

这是我们幼年时代的唯一的音乐。

我们跟着母亲读出每一个字，直到我们可以把一些字连接起来读成一句为止。

于是母亲给我们拿出来那根牛骨做的印圈点的东西和一盒印泥。

我们弟兄两个就跪在方凳子上面，专心地给读过的那首词加上了圈点。

第二个晚上我们又在母亲的面前温习那首词，一直到我们能够把它背诵出来。

　　但是不到几个月母亲就生了一个妹妹。

　　我们的小册子里有两个多月不曾添上新的词。

　　而且从那时候起我就和三哥同睡在一张床上，在另一个房间里面。

　　杨嫂把她的床铺搬到我们的房里来。她陪伴我们，照料我们。

　　这个妹妹大排行第九，我们叫她做九妹。她出世的时候，我在梦里，完全不知道。

　　早晨我睁起眼睛，阳光已经照在床上了。

　　母亲头上束了一根帕子，她望着我笑。

　　旁边突然响起了婴儿的啼声。

　　杨嫂也望着我笑。

　　我有一种莫名其妙的感觉。

　　这是我睡在母亲床上的最后一天了。

　　秋天，天气渐渐地凉起来。

　　我们恢复了读词的事情。

　　每天晚上，二更锣一响，我们就阖上那本小册子。

　　"喊杨嫂领你们去睡罢，"母亲温和地说。

　　我们向母亲道了晚安，带着疲倦的眼睛，走出去。

　　"杨嫂，我们要睡了。"

　　"来了！来了！"杨嫂的高身材出现在我们的眼前。

　　她常常牵着我走。她的手比母亲的粗得多。

　　我们走过了堂屋，穿过大哥的房间。

　　有时候我们也从母亲的后房后面走。

我们进了房间。房里有两张床：一张是我同三哥睡的，另一张是杨嫂一个人睡的。

杨嫂爱清洁。所以她把房间和床铺都收拾得很干净。

她不许我们在地板上吐痰，也不许我们在床上翻斤斗。她还不许我们做别的一些事情。但是我们并不恨她，我们喜欢她。

临睡时，她叫我们站在旁边，等她把被褥铺好。

她给我们脱了衣服，把我们送进了被窝。

"你不要就走开！给我们讲一个故事！"

她正要放下帐子，我们就齐声叫起来。

她果然就在床沿上坐下来，开始给我们讲故事。

有时候我们要听完了一个满意的故事才肯睡觉。

有时候我们就在她叙述的中间闭上了眼睛，完全不知道她在说些什么。

什么神仙、剑侠、妖精、公子、小姐……我们都不去管了。

生活就是这样和平的。

没有眼泪，没有悲哀，没有愤怒。只有平静的喜悦。

然而刚刚翻过了冬天，情形又改变了。

晚上我们照例把那本小册子阖起来交给母亲。

外面响着二更的锣。

"喊你们二姐领你们去睡罢。杨嫂病了。"

母亲亲自把我们送到房间里。二姐牵着三哥的手，我的手是母亲牵着的。

母亲照料着二姐把我们安置在被窝里，又嘱咐我们好好地睡觉。

母亲走了以后，我们两个睁起眼睛望着帐顶，然后又掉过脸对望着。

二姐在另一张床上咳了几声嗽。

她代替杨嫂来陪伴我们。她就睡在杨嫂的床上，不过被褥帐子完全换过了。

我们不能够闭眼睛，因为我们想起了杨嫂。

三堂后边，右边石阶上的一排平房里面，第四个房间，没有地板，一盏瓦油灯放在破方桌上面……

那是杨嫂从前住过的房间。

她现在生病，又回到那里去了，就躺在她那张床上。

外面石阶下是光秃的桑树。

在我们的房里推开靠里一扇窗望出去，看得见杨嫂的房间。

那里很冷静，很寂寞。

除了她这个病人外，就只有袁嫂睡在那里。可是袁嫂事情多，睡得迟。

我们以后就没有再看见杨嫂，只知道她在生病，虽然常常有医生来给她看脉，她的病还是没有起色。

二姐把我们照料得很好。还有香儿给她帮忙。她晚上也会给我们讲故事。

我渐渐地把杨嫂忘记了。

"我们去看杨嫂去！"

一天下午我们刚刚从书房里出来，三哥忽然把我的衣襟拉一下，低声对我说。

"好！"我毫不迟疑地点了点头。

我们跑到三堂后面，很快地就到了右边石阶上的第四个房间。

没有别人看见我们。

我们推开掩着的房门，进去了。

阴暗的房里没有声音，只有触鼻的臭气。在那张矮矮的床上，蓝布帐子放下了半幅。一幅旧棉被盖着杨嫂的下半身。她睡着了。

床面前一个竹凳上放着一碗黑黑的药汤，已经没有热气了。

我们胆怯地走到了床前。

纸一样白的脸。一头飘蓬的乱发。眼睛闭着。嘴微微张开在出气。一只手从被里垂下来，一只又黄又瘦的手。

我有点不相信这个女人就是杨嫂。

我想起那张笑脸，我想起那张讲故事的嘴，我想起大堆的桑葚和一瓶一瓶的桑葚酒。

我仿佛在做梦。

"杨嫂，杨嫂。"我们兄弟两个齐声喊起来。

她的鼻子里发出一个细微的声音。她那只垂下来的手慢慢地动了。

身子也微微动着。嘴里发出含糊的声音。

眼睛睁开了，闭了，又睁开得更大一点。她的眼光落在我们两个的脸上。

她的嘴唇微微动了一下，好像要笑。

"杨嫂，我们来看你！"三哥先说，我也跟着说。

她勉强笑了，慢慢地举起手抚摩三哥的头。

"你们来了。你们还记得我。……你们好罢？……现在哪个在照应你们？……"

声音是多么微弱。

"二姐在照应我们。妈妈也来照应我们。"

三哥的声音里似乎淌出了眼泪。

"好。我放心了。……我多么记挂你们啊！……我天天都在想你们。……我害怕你们离了我觉得不方便……"

她说话有些吃力，那两颗失神的眼珠一直在我们弟兄的脸上转，眼光还是像从前那样地和善。

她这样看人，把我的眼泪也引出来了。

我一把抓住了她的手。这只手是冷冰冰的。

她的眼光停留在我的脸上。

"四少爷，你近来淘不淘气？……多谢你还记得我。我的病不要紧，过几天就会好的。"

我的眼泪滴到她的手上。

"你哭了！你的心肠真好。不要哭，我的病就会好的。"

她抚着我的头。

"你不要哭，我又不是大花鸡啊！"

她还记得大花鸡的事情，跟我开起玩笑来。

我并不想笑，心里只想哭。

"你们看，我的记性真坏！这碗药又冷了。"

她把眼光向外面一转，瞥见了竹凳上的药碗，便把眉头一皱，说着话就要撑起身子来拿药碗。

"你不要起来，我来端给你。"

三哥抢着先把药碗捧在手里。

"冷了吃不得。我去喊人给你煨热！"三哥说着就往外面走。

"三少爷，你快端回来！冷了不要紧，吃下去一样。你快不要惊动别人，人家会怪我花样多。"她费力撑起身子，挣红了脸，着急地阻止三哥道。

三哥把药碗捧了回来，泼了一些药汤在地上。

她一把夺过了药碗，把脸俯在药碗上，大口地喝着。

她抬起头来，把空碗递给三哥。

她的脸上还带着红色。

她用手在嘴上一抹，抹去了嘴边的药渣，颓然地倒下去，长叹一声，好像已经用尽了力气。

她闭上眼睛，不再睁开看我们一眼。鼻子里发出了轻微的响声。

她的脸渐渐地在褪色。

我们默默地站了半晌。

房间里一秒钟一秒钟地变得阴暗起来。

"三少爷，四少爷，四少爷，三少爷！"

在外面远远地香儿用她那带调皮的声音叫起来。

"走罢。"

我连忙拉三哥的衣襟。

我们走到石阶上，就被香儿看见了。

"你们偷偷跑到杨大娘房里去过了。我要去告诉太太。"

香儿走过来，见面就说出这种话。她得意地笑了笑。

"太太吩咐过我不要带你们去看杨大娘，"她又说。

"你真坏！不准你向太太多嘴！我们不怕！"

香儿果然把这件事情告诉了母亲。

母亲并没有责骂我们。她只说我们以后不可以再到杨嫂的房间里去。不过她并没有说出理由来。

日子一天一天地过去，像水流一般地快。

然而杨嫂的病不但不曾好，反而一天天地加重了。

我们经过三堂后面那条宽的过道，往四堂里去的时候，常常听见杨嫂的奇怪的呻吟声。

听说她不肯吃药。听说她有时候还会发出怪叫。

人一提起杨嫂，马上做出恐怖的、严肃的表情。

"天真没有眼睛：像杨嫂这样的好人怎么生这样的病！"母亲好几次一面叹气，一面说。

但是我不知道杨嫂究竟生的是什么病。

我只知道广元县没有一个好医生，因为大家都是这样说。

又过了好几天。

"四少爷，你快去看，杨大嫂在吃虱子！"

一个下午，我比三哥先放学出来，在拐门里遇到香儿，她拉着我的膀子，对我做了一个怪脸。

"我躲在门外头看。她解开衣服捉虱子，捉到一个就丢进嘴里，咬一口。她接连丢了好几个进去。她一面吃，一面笑，一面骂。她后来又脱了裹脚布放在嘴里嚼。真脏！"

香儿极力在摹仿杨嫂的那些动作。

"我不要看！"

我生气地挣脱了香儿的手，就往母亲的房里跑。

虱子、裹脚布，在我的脑子里无论如何跟杨嫂连不起来。杨嫂平日很爱干净。

我不说一句话，就把头放在母亲的怀里哭了。

母亲费了好些功夫来安慰我。她含着眼泪对父亲说：

"杨嫂的病不会好了。我们给她买一副好点的棺材罢。她服侍我们这几年，很忠心。待三儿、四儿又是那样好，就跟自己亲生的差不多！"

母亲的话又把我的眼泪引出来了。

我第一次懂得死字的意义了。

可是杨嫂并不死，虽然医生已经说病是无法医治的了。

她依旧活着，吃虱子，嚼裹脚布，说胡话，怪叫。

每个人对这件事情都失掉了兴趣，谁也不再到她的房门外去偷看、偷听了。

一提起杨嫂吃虱子……，大家都不高兴地皱着眉头。

"天呀！有什么法子使她早死，免得受这种活罪。"

大家都希望她马上死，却找不到使她早死的办法。

一个堂勇提议拿毒药给她吃，母亲第一个反对。

但是杨嫂的存在却使得整个衙门笼罩了一种忧郁的气氛。

无论谁听说杨嫂还没有死，马上就把脸沉下来，好像听见了一个不祥的消息。

许多人的好心都希望着一个人死，这个人却是他们所爱的人。

然而他们的希望终于实现了。

一个傍晚，我们一家人在吃午饭。

"杨大娘死了！"

香儿气咻咻地跑进房来，开口就报告这一个好消息。

袁嫂跟着走进来证实了香儿的话。

杨嫂的死是毫无疑惑的了。

"谢天谢地！"

母亲马上把筷子放下。

全桌子的人都嘘了一口长气，好像长时期的忧虑被一阵风吹散了。

仿佛没有一个人觉得死是一件可怕的事情。

然而谁也无心吃饭了。

我最先注意到母亲眼里的泪珠。

健康的杨嫂的面影在我的眼前活泼地出现了。

我终于把饭碗推开，俯在桌子上哭了。

我哭得很伤心，就像前次哭大花鸡那样。同时我想起了杨嫂的最后的话。

一个多月以后母亲对我们谈起了杨嫂的事情：

她是一个寡妇。她在我们家里做了四年的老妈子。

我所知道的关于她的事情就只有这一点点。

她跟着我们从成都来，却不能够跟着我们回成都去。

她没有家，也没有亲人。

所以我们就把她葬在广元县。她的坟墓在什么地方，我不知道。

我也不知道坟前有没有石碑，或者碑上刻着什么字。

"在阴间（鬼的世界）大概无所谓家乡罢，不然杨嫂倒做了异乡的鬼了，"母亲偶尔感叹地对人说。

在清明节和中元节，母亲叫人带了些纸钱到杨嫂的坟前去烧。

就这样地，"死"在我的眼前第一次走过了。

我也喜欢读书，因为我喜欢我们的教读先生。

这个矮矮身材白面孔的中年人有种种办法取得我们的敬爱。

"刘先生。"

早晨一走进书房，我们就给他行礼。

他带笑地点点头。

我和三哥坐在同一张条桌前，一个人一个方凳子，我们觉得坐着不方便，就跪在凳子上面。

认方块字，或者读《三字经》、《百家姓》、《千字文》。

刘先生待我们是再好没有的了。他从来没有骂过我们一句，脸上永远带着温和的微笑。

母亲曾经叫贾福传过话，请刘先生不客气地严厉管教我们。

但是我从不知道严厉是怎么一回事。我背书背不出，刘先生就叫我慢慢地重读。我愿意什么时候放学，我就在什么时候出去，三哥也是。

因为这个缘故我们更喜欢书房。

而且在充满阳光的书房里看大哥和两个姐姐用功读书的样子，看先生的温和的笑脸，看贾福的和气的笑脸，我觉得很高兴。

先生常常在给父亲绘地图。

我不知道地图是什么东西，拿来做什么用。

可是在一张厚厚的白纸上面绘出许多条纤细的黑线，又填上各种的颜色，究竟是一件有趣的事情。

还有许多奇怪的东西，例如现今人们所称为圆规之类的仪器。

绘了又擦掉，擦了又再绘，刘先生那种俯着头专心用功的样子，仿佛还在我的眼前。

"刘先生也很辛苦啊！"我时时偷偷地望先生，这样地想起来。

有时候我和三哥放了学，还回到书房去看先生绘地图。

刘先生忽然把地图以及别的新奇的东西收起来，笑嘻嘻地对我们说："我今晚上给你们画一个娃娃。"

这里说的娃娃就是人物图的意思。

不用说，我们的心不能够等到晚上，我们就逼着他马上绘给我们看。

如果这一天大哥和二姐、三姐的功课很好，先生有较多的空时间，那么用不着我们多次请求，他便答应了。

他拿过那本大本的线装书，大概是《字课图说》罢，随便翻开一页，就把一方裁小了的白纸蒙在上面，用铅笔绘出了一个人，或者还有一两间房屋，或是还有别的东西。然后他拿彩色铅笔涂上了颜色。

"这张给你！"

或者我，或者三哥，接到了这张图画：脸上总要露出十分满意的笑容。

我们非常喜欢这样的图画。因为这些图画我们更喜欢刘先生。

图画一张一张地增加，我的一个小木匣子里面已经积了几十张图画了。

我一直缺少玩具，所以把这些图画当作珍宝。

每天早晨和晚上我都要把这些图画翻看好一会儿。

红的、绿的颜色，人和狗和房屋……它们在我的脑子里活动起来。

然而这些画还不能够使我满足。我梦想着那张更大的图画：有狮子、有老虎、有豹子、有豺狼、有山、有洞……

这张画我似乎在《字课图说》，或者别的书上见过。先生不肯绘出来给我们。

有几个晚上我们也跑到书房里去向先生讨图画。

大哥一个人在书房里读夜书，他大概觉得寂寞罢。

我们站在旁边看先生绘画，或者填颜色。

忽然墙外面响起了长长的吹哨声。

先生停了笔倾听。

"在夜里还要跑多远的路啊！"

先生似乎也怜悯那个送鸡毛文书的人。

"他现在又要换马了！"

于是轻微的马蹄声去远了。

那个时候紧要的信函公文都是用专差送达的。送信的专差到一个驿站就要换一次马，所以老远就吹起哨子来。

先生花了两三天的功夫，终于在一个下午把我渴望了许久的有山、有洞、有狮子、有老虎、有豹、有狼的图画绘成功了。

我进书房的时候，正看见三哥捧着那张画快活地微笑。

"你看，先生给我的。"

这是一张多么可爱的画，而且我早就梦见先生绘出来给我了。

但是我来迟了一步，它已经在三哥的手里了。

"先生，我要！"我红着脸，跑到刘先生的面前。

"过几天我再画一张给你。"

"不行，我就要！我非要不可！"

我马上就哭出来，不管先生怎样劝，怎样安慰，都没有用。

同时我的哭也没有用。先生不能够马上就绘出同样的一张画。

于是我恨起先生来了。我说他是坏人。

先生没有生气，他依旧笑嘻嘻地向我解释。

然而三哥进去告诉了母亲。大哥和二姐把我半拖半抱地弄进了母亲的房里。

母亲带着严肃的表情说了几句责备的话。

我止了泪，倾听着。我从来就听从母亲的吩咐。

最后母亲叫我跟着贾福到书房里去，向先生赔礼；她还要贾福去传话请先生打我。

我埋着头让贾福牵着我的手再到书房里去。

但是我并没有向先生赔礼，先生也不曾打我一下。

反而先生让我坐在方凳上，他俯着身子给我系好散开了的鞋带。

晚上睡觉的时候，我在枕头边拿出那个木匣子，把里面所有的图画翻看了一遍，就慷慨地全送给了三哥。

"真的？你自己一张也不要？"

三哥惊喜地望着我，有点莫名其妙。

"我都不要！"我毫无留恋地回答他。

在那个时候我有一种近乎"不完全，则宁无"的思想。

从这一天起，我们就再也没有向先生要过图画了。

春天。萌芽的春天。嫩绿的春天。到处散布生命的春天。

一天一天地我看见桑树上发了新芽，生了绿叶。

母亲在本地蚕桑局里选了六张好种子。

每一张皮纸上面布满了芝麻大小的淡黄色的蚕卵。

蚕卵陆续变成了极小的蚕儿。

蚕儿一天一天地大起来。

家里的人为了养蚕的事情忙着。

大的簸箕里面摆满了桑叶，许多根两寸长的蚕子在上面爬着。

大家又忙着摘桑叶。

这样的簸箕一个一个地增加。它们占据了三堂后面左边的两间平房。这两间平房离我们的房间最近。

每天晚上半夜里，或是母亲或是二姐，三姐，或是袁嫂，总有一次要经过我们房间的后门到蚕房去加桑叶。常常是香儿拿着煤油灯或者洋烛。

有时候我没有睡着，就在床上看见煤油灯光，或者洋烛光。可是她们却以为我已经睡熟了，轻脚轻手地在走路。

有时候二更锣没有响过，她们就去加桑叶，我也跟着到蚕房去看。

浅绿色的蚕在桑叶上面蠕动，一口一口地接连吃着桑叶。簸箕里一片沙沙的声音。

我看见她们用手去抓蚕，就觉得心里像被人搔着似地发痒。

那一条一条的软软的东西。

她们一捧一捧地把蚕沙收集拢来。

对于母亲，这蚕沙比将来的蚕丝还更有用。她养蚕大半是为了要得蚕沙的缘故。

大哥很早就有冷骨风的毛病，受了寒气便要发出来。一发病就要痛三四天。

"不晓得什么缘故，果儿会得到这种病，时常使他受苦。"

母亲常常为大哥的病担心，看见人就问有什么医治这个病的药方，那时候在广元似乎没有好医生。但是老妈子的肚皮里有种种古怪的药方。

母亲也相信她们，已经试过了不少的药方，都没有用。

后来她从一个姓薛的乡绅太太那里得到了一个药方，就是：把新鲜的蚕沙和着黄酒红糖炒热，包在发痛的地方，包几次就可以把病治好。

在这个大部分居民拿玉蜀黍粉当饭吃的广元县里，黄酒是买不到的。母亲便请父亲托人在合州带了一坛来预备着。

接着她就开始养蚕。

父亲对母亲养蚕的事并不赞成。母亲曾经养过一次蚕。有一回她忘记加桑叶，蚕因此饿死了许多。后来她稍微疏忽一点，又让老鼠偷吃了许多蚕去。她心里非常难过，便发誓以后不再养蚕了。父亲害怕她又遇到这样的事情。

但是不管父亲怎样劝阻她，不管背誓的恐惧时时折磨她，她终于下了养蚕的决心。

这一年大哥的病果然好了。我们不知道这是不是薛太太的药方生了效。不过后来母亲就同薛太太结拜了姊妹。

以后我看见蚕在像山那样堆起来的一束一束的稻草茎上结了不少白的、黄的茧子。我有时也摘下了几个茧子来玩。

以后我看见人搬了丝车来，把茧子一捧一捧地放在锅里煮，一面就摇着丝车。

以后我又看见堂勇们把蚕蛹用油煎炒了，拌着盐和辣椒吃，他们不绝口地称赞味道的鲜美。

"做条蚕命运也很悲惨啊！"我有时候会这样地想起来。

父亲在这里被人称做"青天大老爷"。

他常常穿着奇怪的衣服坐在二堂上的公案前面审案。

下面两旁站了几个差人（公差），手里拿着竹子做的板子：有宽的，那是大板子；有窄的，那是小板子。

"大老爷坐堂！……"

下午，我听见这一类的喊声，知道父亲要审案了，就找个机会跑到二堂上去，在公案旁边站着看。

父亲在上面问了许多话，我不知道他为什么要问这些。

被问的人跪在下面，一句一句地回答，有时候是一个人，有时候是好几个人。

父亲的脸色渐渐地变了，声音也变了。

"你胡说！给我打！"父亲猛然把桌子一拍。

两三个差人就把犯人按倒在地上，给他褪下裤子，露出屁股。一个人按住他，别的人在旁边等待着。

"给我先打一百小板子再说！他这个混账东西不肯说实话！"

"青天大老爷，小人冤枉啊！"

那个人趴在地上杀猪也似地叫起来。

于是两个差役拿了小板子左右两边打起来。

"一五，一十，十五，二十……"

"青天大老爷在上，小人真是冤枉啊！"

"胡说！你招不招？"

那个犯人依旧哭着喊冤枉。

屁股由白而红，又变成了紫色。

数到了一百，差人就停住了板子。

"禀大老爷，已经打到一百了。"

屁股上出了血，肉开始在烂了。

"你招不招？"

"青天大老爷在上，小人无话可招啊！"

"你这个东西真狡猾！不招，再打！"

于是差役又一五一十地下着板子，一直打到犯人招出实话为止。

被打的人就由差役牵了起来，给大老爷叩头，或者自己或者由差役代说：

"给大老爷谢恩。"

挨了打还要叩头谢恩，这个道理我许久都想不出来。我总觉得事情不应该是这样。

打屁股差不多是坐堂的一个不可少的条件。父亲坐在公案前面几乎每次都要说："给我拉下去打！"

有时候父亲还使用了"跪抬盒"的刑罚：叫犯人跪在抬盒里面，把他的两只手伸直穿进两个杠杆眼里，在腿弯里再放上一根杠杆。有两三次差人们还放了一盘铁链在犯人的两腿下面。

由黄变红、由红变青的犯人的脸色，从盘着辫子的头发上滴下来的汗珠，杀猪般的痛苦的叫喊……

犯人口里依旧喊着："冤枉！"

父亲的脸阴沉着，好像有许多黑云堆在他的脸上。

"放了他罢！"

我在心里要求着，却不敢说出口。这时候我只好跑开了。

我把这件事对母亲讲了。

"妈，为什么爹在坐堂的时候跟在家里的时候完全不同？好像不是一个人！"

在家里的时候父亲是很和善的，我不曾看见他骂过人。

母亲温和地笑了。

"你是小孩子，不要多管闲事。你以后不要再去看爹坐堂。"

我并不听母亲的话，因为我的确爱管闲事。而且母亲也不曾回答我的问题。

"你以后问案,可以少用刑。人家究竟也是父母养的。我昨晚看见'跪抬盒'，听到犯人的叫声心都紧了，一晚上没有睡好觉。你不觉得心里难过吗？"

一个上午，房里没有别人的时候，我听见母亲温和地对父亲这样说。

父亲微微一笑。

"我何尝愿意多用刑？不过那些犯人实在狡猾，你不用刑，他们就不肯招。况且刑罚又不是我想出来的，若是不用刑，又未免没有县官的样子！"

"恐怕也会有屈打成招的事情。"

父亲沉吟了半晌。

"大概不会有的，我定罪时也很仔细。"

接着父亲又坚决地说了一句：

"总之我决不杀一个人。"

父亲的确没有判过一个人的死罪。在他做县官的两年中间只发生了一件命案。这是一件谋财害命的案子。犯人是一个漂亮的青年，他亲手把一个同伴砍成了几块。

父亲把案子悬着，不到多久我们就回成都了。所以那个青年的结局我也不知道了。

母亲的话在父亲的心上产生了影响。以后我就不曾看见父亲再用"跪抬盒"的刑罚了。

而且大堂外面两边的站笼里也总是空的，虽然常常有几个戴枷的犯人蹲在那里。

打小板子的事情却还是常有的。

有一次，离新年还远，仆人们在门房里推牌九，我在那里看了一会儿。后来父亲知道了，就去捉了赌，把骨牌拿来叫人抛在厕所里。

父亲马上坐了堂，把几个仆人抓来，连那个管监的刘升和何厨子都在内，他们平时对我非常好。

他们都跪在地上，向父亲叩头认错，求饶。

"给我打，每个人打五十再说！"

父亲生气地拍着桌子骂。

差人们都不肯动手，默默地望着彼此的脸。

"喊你们给我打！"父亲更生气了。

差人大声应着。但是没有人动手。

刘升他们在下面继续叩头求饶。

父亲又怒吼了一声，就从签筒里抓了几根签掷下来。

这时候差人只得动手了。

结果每个人挨了二十下小板子，叩了头谢恩走了。

我心里很难过，马上跑到门房里去。许多人围着那几个挨了打的人，在用烧酒给他们揉伤处。

我听见他们的呻吟声，不由得淌出眼泪来。我说了些讨好他们的话。

他们对我仍旧很亲切，没有露出一点不满意的样子。

又有一次，我看见领九妹的奶妈挨了打。

那时九妹在出痘子，依照中医的习惯连奶妈也不许吃那些叫做"发物"的食物。

不知道怎样，奶妈竟然看见新鲜的黄瓜而垂涎了。

做母亲的女人的感觉特别锐敏。她会在奶妈的嘴上嗅出了黄瓜的气味。

一个晚上奶妈在自己的房里吃饭，看见母亲进来就露出了慌张的样子，把什么东西往枕头下面一塞。

母亲很快地就走到床前把枕头掀开。

一个大碗里面盛着半碗凉拌黄瓜。

母亲的脸色马上变了，就叫人去请了父亲来。

于是父亲叫人点了明角灯，在夜里坐了堂。

奶妈被拖到二堂上，跪在那里让两个差人拉着她的两只手，另一个差人隔着她的宽大的衣服用皮鞭打她的背。

一，二，三，四，五……

足足打了二十下。

她哭着谢了恩，还接连分辩说她初次做奶妈，不知道轻重，下次再不敢这样做了。

她整整哭了一个晚上。

第二天早晨母亲就叫了她的丈夫来领她去了。

这个年轻的奶妈临走的时候脸色凄惨，眼角上还滴下泪珠。

我为这个情景所感动而下泪了。

我后来问母亲为什么要这样残酷地待她。

母亲微微地叹了一口气。她不说别的话。

以后也没有人提起这个奶妈的下落。

母亲常常为这件事情感到后悔。她说那个晚上她忘记了自己，做了一件自己也不知道为什么要做的事情。

我只看见母亲发过这一次脾气。

记得一天下午三哥为了一件小事情，摆起主人的架子把香儿痛骂了一顿，还打了她几下。

香儿向母亲哭诉了。

母亲把三哥叫到她面前去，温和地向他解释：

"丫头同老妈子都是跟我们一样的人，即使犯了过错，你也应该好好地对她们说，为什么动辄就打就骂？况且你年纪也不小了，更不应该骂人打人。我不愿意让你以后再这样做。你要好好地记住。"

三哥埋下头，不敢说话。香儿高兴地在旁边暗笑。

三哥垂着头慢慢地往外面走。

"三儿，你不忙走！"

三哥又走到母亲的面前。

"你还没有回答我，你要听我的话。你懂得吗？你记得吗？"

三哥迟疑了半晌才回答说：

"我懂……我记得。"

"好，拿云片糕去。喊香儿陪你们去耍。"

母亲站起来，在连二柜上放着的磁缸里取了两叠云片糕递给我们。

我也懂母亲的话，我也记得母亲的话。

但是现在母亲也做了一件残酷的事情。

我为这件事情有好几天不快活。

在这时候我就已经感觉到世界上有许多事情是安排得很不合理的了。

在宣统做皇帝的最后一年，父亲就辞了官回成都去了，虽然那个地方有许多人挽留他。

在广元的两年的生活我的确过得很愉快，因为在这里人人都对我好。我们家添了两个妹妹：九妹和十妹。

这两年中间我只挨过一次打，因为祖父在成都做生日，这里敬神，我不肯磕头。

母亲用鞭子在旁边威胁我，也没有用。

结果我挨了一顿打，哭了一场，但是我始终没有磕一个头。这是我第一次挨母亲的鞭子。

从小时候起我就讨厌礼节。而且这种厌恶还继续发展下去。

父亲在广元做了两年的县官，回到成都以后买了四十亩田。

别人还说他是一个"清官"。

家庭的环境①

我们回到成都，又换了一个新的环境，而且不久革命就爆发了。

我当时一点也不懂什么叫做革命，更谈不到拥护或者害怕，只有十月十八日的兵变给我留下了一个恐怖的印象。

那些日子我仍旧在书房里读书。一天一天听见教书先生（他姓龙）用激动的声音讲起当时川汉铁路的风潮。

龙先生是个新党，所以他站在人民一方面。自然他不敢公开说出反对清朝政府的话。不过对于被捕的七个请愿代表他却表示大的尊敬，而且他不喜欢当时的总督赵尔丰。

二叔和三叔从日本留学回来不过一两年。他们的辫子是在日本剪掉了的（我现在记不清楚是两个人的辫子都剪掉了，还只是其中的一个剪掉了辫子），现在他们戴上了假的辫子。有些人在背后挖苦他们，骂他们是革命党。

我的脑后垂着一根小小的、用红头绳缠的硬辫子；我每天早晨都要母亲或者老妈子给我梳头，我觉得这是很讨厌的事情。因此我倒喜欢那些主张剪掉辫子的革命党。

旧历十月十八日是祖母的生忌（冥寿），家里的人忙着摆供。

① 本篇最初收入一九三四年第一出版社版《巴金自传》，现收入《巴金全集》第十二卷。

下午就听说外面风声不大好。

五点钟光景，父亲他们正在堂屋里磕头。忽然一个仆人进来报告：外面发生了兵变，好几家银行和当铺都被抢了。我们二伯父的公馆也遭到变兵的光顾。

其实后一个消息是不确实的。二伯父的公馆虽然离我们这里很近，但是在当时谁也失掉了判断力，况且二伯父一家又是北门一带的首富，很有遭抢劫的可能。

于是堂屋里起了一个小小的骚动，众人马上四散了。各人回到房里去想"逃难"的办法。

父亲和母亲商量了片刻，大家就忙乱起来。

一个仆人帮忙父亲把地板撬开一块，从立柜里取出十几封银圆放在地板下面。后来他们又放了好几封银圆在后花园的井里。

又有人忙着搬梯子来，把几口红皮箱放到顶楼板上面去，那里是藏东西的地方。

同时母亲叫人雇了几乘轿子来，把我们弟兄姊妹带到外祖母家里去。大哥陪着父亲留在家里。

我和母亲坐在一乘轿子里面。母亲抱着我。我不时偷偷地拉起轿帘看外面的街景。

街上有些人在跑。好几乘轿子迎面撞过来。没有看见一个变兵。

晚上我们都挤在外祖母房里，大家都不说话。

外面起了枪声，半个天空都染红了。一个年轻的舅父在窗下对我们说话。这些话都是很可怕的。

外祖母闭着眼睛念佛。

后来附近一带突然起了嘈杂的人声。好像离这里只有十几步路的赵公馆给变兵打进去了。

闹声、哭声、枪声、物件撞击声……响成了一片。

外祖母逼着母亲逃走，母亲不肯。大家争论了片刻，母亲就带着我们到了后面天井里。外祖母一定不肯走，她说她念佛吃素多年了，菩萨会保佑她。

天是红的。几株树上有乌鸦在叫。枪声，我们也听得很清楚。

母亲发出了几声绝望的叹息。她还关心到外祖母，关心到父亲。

舅父给我们搬了梯子来。墙并不高。一个老妈子先爬到墙外去。然后母亲、三哥、我都爬过去了。接着我的两个姐姐也爬了过去。

墙外是一个菜园。我们在菜畦里躲了好些时候，简直顾不到寒冷了。

后来我们看见没有什么动静，才到那个管菜园的老太婆的茅棚里坐了一夜。

那个老太婆亲切地招待我们，还给我们弄热茶来喝。

母亲一晚上都在担心家里的事情。第二天十九日的上午外面平静了，她就带着我一个人先回家。父亲和大哥惊喜地迎接我们。

父亲告诉我们：昨晚半夜里果然有十几个变兵撬了大门进来。家里已经有了准备。十几个堂勇端起火药枪在二门外的天井里排成了两排，再加上三叔的两个镖客（三叔在南充做知县，刚刚从那里回来）。变兵看见这里人多，不敢动手，只说来借点路费。父亲叫人拿了一封银元出来送给他们，他们就走。只损失了这一百圆。以后再也没有变兵进来过。

这一晚上在家里就只有父亲和大哥照料着。叔父和婶娘们都避开了，祖父也到别处去了。

这一天是母亲和我的生日，但是家里已经忘了这件事情。

从此我们就平平安安地过下去。地板下面的银元自然取了出来。并里的却不知给谁拿去了，父亲叫人来淘了两次井，都没有找到。

赵尔丰被革命党捉住杀头的消息使龙先生非常高兴，同时在我们的家里产生了种种不同的印象。在以后许多天里，我们都听见人们在谈论赵尔丰被杀头的事情。

共和革命算是成功了。

二叔和三叔头上的假辫子也取了下来。再没有人嘲笑他们的"秃头"了。

在一个晴明的下午，仆人姜福（他不知道从哪里刚学会了剪发的手艺）找了一把剪发的洋剪刀，把我和三哥的小辫子剪掉了。

接着我们全家的男人都剪掉了辫子。仆人中有一两个不肯剪的，却不留心在街上给警察强迫剪去了。

我们家里开始做新的国旗。照例由父亲管这些事情。他拿一大块白洋布摊在方桌上面，先用一个极大的碗，把墨汁涂了碗口，印了一个大圆形在布上，然后用一个小杯子在大圆形的周围印了十八个小圈。在大圆形里面写了一个"汉"字，十八个小圈代表当时的十八省。

我对于做国旗的事情感到兴趣。但是不久中华民国成立，我们家里又把大汉旗收起，另外做了五色旗。

祖父因为革命而感到悲哀。父亲没有表示什么意见。二叔断送了他的四品的官。三叔却给自己起了个"亡国大夫"的笔名。三叔还是一个诗人，写过不少诗词。祖父也是诗人，还印过一册诗集《秋棠山馆诗钞》送人。父亲和二叔却不常做诗。

至于我们这一辈，虽然大都是小孩子，但是对于清朝政府的灭亡，都觉得高兴。

清朝倒了。我们依旧在龙先生的教导下面读书。但是大哥不久就进了中学。

两年半以后，母亲永远离开了我们。

母亲死在民国三年（一九一四年）旧历七月的一个夜里。

母亲病了二十多天。她在病中是十分痛苦的。一直到最后一天，她还很清醒，但是人已经不能够动了。

我和三哥就住在隔壁的房间里。每次我们到病床前看她，她总要流眼泪。

在我们兄弟姊妹中间，母亲最爱我，然而我也不能够安慰她，减轻她的痛苦。

母亲十分关心她的儿女。她临死前五天还叫大哥到一位姨母处去借了一对金手镯来。她嫌样子不好看，过了两天她又叫大哥拿去还了，另外在二伯母那里去借了一对来。这是为大哥将来订婚用的。她在那样痛苦的病中还想到这些事情。

我和三哥都没有看见母亲死。那个晚上因为母亲的病加重，父亲很早就叫老妈子照料我们睡了。等到第二天早晨我们醒来时，棺材已经进门了。

我含着眼泪，心里想着我是母亲最爱的孩子。

棺材放在签押房里。闭殓的时候，两个人手里拿着红绫的两头预备放下去。许多人围着棺材哭喊。我呆呆地望着母亲的没有血色的脸。我恨不能把以后几十年的眼光都用来在这个时候饱看她。

红绫终于放下去了。它掩盖了母亲的遗体。漆匠再用木钉把它钉牢。几个人就抬着棺盖压上去。

二姐和三姐不肯走开，她们伤心地哭着，把头在棺材上面撞。

晚上睡觉的时候，我还听见签押房里两个姐姐的哀哀的哭声。我不能够闭上眼睛。我的眼泪也淌了出来。我怜悯我的两个姐姐。我也怜悯我自己。

早晨我也会被她们的哭声惊醒。我就躺在床上，含着眼泪祷告母亲保佑我的两个姐姐。

白天我常常望着签押房里灵帷前母亲的放大照像。我心里想着这时候母亲在什么地方。

家祭的一夜，我们三弟兄匍匐地跪在灵前蒲团上，听着张二表哥诵读父亲替我们做好的一篇祭文。

……吾母竟弃不孝等而长逝矣……不孝等今竟为无母之人矣……

诵读的声音很可笑。我不过是一个十岁的孩子，我细嚼着这两句话的滋味，我的眼泪滴在蒲团上了。

第二天灵柩就抬了出去，先寄殡在城外一座古庙里，后来安葬在磨盘山。父亲在一个坟墓里做好了两个穴。左边的一个是留给他自己用的。三年后他果然睡在那个穴里面了。

灵柩抬出去以后，家里的一切恢复了原状。母亲房里的陈设跟母亲在时并没有两样，只多了一张母亲的放大半身照像。

常常我走进父亲的房间，看不见母亲，还以为她在后房里，便温和地叫了一声"妈"。但是我马上就想起母亲已经是另一个世界里的人了。

我成了一个没有母亲的孩子。跟有母亲的堂兄弟们比起来，我深深地感到了没有母亲的孩子的悲哀。

也许是为了填补这个缺陷罢，父亲后来就为我们接了一个更年轻的母亲来。

这位新母亲待我们也很好。但是她并不能够医好我心上的那个伤痕。她不能够像死去的母亲那样地爱我，我也不能够像爱亡母那样地爱她。

这不是她的错，也不是我的错，因为在这之前我们原是两个彼此不了解的陌生的人。

母亲死后四个多月的光景二姐也死了。

二姐患的是所谓"女儿痨"的病。我们回到成都不久她就病了。有一次她几乎死掉，后来有人介绍四圣祠医院的一个英国女医生来治好了她。

因此母亲叫人买了刀叉做了西餐，请了四圣祠医院的几个"洋太太"到我们家里来吃饭。这是我们第一次跟西洋人接触。她们都会说中国话。我觉得她们也很和气。

母亲同那几个英国女医生做了朋友。她带着我到她们的医院里去玩过几次，也去看过病。她们送了我们一些西洋点心和好几本书。我很喜欢那本皮面精装的《新旧约全书》官话译本。不过那时候我并没有想到去读它。母亲死后，我们就没有跟那几个英国女医生来往了。

母亲一死，二姐就没有过一天好日子。大概是过分的悲痛毁坏了她的身体。

她一天天地瘦弱起来，脸上没有一点血色，面孔也是一天比一天地憔悴。她常常提起母亲就哭，我很少看见她笑过。

"妈，你看二姐多可怜，你要好好地保佑二姐啊！"我常常在暗中祷告。

但是二姐的病依旧没有起色。父亲请了许多名医来给她诊断，都没有用。

冬天一到，二姐便睡倒了。谁看见她，都会叹息地说：她瘦得真可怜。

旧历十一月二十八日是祖父的生日，从那一天起，我们家里接连唱了三天戏。戏台在大厅上，天井里坐了十几桌客。全家的人带着笑容跑来跑去。

二姐一个人病在房里，听见这些闹声，她一定很难受。晚上客人散去了大半，父亲便叫人把二姐扶了出来，远远地坐在阶上看戏。

二姐坐在一把藤椅上，不能动，用失神的眼光茫然地望着戏台。我不知道她眼里看见的是什么景象。

脸瘦成了一张尖脸，嘴唇也枯了。我的心为爱、为怜悯而痛苦了。

"我要进去，"二姐把头略略一偏，做出不能忍耐的样子低声说。老妈子便把她扶了进去。

三天以后二姐就永远闭了她的眼睛。她也死在天明以前。那时候我在梦里，不能够看见她的最后一刻是怎样过去的。

我那天早晨做了一个奇怪的梦。我到了一个坟场。地方很宽，长满了草。中间有一座陌生人的坟。坟后长了几株参天的柏树。仿佛是在春天的早晨。阳光在树梢闪耀，坟前不少的野花正开出红的、黄的、蓝的、白的花朵。两三只蝴蝶在花间飞舞。树枝上还有些山鸟在唱歌。

我站在坟前看墓碑上刻的字，一阵微风把花香送进我的鼻子里。忽然坟后面响起了哭声。

我惊醒了。心跳得很厉害。我在床上躺了片刻。哭声依旧在我的耳边荡漾。我分辨出来这是三姐的哭声。

我感到了恐怖。我没有疑惑：二姐死了。

父亲忙着料理二姐的后事。过了一会儿，姨外婆坐了轿子来数数落落地哭了一场。

回到成都以后我还是一个小孩。能够同我在一块儿玩的，就只有三哥和几个年纪差不多的堂、表弟兄，此外还有几个仆人。在广元陪我们玩的香儿已经死了。

大哥已经成人。他喜欢和姐姐、堂姐、表姐们一块儿玩。

在我们这个大家庭里，我们这一辈的男男女女很多。我除了两个胞姐和三个堂姐外还有好几个表姐。她们和大哥的感情都很好。她们常常到我们家里来玩，这时候大哥就忙起来。姐姐、堂姐、表姐聚在一块儿，她们给大哥起了一个"无事忙"的绰号。

游戏的种类是很多的。大哥自然是中心人物。踢毽子，拍皮球，掷大观园图，行酒令。酒令有好几种，大哥房里就藏得有几副酒筹。

常常在傍晚，大哥和她们凑了一点钱，买了几样下酒的冷菜，还叫厨子做几样热菜。于是大家围着一张圆桌坐下来，一面行令，一面喝酒，或者谈一些有趣味的事情，或者评论《红楼梦》里面的人物。那时候在我们家里除了我们这几个小孩外，没有一个人不曾读过《红楼梦》。父亲在广元买了一部十六本头的木刻本，母亲有一部石印小本。大哥后来又买了一部商务印书馆出版的铅印本。我常常听见人谈论《红楼梦》，当时虽然不曾读它，就已经熟悉了书中的人物和事情。

后来有两个表姐离开了成都，二姐又跟着母亲死了。大哥和姐姐们的聚会当然没有以前那样地热闹，但是也还有新的参加者，譬如两个表哥和一个年轻的叔父（六叔）便是。我和三哥也参加过两三次。

不过我的趣味是多方面的。我跟着三哥他们组织了新剧团，又跟着六叔他们组织了侦探队。我还常常躲在马房里躺在轿夫的破床上烟灯旁边听他们讲青年时代的故事。

有一个时期我和三哥每晚上都要叫姜福陪着到可园去看戏。可园演的有川戏，也有京戏。我们一连看了两三个月。父亲是那个戏园的股东，有一厚本免费的戏票。而且座位是在固定的包厢里面，用不着临时去换票。我们爱看武戏，回来在家里也学着翻斤斗，翻杠杆。

父亲喜欢京戏。当时成都戏园加演京戏聘请京班名角，这种事情大半由他主持。由上海到成都来的京班角色，在登台之前常常先到我们家来吃饭。自然是父亲请客。他们有时也在我们的客厅里清唱。

有一次父亲请新到的八九个京班名角在客厅里吃饭。饭后大家正在花园里玩，那个唱老旦的宝幼亭（我们先听过了他的唱片）忽然神经错乱，跪在地上赌咒般地说了好些话。众人拉他，他不肯走，把父亲急得没有办法。我们在旁边觉得好笑。我和这些戏子都很熟，有时我还跟着父亲到后台去看他们化装。

一个唱青衣的小孩名叫张文芳，年纪不过十四五岁，当时在成都也受人欢迎。他的哥哥本来也唱青衣，如今嗓子坏了不再登台了，就管教弟弟，靠着弟弟过活。他也到我们家里来过一次。他完全是个小孩，并没有一点女人气。然而在戏里他却改换面目做了种种的薄命的女人。我看惯了他演的那些悲剧，一点也不喜欢。但是有一次离新年不远，我跟着父亲到了他们住的地方（大概就是在戏园里面），看见他穿一身短打，手里拿了一把木头的关刀寂寞地舞着，我不觉望着他笑了。我和他玩了好一会儿，问答了一些事情，直到父亲来带我回家的时候。我想，他的生活一定是很寂寞的罢。

然而说句公平的话，父亲对待戏子的态度很客气，他把他们当作朋友，所以能够得到他们的信任。他并没有玩过小旦。

三叔却不同，他喜欢一个川班的小旦李凤卿。祖父也喜欢李凤卿。有一次祖父带我去看戏。李凤卿包了头穿着粉红衫子在台上出现以后，祖父带笑地问我认不认识这个人。

李凤卿时常来找三叔。他也常常同我们谈话。他是一个非常亲切的人，会写一手娟秀的字。他虽然穿着男人的衣服，但是举动和说话都像女人，有时候手上、脸上还留着脂粉。

有一次三叔把李凤卿带到我们客厅里来化装照相。我看见他在那里包头，擦粉，踩跷。他先装扮成一个执长矛的古代的女将，后来就改扮做一个旗装贵妇。这两张照片后来都挂在三叔的房里，三叔还亲笔题了诗在上面。

李凤卿的境遇很悲惨。后来在祖父死后不多久他也病死了，剩下一个妻子，连埋葬费也没有。还是三叔出钱把他安葬了的。

三叔做了一副挽联吊他，里面有"……也当忍死须臾，待侬一诀"的话。

二叔也做过一副挽联，我还记得上下联的后半句是："……哪堪一曲广陵，竟成绝响。……惆怅落花时节，何处重逢。"

后来二叔偶尔和教书先生谈起这件事情，那个六十岁的曹先生不觉惊讶地问道：

"××先生竟然也好此道？他不愧是一位风雅士！"

这"××先生"是指三叔。三叔在南充做知县的时候，曹先生是那个县的教官。曹先生到我们家来教书还是三叔介绍的。李凤卿当时在南充唱戏，三叔在那里认识了他。

听见"风雅士"三个字，就跟平日听见曹先生说的"大清三百年来深仁厚泽浃沦肌髓"的话一样，我觉得非常肉麻。

二叔对曹先生谈起李凤卿的生平。他本是一个小康人家的子弟。十三四岁时给仇人抢了去，因为他家里不肯出钱赎取，他就被人坏了身子卖到戏班里去，做了旦角。

五叔后来也玩过川班的旦角。他还替他们编过剧本。

我们组织过一个新剧团，在桂堂后面竹林里演新剧。竹林前面有一块空地，就做了我们的舞台。我们用复写纸印了许多张戏票送人，拉别人来看我们的表演。

我们的剧本是自己胡乱编的，里面没有一个女角。主要演员是六叔、二哥（二叔的儿子）、三哥和香表哥；我和五弟（也是二叔的儿子）两个只做配角，或者在戏演完以后做点翻杠杆的表演。看客多半是女的，就是姐姐、堂姐、表姐们。我们用种种方法强迫她们来看，而且一定要戏演完才许她们走。

父亲也被我们拉来了。他居然坐在那里看完我们演的戏。他又给我们编了一个叫做《知事现形记》的剧本。二哥和三哥扮着戏里面两个主角表演得有声有色的时候，父亲也哈哈地笑起来。

在公馆里我有两个环境，我一部分时间跟所谓"上人"在一起生活，另一部分时间又跟所谓"下人"在一起生活。

我常常爱管闲事，我常常在门房、马房、厨房里面和仆人、马夫们一起玩，常常向他们问这问那，因此他们都叫我做"稽查"。

有时候轿夫们在马房里煮饭，我就替他们烧火，把一些柴和枯叶送进那个柴灶里去。他们打纸牌时，我也在旁边看，常常给那个每赌必输的老唐帮忙。有时候他们也诚恳地对我倾吐他们的痛苦，或者坦白地批评主人们的好坏。他们对我什么事都不隐瞒。他们把我当作一个同情他们的小朋友。我需要他们帮忙的时候，他们也毫不吝惜。

我生活在仆人、轿夫的中间。我看见他们怎样怀着原始的正义的信仰过那种受苦的生活，我知道他们的欢乐和痛苦，我看见他们怎样跟贫苦挣扎而屈服、而死亡。六十岁的老书僮赵升病死在门房里。抽大烟的仆人周贵偷了祖父的字画被赶出去，后来做了乞丐，死在街头。一个老轿夫离开我们家，到斜对面一个亲戚的公馆里当看门人，不知道怎样竟然用一根裤带吊死在大门里面。这一类的悲剧以及那些活着的"下人"的沉重的生活负担，如果我一一叙述出来，一定会使最温和的人也无法制止他的愤怒。

我在污秽寒冷的马房里听那些老轿夫在烟灯旁叙述他们痛苦的经历，或者在门房里黯淡的灯光下听到仆人发出绝望的叹息的时候，我眼里含着泪珠，心里起了火一般的反抗的思想。我宣誓要做一个站在他们这一边、帮助他们的人。

我同他们的友谊一直继续到我离开成都的时候。不过我进了外国语专门学校以后，就很少有时间在门房和马房里面玩了。接着我又参加了社会运动。

我早就不到厨房里去了，因为我不高兴看谢厨子和老妈子调情（他后来就同祖父的一个老妈子结了婚，那个女人原是一个寡妇），而且谢厨子仗着祖父喜欢他，常常欺凌别人，也使我不满意他，虽然我从前常常到厨房去看他烧菜做点心。

我愈是多和"下人"在一起，愈是讨厌"上人"中间那些虚伪的礼节和应酬。有两次在除夕全家的人在堂屋里敬神，我却躲在马房里轿夫的破床上。那里没有人，没有灯，外面有许多人叫我，我也不应。我默默地听着爆竹声响了又止了，再过一会儿我才跑出来回到自己的房间去。

家里平日敬神的时候，我也会设法躲开。我为了这些事情常常被人嘲笑，但是我始终照自己的意思做。

六叔、二哥、香表哥三个人合作办了一种小说杂志，名称就叫《十日》，一个月出三本，每本用复写纸抄了五六份。

我是杂志的第一个订户。大哥把他那篇最得意的哀情小说在《十日》杂志第一期上面发表了，所以他们也送他一份。还有一个奉表哥也投了一篇得意的稿子。

在我们家里大哥是第一个写小说的人。他的小说是以"暮春三月，江南草长，杂花生树，群莺乱飞，"的旧句开始的。奉表哥的小说是以"杏花深处，一角红楼，"的句子开始的。接着就是"斗室中有一女郎在焉。女郎者何，× 其姓，×× 其名，"诸如此类的公式文章。把"女郎"两个字改作"少年"就成了另一篇小说。小说的结局离不掉情死，后面还有一封情人的绝命书。

我对于《十日》杂志上千篇一律的才子佳人的哀情小说感不到兴趣。而且我亲眼看见他们写小说时分明摊开了好几本书在抄袭。这些书有尺牍，有文选，有笔记，有上海新出的流行小说和杂志。小说里每段描写景物的四六句子，照例是从尺牍或者文选上面抄来的。他们写小说并不费力。不过对于那三个创办杂志的人的抄录、装订、绘图的种种苦心我却非常佩服。

《十日》杂志出版了三个月，我只花了九个铜元的订费，就得到厚厚的九本书。

民国六年春天成都发生了第一次巷战。在这七天川军同滇军的巷战中，我看见了不少可怕的流血的景象。

在这时候二叔的两个儿子，二哥和五弟突然患白喉症死了。我在几天的功夫就失掉了两个同伴。

他们本来可以不死，但是因为街上断绝了行人，请不到医生来治病，只得让他们躺在家里，看着病一天天地加重。等到后来两个轿夫背着他们跨过战壕，冒着枪林弹雨赶到医院时，他们已是奄奄一息了。

战事刚刚停止，我和三哥也患了喉症。我们的病还没有好，父亲就病死了。

父亲很喜欢我。他平时常常带着我一个人到外面去玩。在他的病中他听说我的病好多了，想看我，便叫人来陪我到他的房里去。

我走到床前，跪在踏脚凳上，望着他的憔悴的脸，叫了一声"爹"。

"你好了？"他伸出手抚摩我的头。"你要乖乖的。不要老是拚命叫'罗嫂！罗嫂！'你要常常来看我啊！"罗嫂是在我们病中照料我们的那个老妈子。

父亲微微笑了。

"好，你回去休息罢。"过了半晌父亲这样吩咐了一句。

第三天父亲就去世了。他第一次昏过去的时候，我们围在床前哭唤他。他居然醒了转来。我们以为他不会死了。

但是不到一刻钟光景，他又开始在床上抽气了。我们看着他一秒钟一秒钟地死下去。

于是我的环境马上改变了。好像发生了惊天动地的剧变。

满屋子都是哭声。

晚上我和三哥坐在房间里，望着黯淡的清油灯光落泪。大哥忽然走进来,在床沿上坐下去,哭着说:"三弟,四弟,我们……如今……没有……父亲……了……"

我们弟兄三个痛哭起来。

自从父亲接了继母进来以后,我们就搬到左边厢房里住。后来祖父吩咐把我们紧隔壁的那间停过母亲灵柩的签押房装修好,做了大哥结婚时的新房。大哥和嫂嫂就住在我们的隔壁。

这时候嫂嫂在隔壁听见了我们的哭声,便走过来劝慰大哥。他们夫妇埋着头慢慢地出去了。

父亲埋葬了以后,我心里更空虚了。我常常踯躅在街头,我总觉得父亲在我的前面,仿佛我还是依依地跟着父亲走路,因为父亲平时不大喜欢坐轿,常常带了我在街上慢步闲走。

但是一走到行人拥挤的街心,跟来往的人争路时,我才明白我是孤零零的一个人。

从此我就失掉了人一生只能够有一个的父亲了。

父亲死后不久,成都又发生了更激烈的巷战。结果黔军被川军赶走了,全城的房屋烧毁了很多。不用说我们受了惊,可是并没有大的损失。

我们自然有饭吃,只是缺少蔬菜和油荤。

在马房里轿夫们喝着烧酒嚼着干锅魁(大饼)来充塞肚里的饥饿,他们买不到米做饭。

枪炮声,火光,流血,杀人,以及种种残酷的景象。而且我们偶尔也挨近了死的边缘。……

巷战不久就停止了。然而军阀割据的局面却一直继续下去,到现在还没有打破。

三哥已经进了中学，但是父亲一死，我进中学的希望便断绝了，祖父从来不赞成送子弟进学校读书，现在又没有人出来替我讲话。

我便开始跟着香表哥念英文。每天晚上他到我们家里来教我，并不要报酬。这样继续了三年。他还帮助我学到一点其它的知识。祖父死后我和三哥进了外国语专门学校，我就没有时间跟着香表哥念书。他后来结了婚，离开了成都，到乐山教书去了。

香表哥（他的本名是濮季云）是一个真挚而又聪明的青年。当时像他那样有学识的年轻人，在我们亲戚中间已经是很难得的了。然而家庭束缚了他，使他至今还在生活的负担下面不断地发出绝望的呻吟，白白地浪费了他的有为的青春。

但是提起他，我却不能不充满了感激。我的智力的最初发展是得到两个人的帮助的，其中的一个就是他。还有一个是大哥，大哥买了不少的新书报，使我能够贪婪地读完了它们。而且我和三哥一块儿离开成都到上海，以及后来我一个人到法国去念书，都少不了他的帮助。虽然为着去法国的事情我跟他起过争执，但是他终于顺从了我的意思。

在我的心里永远藏着对于这两个人的感激。我本来是一个愚蠢的、孤僻的孩子。要是没有他们的帮助，也许我至今还是一个愚蠢的、孤僻的人罢。

父亲的死使我懂得了更多的事情。我的眼睛好像突然睁开了，我更看清楚了我们这个富裕大家庭的面目。

这个富裕的大家庭变成了一个专制的大王国。在和平的、友爱的表面下我看见了仇恨的倾轧和斗争；同时在我的渴望自由发展的青年的精神上，"压迫"像沉重的石块重重地压着。

　　我的身子给绑得太紧了，不能够动弹。我也不能够甩掉肩上的重压。我把全部的时间用来读书。书本却蚕食了我的健康。

　　我一天一天地瘦下去。父亲死后的一年中间我每隔十几天就要病倒一次，而且整个冬天一直在吞丸药。

　　第二年秋天我进了青年会的英文补习学校。祖父知道了这件事情，也不干涉，因为他听说学会英文可以考进邮局工作，他又知道邮局的薪水相当高，薪水是现金，而且逐年增加，位置又稳固，不会因政变或其它的人事变动而失业。我的一位舅父当时是邮局的一个高级职员，亲友们都羡慕他的这个"好位置"。

　　我在青年会上了一个月的课就生了三次病。祖父知道了便要我在家里静养。不过他同意请香表哥到我们家里来正式教我念英文，还吩咐按月送束脩给香表哥。其实所谓束脩的数目也很小，不是一元，便是两元。

　　自从父亲死后，祖父对我的态度也渐渐地改变。他开始关心我、而且很爱我。后来他听见人说牛奶很"养人"，便出钱给我订了一份牛奶。他还时常把我叫到他的房里去，对我亲切地谈一些做人处世的话。甚至在他临死前发狂的一个月中间他也常常叫人把我找去。我站在他的床前，望着他。他的又黑又瘦的老脸上露出微笑，眼里却淌了泪水。

　　以前在我们祖孙两个中间并没有感情。我不曾爱过祖父，我只是害怕他；而且有时候我还把他当作专制、压迫的代表，我的确憎恨过他。

　　但是在他最后的半年里不知道怎样，他的态度完全改变了，我对他也开始发生了感情。

　　然而时间是这么短！在这一年的最后一天（旧历），我就失掉了他。

　　新年中别的家庭里充满了喜悦，爆竹声挨门挨户地响起来。然而在众人的欢乐中，我们一家人却匍匐在灵前哀哀地哭着死去的祖父。

这悲哀一半是虚假的,因为在祖父死后一个多星期的光景,叔父们就在他的房间里开会处分了他的东西,而且后来他们还在他的灵前发生过争吵。

可惜祖父没有知觉了,不然他对于所谓"五世同堂"的好梦也会感到幻灭罢。我想他的病中的发狂决不是没有原因的。

祖父是一个能干的人。他在曾祖死后,做了多年的官,后来"告归林下"。他买了不少的田产,修了漂亮的公馆,收藏了好些古玩字画。他结过两次婚,讨了两个姨太太,生了五儿一女,还见到了重孙(大哥的儿子)。结果他把儿子们造成了彼此不相容的仇敌,在家庭里种下了长期争斗的根源,他自己依旧免不掉发狂地死在孤独里。并没有人真正爱他,也没有人真正了解他。

祖父一死,家庭就变得更黑暗了。新的专制压迫的代表起来代替了祖父,继续拿旧礼教把"表面是弟兄,暗中是仇敌"的几房人团结在一起,企图在二十世纪中维持封建时代的生活方式。结果产生了更多的争斗和倾轧,造成了更多的悲剧,而裂痕依旧是一天一天地增加,一直到最后完全崩溃的一天。

祖父像一个旧家庭制度的最后的卫道者那样地消失了。对于他的死我并没有遗憾。虽然我在哀悼失掉了一个爱我的人,但是同时我也庆幸我获得了自由。从这天起在我们家里再没有一个人可以支配我的行动了。

祖父死后不到半年,在一九二〇年暑假我和三哥就考进了外国语专门学校,从补习班读到预科、本科,在那里接连念了两年半的书。在学校里因为我没法交出中学毕业文凭,后来改成了旁听生,被剥夺了获得毕业文凭的权利。这件事情竟然帮助我打动了继母和大哥的心,使他们同意我抛弃了学业同三哥一路到上海去。

民国十二年（一九二三年）春天在枪林弹雨中保全了性命以后，我和三哥两个就离开了成都的家。大哥把我们送到木船上，他流着眼泪离开了我们。那时候我的悲哀是很大的。但是一想到近几年来我的家庭生活，我对于旧家庭并没有留恋。我离开旧家庭不过像甩掉一个可怕的阴影。但是还有几个我所爱的人在那里呻吟憔悴地等待宰割，我因此不能不感到痛苦。在过去的十几年中间我已经用眼泪埋葬了不少的尸体，那些都是不必要的牺牲者，完全是被陈旧的礼教和两三个人一时的任性杀死的。

一个理想在前面向我招手，我的眼前是一片光明。我怀着大的勇气离开了我住过十七年的成都。

那时候我已经受了新文化运动的洗礼，而且参加了社会运动，创办了新的刊物，并且在刊物上写了下面的两个短句作为我的生活的目标了：

奋斗就是生活，

人生只有前进。

梦[①]

据说"至人无梦"。幸而我只是一个平庸的人。

我有我的梦中世界,在那里我常常见到你。

昨夜又见到你那慈祥的笑颜了。

还是在我们那个老家,在你的房间里,在我的房间里,你亲切地对我讲话。你笑,我也笑。

还是成都的那些旧街道,我跟着你一步一步地走过平坦的石板路,我望着你的背影,心里安慰地想:父亲还很康健呢。一种幸福的感觉使我的全身发热了。

我那时不会知道我是在梦中,也忘记了二十五年来的艰苦日子。

在戏园里,我坐在你旁边,看台上的武戏,你还详细地给我解释剧中情节。

我变成二十几年前的孩子了。我高兴,我没有挂虑地微笑,我不加思索地随口讲话。我想不到我在很短的时间以后就会失掉你,失掉这一切。

然而睁开眼睛,我只是一个人,四周就只有滴滴的雨声。房里是一片黑暗。

① 本篇最初发表于一九四二年一月《自由中国》新一卷第五、六期合刊,现收入《巴金全集》第十三卷。

没有笑，没有话语。只有雨声：滴——滴——滴。

我用力把眼睛睁大，我撩开蚊帐，我在漆黑的空间中找寻你的影子。

但是从两扇开着的小窗，慢慢地透进来灰白色的亮光，使我的眼睛看见了这个空阔的房间。

没有你，没有你的微笑。有的是寂寞、单调。雨一直滴——滴地下着。

我唤你，没有回应。我侧耳倾听，没有脚声。我静下来，我的心怦怦地跳动。我听得见自己的心的声音。

我的心在走路，它慢慢地走过了二十五年，一直到这个夜晚。

我于是闭了嘴。我知道你不会再站到我的面前。二十五年前我失掉了你。我从无父的孩子已经长成一个中年人了。

雨声继续着。长夜在滴滴声中进行。我的心感到无比的寂寞。怎么，是屋漏么？我的脸颊湿了。

小时候我有一个愿望：我愿在你的庇荫下做一世的孩子。现在只有让梦来满足这个愿望了。

至少在梦里，我可以见到你，我高兴，我没有挂虑地微笑，我不加思索地随口讲话。

为了这个，我应该感谢梦。

8 月 3 日

怀念二叔①

　　近几年我常为自己的《全集》写后记，一年中写三四篇《代跋》，要解释旧作，我有时谈到成都的老家。今年夏天我虽然写得少些，但是我做过一个愉快的梦，在一间有纱窗的木板壁漆成绿色的书房里，我和三哥李尧林站在书桌前听二叔讲书。"必讼！"二叔忽然拍着书桌大声说，"说得好！"

　　我吃了一惊。在八九年大病之后我总是睡不安稳，也少做梦，就是进入梦境，也恍恍惚惚，脑子并不清楚。这一次却不同，我明明感觉到舒适的夏夜凉风。醒在床上，我还听见二叔的声音，他讲书时常常挂在嘴上的一句话："必讼！"我很激动，一两个小时不能合眼，我在回忆那些难忘的事情。

　　对二叔李华封我了解不多，他平日很少同我和三哥交谈，也不常对我们训话，我们见到他打个招呼，他温和地答应一声。他的住房在后面一进，旁边便是大厨房，前几年我没有进学堂而在私塾中又相当自由的时候，午饭前常常溜到大厨房里看谢厨子烧菜，很少听见二叔房里骂人或吵架的声音。人们说他的脾气不坏。

　　我只知道二叔是本城一位挂牌的大律师，年轻时候在日本东京学过

① 本文最初发表于一九九二年香港《二十一世纪》十月号，现收入作家出版社二〇一一年版《再思录》。

法律，他在成都也有点名气，事务所就设在我们公馆里，三叔是他的助手，另外还有一个年轻的书记员，我和郑书记员熟悉了，晚上没有事就去找他下象棋。郑书记员有一回向我称赞二叔法庭辩护很精彩，他甚至安排我同他一起去法庭旁听。我们的确去了，可是本案审讯临时改期，我以后也没有再去。

我没有听见二叔谈日本的事情，只知道他有一个笔名（也就是室名）叫箱根室主人。他活着的时候我说不出箱根是什么地方。一九六一年我访问日本到了箱根，不由得想起亡故多年的二叔，好像一下子我们的距离缩短了。我当初为什么没有想到他在那个时候就喜欢箱根，我一直以为他是守旧派，甚至把他写成《激流》中的高克明。在小说里我还写了淑贞的缠脚。但我堂妹的脚不久就得到了解放，在我们老家找不到一个老顽固了。

说到二叔，我忘不了的一件事，就是他做过我和三哥的语文老师，在我们离家前两年给我们讲解过《春秋·左传》。每天晚上我们到他的书房，讲解告一个段落，我们便告辞回屋。他给我们讲书，因为他对《春秋·左传》有兴趣、有研究。此外还有一个原因：他太寂寞，三个儿子都病死了。他可能把希望寄托在三哥和我的身上。

我常说自己是一个充满矛盾的人，我看不少人都是这样。我在二叔身上也看到矛盾，我对他平日总是敬而远之，并无恶感，但也不亲近。我还记得一件事情：编辑《平民之声》旬刊的时候，我常常把刚刚印好的刊物放在家里，就放在我和三哥住房对面的空屋里。有一天我进屋去拿新送来的报纸，门开着，二叔走过门前便进房来，拿起一张报纸看了看，上面有我介绍"托尔斯泰的生平与学说"的长篇连载，最后还有报社的地址：成都双眼井二十一号李芾甘。他不满意地看了我一眼，好像要说话，却什么也没有讲就放下报纸走出去了。我以为他会对大哥提起这件事训我一顿，后来才知道他只是要大哥劝我在外面活动时多加小心。这些话我当时听不进去，以后回想起来才明白这是他的好意。我和三哥出川念书，也得到他的鼓励和帮助。

我想起年轻时候读过一部《说部丛书》，这是当时商务印书馆出版的翻译小说，有文言，有白话，全用四号字排印，一共三集，每集一百种。这些书打开了我的眼界，使我关在家里也看到外面世界，接触各种生活，理解各样人物。我觉得它们好像给我准备了条件，让我张开双臂去迎接新的思想，迎接新的文化运动。书都是大哥从二叔那里借来的，为了这个我常常想起二叔。"文革"结束，我得到真正的解放后在旧书店买到一部这样的《丛书》，还有未出齐的第四集。我的许多书都捐赠出去了，这丛书我留着，作为感激的纪念，不仅是对二叔，而且也对大哥，对别的许多人，我从他们那里吸引了各种养料。没有从他们那里得来的点点滴滴，就没有今天的我。

我继续回忆，继续思念，好像用一把锄头慢慢地挖，仿佛用一支画笔慢慢地描，二叔在我眼前复活了，两眼闪光，兴奋地说："说得好，必讼！"他又在讲解《左传》，又在称赞《聊斋》的"春秋笔法"。他向我们介绍蒲松龄的好些作品，给我印象最深的就是那篇告倒冥王的《席方平》。席方平替父伸冤备受酷刑，他不怕痛苦坚持上告，一级一级地上控，却始终得不到公道。冥王问他还敢不敢再告状？他答说："必讼！"酷刑之后再问，他还是："必讼！"响当当的两个字真有斩钉截铁的力量。但是他吃尽了苦头，最后一次就回答冥王："不讼了。"他真的不再告状吗？不，他讲了假话，只是为了保护自己，事实上他坚持到底，终于把贪赃枉法的冥王和官吏拉了下来。

我记起来了，二叔说过类似这样的话："席方平他讲真话受到严刑拷打，讲假话倒放掉了。然而他还是要讲真话。他就是有骨气！写文章要有骨气！"原来二叔也是教我讲真话的一位老师。

怎样写文章，我本来一窍不通，听惯了二叔的讲解分析，我感到一点兴趣，有时也照他的办法分析读过的文章，似乎有较深的理解，懂得一点把文字当做武器使用的奥妙。以后我需要倾吐感情、发泄爱憎的时候，我寂寞、痛苦、愤怒或悲伤的时候，我就拿起笔疯狂地写着，深夜我在自己房里听见大哥一个人坐进在大厅上的轿子、打碎窗玻璃的时候，我不能控制自己，便在练习簿上写下一些不成篇的长诗。后来我在法国沙多一吉里读到报道两个意大利工人遭受电刑的时候，我写出小说《灭亡》中一些重要的章节。我写着，自己说仿佛有一根鞭子在我的背上猛抽。我对准痛处用力打击，我的感情仿佛通过我的心、我的手全部灌注在笔下写在纸上，变成了我的呼唤，我的控诉，我的叫号。

最初的年代里我到处跑，只要手中有一支笔我便到处写作。心里想些什么，我就写些什么。我并不苦思苦想，寻找打击要害的有力的字句，我让感情奔放，煽旺心中的火，推动我这支毫无装饰的笔飞越一张一张的稿纸，我没有学会一字诛心的笔法，我走自己的道路。经过几十年的风风雨雨，我终于从荆棘丛中走了出来。

我一再声明，反复解释，我不是文学家，也不懂艺术。有人嫌我啰嗦，其实我不过在讲真话。"文革"期间我曾几次被赶出文坛，又偷偷地溜了回来。现在我还不知道是否已在文坛"定居"。但是自己早有思想准备，不会太久了！

接连几个不眠的长夜，我睁着眼睛在思索，在回忆。灰堆里还闪亮着火星。我不是怀念亡故的亲人，难道是在为自己结账，准备还清欠债？

那么是时候了。

又想到了二叔，关于他许多事情我都记不起来了。我父亲只活了四十四岁。二叔活过了五十，但是他做五十大寿的时候我早已离开成都，现在连他的忌辰也弄不清楚了。我们出川后还同他通过三四封信，"文革"之后只剩下一页无尾的残笺，他的手迹对我还是十分亲近，使我想起他那些勤奋治学的教诲。最近我把六十几年前这一页旧信赠给成都的"慧园"，说明我今天还不曾忘记我的这位老师。

我记不起我搁笔有几年了。写字困难，我便开动脑筋，怀旧的思想在活动，眼前出现一张一张亲切的脸。我的确在为自己结账。我忽然想再翻一下《春秋·左传》。多年不逛书店了，我请友人黄裳替我买来一部有注解的新版本，不厚不薄，一共四册，我拿着翻看，翻过一册又是一册。我忽然停住，低声念了起来："太史书曰：'崔杼弑其君。'崔子杀之。其弟嗣书，而死者二人。其弟又书，乃舍之。南史氏闻太史尽死，执简以往，闻既书矣，乃还。"我不再往后翻看了，我仿佛又站在二叔的写字台前。熟悉的人，熟悉的事。治学有骨气，做人也有骨气。人说真话，史官记实事，第一个死了，第二个站出来，杀了三个，还有第四、第五……两千五百三十九年前的崔杼懂得这个道理，他便没有让"太史尽死"。

崔杼是个聪明人，他当然知道即使不放过一个史官，他也阻止不了"执简以往"的人。二叔知道这个，我也知道这个，他的确是我的老师。

一九九一年十一月五日

做大哥的人①

　　我的大哥生来相貌清秀，自小就很聪慧，在家里得到父母的宠爱，在书房里又得到教书先生的称赞。看见他的人都说他日后会有很大的成就。母亲也很满意这样一个"宁馨儿"。

　　他在爱的环境里逐渐长成。我们回到成都以后，他过着一位被宠爱的少爷的生活。辛亥革命的前夕，三叔带着两个镖客回到成都。大哥便跟镖客学习武艺。父亲对他抱着很大的希望，想使他做一个"文武全才"的人。

　　每天早晨天还没有大亮，大哥便起来，穿一身短打，在大厅上或者天井里练习打拳使刀。他从两个镖客那里学到了他们的全套本领。我常常看见他在春天的黄昏舞动两把短刀。两道白光连接成了一根柔软的丝带，蛛网一般地掩盖住他的身子，像一颗大的白珠子在地上滚动。他那灵活的舞刀的姿态甚至博得了严厉的祖父的赞美，还不说那些胞姐、堂姐和表姐们。

　　他后来进了中学。在学校里他是一个成绩优良的学生，四年课程修满毕业的时候他又名列第一。他得到毕业文凭归来的那一天，姐姐们聚在他的房里，为他的光辉的前程庆祝。他们有一个欢乐的聚会。大哥当

---

① 本篇最初收入一九三四年第一出版社版《巴金自传》，现
　收入《巴金全集》第十二卷。

时对化学很感兴趣，希望毕业以后再到上海或者北京的有名的大学里去念书，将来还想到德国去留学。他的脑子里装满了美丽的幻想。

然而不到几天，他的幻想就被父亲打破了，非常残酷地打破了。因为父亲给他订了婚，叫他娶妻了。

这件事情他也许早猜到一点点，但是他料不到父亲就这么快地给他安排好了一切。在婚姻问题上父亲并不体贴他，新来的继母更不会知道他的心事。

他本来有一个中意的姑娘，他和她中间似乎发生了一种旧式的若有若无的爱情。那个姑娘是我的一个表姐，我们都喜欢她，都希望他能够同她结婚。然而父亲却给他另外选了一个张家姑娘。

父亲选择的方法也很奇怪。当时给大哥做媒的人有好几个，父亲认为可以考虑的有两家。父亲不能够决定这两个姑娘中间究竟哪一个更适宜做他的媳妇，因为两家的门第相等，请来做媒的人的情面又是同样地大。后来父亲就把两家的姓写在两方小红纸块上面，揉成了两个纸团，捏在手里，到祖宗的神主面前诚心祷告了一番，然后随意拈起了一个纸团。父亲拈了一个"张"字，而另外一个毛家的姑娘就这样地被淘汰了。(据说母亲在时曾经向表姐的母亲提过亲事，而姑母却以"自己已经受够了亲上加亲的苦，不愿意让女儿再来受一次"这理由拒绝了，这是三哥后来告诉我的。拈阄的结果我却亲眼看见。)

大哥对这门亲事并没有反抗，其实他也不懂得反抗。我不知道他向父亲提过他的升学的志愿没有，但是我可以断定他不会向父亲说起他那若有若无的爱情。

于是嫂嫂进门来了。祖父和父亲因为大哥的结婚在家里演戏庆祝。结婚的仪式自然不简单。大哥自己也在演戏，他一连演了三天的戏。在这些日子里他被人宝爱着像一个宝贝；被人玩弄着像一个傀儡。他似乎有一点点快乐，又有一点点兴奋。

他结了婚，祖父有了孙媳，父亲有了媳妇，我们有了嫂嫂，别的许多人也有了短时间的笑乐。但是他自己也并非一无所得。他得到了一个体贴他的温柔的姑娘。她年轻，她读过书，她会做诗，她会画画。他满意了，在短时期中他享受了以前所不曾梦想到的种种乐趣。在短时期中他忘记了他的前程，忘记了升学的志愿。他陶醉在这个少女的温柔的抚爱里。他的脸上常带笑容，他整天躲在房里陪伴他的新娘。

他这样幸福地过了两三个月。一个晚上父亲把他唤到面前吩咐道："你现在接了亲，房里添出许多用钱的地方；可是我这两年来入不敷出，又没有多余的钱给你们用，我只好替你找个事情混混时间，你们的零用钱也可以多一点。"

父亲含着眼泪温和地说下去。他唯唯地应着，没有说一句不同意的话。可是回到房里他却倒在床上伤心地哭了一场。他知道一切都完结了！

一个还没有满二十岁的青年就这样地走进了社会。他没有一点处世的经验，好像划了一只独木舟驶进了大海，不用说狂风大浪在等着他。

在这些时候他忍受着一切，他没有反抗，他也不知道反抗。

月薪是二十四元。为了这二十四个银元的月薪他就断送了自己的前程。

然而灾祸还不曾到止境。一年以后父亲突然死去，把我们这一房的生活的担子放到他的肩上。他上面有一位继母，下面有几个弟弟妹妹。

他埋葬了父亲以后就平静地挑起这个担子来。他勉强学着上了年纪的人那样来处理一切。我们一房人的生活费用自然是由祖父供给的。（父亲的死引起了我们大家庭第一次的分家，我们这一房除了父亲自己购置的四十亩田外,还从祖父那里分到了两百亩田。）他用不着在这方面操心。然而其它各房的仇视、攻击、陷害和暗斗却使他难于应付。他永远平静地忍受了一切,不管这仇视、攻击、陷害和暗斗愈来愈厉害。他只有一个办法：处处让步来换取暂时的平静生活。

后来他的第一个儿子出世了。祖父第一次看见了重孙,自然非常高兴。大哥也感到了莫大的快乐。儿子是他的亲骨血,他可以好好地教养他,在他的儿子的身上实现他那被断送了的前程。

他的儿子一天一天长大起来,是一个非常聪明可爱的孩子,得到了我们大家的喜爱。

接着五四运动发生了。我们都受到了新思潮的洗礼。他买了好些新书报回家。我们（我们三弟兄和三房的六姐,再加上一个香表哥）都贪婪地读着一切新的书报,接受新的思想。然而他的见解却比较温和。他赞成刘半农的"作揖主义"和托尔斯泰的"无抵抗主义"。他把这种理论跟我们大家庭的现实环境结合起来。

他一方面信服新的理论,一方面依旧顺应旧的环境生活下去。顺应环境的结果,就使他逐渐变成了一个有两重人格的人。在旧社会,旧家庭里他是一位暮气十足的少爷；在他同我们一块儿谈话的时候,他又是一个新青年了。这种生活方式是我和三哥所不能够了解的,我们因此常常责备他。我们不但责备他,而且时常在家里做一些带反抗性的举动,给他招来祖父的更多的责备和各房的更多的攻击与陷害。

祖父死后,大哥因为做了承重孙（听说他曾经被一个婶娘暗地里唤做"承重老爷"）,便成了明枪暗箭的目标。他到处磕头作揖想讨好别人,也没有用处；同时我和三哥的带反抗性的言行又给他招来更多的麻烦。

我和三哥不肯屈服。我们不愿意敷衍别人,也不愿意牺牲自己的主

出原因来，所以我并不曾重视他的话。

然而在一九三一年春天的一个早晨，他果然就用毒药断送了他的年轻的生命。两个月以后我才接到了他的二十几页的遗书。在那上面我读着这样的话：

卖田以后……我即另谋出路。无如我求速之心太切，以为投机事业虽险，却很容易成功。前此我之所以失败，全是因为本钱是借贷来的，要受时间和大利的影响。现在我们自己的钱放在外边一样收利，我何不借自己的钱来做，一则利息也轻些，二则不受时间影响。用自己的钱来做，果然得了小利。……所以陆续把存放的款子提回来，作贴现之用，每月可收百数十元。做了几个月，很顺利。于是我就放心大胆地做去了。……哪晓得年底一病就把我毁了[1]，等我病好出外一看，才知道我们的养命根源已经化成了水。好，好！既是这样，有什么话说！所以我生日那天，请大家看戏后，就想自杀。但是我实在舍不得家里的人。多看一天算一天，混一天。现在混不下去了。我也不想向别人骗钱来用。算了罢。如果活下去，那才是骗人呢。……我死之后不用什么埋葬，随便分尸也可，或者听野兽吃也可。因我应得之罪累及家人受此痛苦，望从重对我的尸体加以处罚……

这就是大哥自杀的动机了。他究竟是为了顾全绅士的面子而死，还是因为不能够忍受未来的更痛苦的生活，我虽然熟读了他的遗书，被里面一些极凄惨的话刺痛了心，但是我依旧不能够了解。我只知道他不愿意死，而且他也没有死的必要。我知道他写了三次遗书，又三次把它毁了。

---

[1] 因为在他的病中好几家银行倒闭了，他并不知道。——
作者原注

甚至在第四次的遗书里他还不自觉地喊着："我不愿意死。"然而他终于像一个诚实的绅士那样吞食了自己摘下的苦果而死去了。结果他在那般虚伪的绅士眼前失掉了面子，并且把更痛苦的生活留给他的妻子和一儿四女（其中有四个我并未见过）。我们的叔父婶娘们在他死后还到他的家里逼着讨他生前欠的债；至于别人借他的钱，那就等于"付之东流"了。

大哥终于做了一个不必要的牺牲者而死去了。他这一生完全是在敷衍别人，任人播弄。他知道自己已经逼近了深渊，却依旧跟着垂死的旧家庭一天一天地陷落下去，终于到了完全灭顶的一天。他便不得不像一个诚实的绅士那样拿毒药做他唯一的拯救了。

他被旧礼教、旧思想害了一生，始终不能够自拔出来。其实他是被旧制度杀死的。然而这也是咎由自取。在整个旧制度大崩溃的前夕，对于他的死我不能有什么遗憾。然而一想到他的悲惨的一生，一想到他对我所做过的一切，一想到我所带给他的种种痛苦，我就不能不痛切地感觉到我丧失了一个爱我最深的人了。

我的哥哥李尧林[①]

一

前些时候我接到《大公园》编者的信，说香港有一位读者希望我谈谈我哥哥李尧林的事情。在上海或者北京也有人向我表示过类似的愿望，他们都是我哥哥的学生。我哥哥去世三十七年了，可是今天他们谈论他，还仿佛他活在他们的中间，那些简单、朴素的语言给我唤起许多忘却了的往事。我的"记忆之箱"打开了，那么一大堆东西给倾倒了出来，我纵然疲乏不堪，也得耐心地把它们放进箱内，才好关上箱子，然后加上"遗忘之锁"。

一连两夜我都梦见我的哥哥，还是在我们年轻的时候，醒过来我才想起我们已经分别三十七年。我这个家里不曾有过他的脚迹。可是他那张清瘦的脸在我的眼前还是这么亲切，这么善良，这么鲜明。我不知道自己还可以工作多少时候，但是我的漫长的生活道路总会有一个尽头，我也该回过头去看看背后自己的脚印了。

我终于扭转我的开始僵化的颈项向后望去。并不奇怪，我看到两个人的脚印，在后面很远、很远的地方。在我的童年，在我的少年，甚至

---

① 本篇最初连续发表于一九八三年八月二十三至二十五日
香港《大公报·大公园》，现收入《巴金全集》第十六卷。

青年时期的一部份，我和哥哥尧林总是在一起，我们冒着风雪在泥泞的路上并肩前进的情景还不曾在我眼前消失。一直到一九二五年暑假，不论在家乡，还是在上海、南京，我们都是同住在一间屋子里。他比我年长一岁有余，性情开朗、乐观。有些事还是他带头先走，我跟上去。例如去上海念书这个主意就是他想出来，也是他向大哥提出来的。我当时还没有这个打算。离家后，一路上都是他照顾我，先在上海，后去南京，我同他在一起过了两年多的时间，一直到他在浦口送我登上去北京的火车。这以后我就开始了独往独来的生活，遇事不再征求别人的意见，一切由我自己决定。朋友不多，他们对我了解不深，他们到我住的公寓来，大家谈得热烈，朋友去后我又感到寂寞。我去北京只是为了报考北京大学。检查体格时医生摇摇头，似乎说我的肺部不好。这对我是一个意外的打击，我并未接到不让参加考试的通知，但是我不想进考场了。尧林不在身边，我就轻率地作了决定，除了情绪低落外，还有一个原因，我担心不会被录取。

从北京我又回到南京，尧林还在那里，他报考苏州东吴大学，已经录取了。他见到我很高兴，并不责备，倒安慰我，还陪我去找一个同乡的医生。医生说我"有肺病"，不厉害。他知道我要去上海，就介绍我去找那个在"法租界"开业的医生（也是四川人，可能还是他的老师）。我在南京住了两天，还同尧林去游了鸡鸣寺、清凉山，就到上海去了。他不久也去了苏州。

他在苏州念书。我在上海养病、办刊物、写文章。他有时也来信劝我好好养病、少活动、读点书。我并没有重视他的劝告。我想到他的时候不多，我结交了一些新朋友。但偶尔遇到不如意的事情，情绪不好时，我也会想到哥哥。这年寒假，我到苏州去看他，在他们的宿舍里住了一夜。

学生们都回家去了，我没有遇见他的同学。当时的苏州十分安静，我们像在南京时那样过了一天，谈了不少的话，总是谈大哥和成都家中的事。我忽然问他："你不觉得寂寞吗？"他摇摇头带着微笑答道："我习惯了。"我看得出他的笑容里有一种苦味。他改变了。他是头一次过着这样冷冷清清的生活。大哥汇来的钱不多，他还要分一点给我，因此他过得更俭省，别人都走了，他留下来，勤奋地学习。我了解他的心情，我觉察出他有一种坚忍的力量，我想他一定比我有成就，他可以满足大哥的期望吧。在闲谈中我向他提起一个朋友劝我去法国的事，他不反对，但他也不鼓励我，他只说了一句"家里也有困难。"他讲的是真话，我们那一房正走着下坡路，入不敷出，家里人又不能改变生活方式，大哥正在进行绝望的挣扎，他把希望寄托在我们两个兄弟的"学成归来"。在我这方面，大哥的希望破灭了。担子落在三哥一个人的肩头，多么沉重！我同情他，也敬佩他，但又可怜他，总摆脱不掉他那孤寂瘦弱的身形。我们友爱地分别了。他送给我一只旧怀表，我放在衣袋里带回上海，过两三天就发觉表不见了，不知道它是在什么时候给扒手拿走的。

去法国的念头不断地折磨我，我考虑了一两个月，终于写信回家，向大哥提出要求，要他给我一笔钱作路费和在法国短期的生活费。大哥的答复是可以想象到的：家中并不宽裕，筹款困难，借债利息太高，等等，等等。他的话我听不进去，我继续写信要求。大哥心软，不愿一口拒绝，要三哥劝我推迟赴法行期两三年。我当时很固执，不肯让步。三哥写过两封信劝我多加考虑，要我体谅大哥的处境和苦衷。我坚持要走。大哥后来表示愿意筹款，只要求我和三哥回家谈谈，让我们了解家中经济情况。这倒叫三哥为难了。我们两个都不愿回家。我担心大家庭人多议论多，会改变大哥的决定。三哥想，出外三年，成绩不大，还不如把旅行的时间花在念书上面，因此他支持我的意见。最后大哥汇了钱给我。我委托上海环球学生会办好出国手续，领到护照，买到船票，一九二七年一月十五日坐海轮离开了上海。

出发前夕，我收到三哥的信（这封信我一直保存到今天），他写道：

你这次动身，我不能来送你了，望你一路上善自珍摄。以后你应当多写信来，特别是寄家中的信要写得越详越好。你自来性子很执拗，但是你的朋友多了，应当好好的处，不要得罪人使人难堪，因此弄得自己吃苦。××兄年长、经验足，你遇事最好虚心请教。你到法国后应当以读书为重，外事少管，因为做事的机会将来很多，而读书的机会却只有现在很短的时间。对你自己的身体也应当特别注意，有暇不妨多运动，免得生病……

这些话并不是我当时容易听进去的。

二

以上的话全写在我住院以前。腿伤以后，我就不可能再写下去了。但是在我的脑子里哥哥的形象仍然时常出现。我也想到有关他的种种往事，有些想过就不再记起，有些不断地往来我的眼前。我有一种感觉：他一直在我的身边。

于是我找出八个月前中断的旧稿继续写下去。

……我去法国，我跟三哥越离越远，来往信件也就越少。

我来到巴黎接触各种新的事物。他在国内也变换了新的环境。他到了北平转学燕京大学。我也移居沙多—吉里小城过隐居似的学习和写作的生活。家中发生困难，不能汇款接济，我便靠译书换取稿费度日，在沙多—吉里城拉·封丹中学寄食寄宿，收费很少。有一个住在旧金山的华侨工人锺时偶尔也寄钱帮助，我一九二八年回国的路费就是他汇给我的。

我回国后才知道三哥的生活情况比我想象的差得多。他不单是一个"苦学生"，除了念书他还做别的工作，或者住在同学家中当同学弟弟的家庭教师，领一点薪金来缴纳学费和维持生活。他从来没有向人诉苦，也不悲观，他的学习成绩很好，他把希望放在未来上面。

一九二九年大哥同几个亲戚来上海小住，我曾用大哥和我的名义约三哥到上海一晤。他没有来，因为他在暑假期间要给同学的弟弟补习功课。其实还有一个问题，我在去信中并不曾替他解决，本来我应当向大哥提出给他汇寄路费的事。总之，他错过了同大哥见面的机会。

一九三〇年他终于在燕京大学毕了业，考进了南开中学做英语教师。他在燕京大学学习了两个科目：英语和英语教学，因此教英语他很有兴趣。他借了债，做了两套西装，准备"走马上任"。

作为教师，他做出了成绩，他努力工作，跟同学们交了朋友。他的前途似乎十分平坦，我也为他高兴。但是不到一年意外的灾祸来了，大哥因破产自杀，留下一个破碎的家。我和三哥都收到从成都发来的电报。他主动地表示既然大哥留下的担子需要人来挑，就让他来挑吧。他答应按月寄款回家，从来不曾失过信，一直到抗战爆发的时候。去年我的侄儿还回忆起成都家中人每月收到汇款的情况。

一九三三年春天三哥从天津来看我，我拉他同去游了西湖，然后又送他到南京，像他在六年前送我北上那样，我也在浦口站看他登上北去的列车。我们在一起没有心思痛快地玩，但是我们有充分的时间交换意见。我的小说《激流》早已在上海《时报》上刊完，他也知道我对"家"的看法。我说，我不愿意为家庭放弃自己的主张。他却默默地挑起家庭的担子，我当时也想象得到他承担了多大的牺牲。后来我去天津看他，在他的学校里小住三次。一九三四年我住在北平文学季刊社，他也来看过我。同他接触较多，了解也较深，我才知道我过去所想象的实在很浅。他不单是承担了大的牺牲，应当说，他放弃了自己的一切。他背着一个沉重的（对他说来是相当沉重的）包袱，往前走多么困难！他毫不后悔地打破自己建立小家庭的美梦。

他甘心做一个穷教员，安分守己，认真工作。看电影是他唯一的娱乐；青年学生是他的忠实朋友，他为他们花费了不少的精力。

他年轻时候的勇气和锐气完全消失了。他是那么善良，那么纯真。他不愿意伤害任何人，我知道有一些女性向他暗示过爱情，他总是认为自己穷，没有条件组织美满的小家庭，不能使对方幸福。三十年代我们在北平见面，他从天津来参加一位同学妹妹的婚礼。这位女士我也见过，是一个健美的女性，三哥同她一家熟，特别是同她和她的哥哥。她的父母给她找了对象，订了婚，却不如意，她很痛苦，经过兄妹努力奋斗（三哥也在旁边鼓励他们），婚约终于解除。三哥很有机会表示自己的感情，但是他知道姑娘父母不会同意婚约，看不上他这样一个穷女婿。总之，他什么也没有表示。姑娘后来另外找到一个门当户对的男人订了婚。至于三哥，他可能带着苦笑地想，我早已放弃一切了。我可没有伤害任何一个人啊！

他去"贺喜"之前，那天在文学季刊社同我闲聊了两三个小时，他谈得不多。送他出门，我心里难过。我望着他的背影，虽然西服整洁，但他显得多么孤寂，多么衰老！

三

一九三九年我从桂林回上海，准备住一个时期，写完长篇小说《秋》。我约三哥来上海同住，他起初还在考虑，后来忽然离开泡在大水中的天津到上海来了。事前他不曾来过一封信。我还记得中秋节那天下午听见他在窗下唤我，我伸出头去，看见一张黑瘦的面孔，我几乎不相信会是他。

他就这样在上海住下来。我们同住在霞飞坊（淮海坊）朋友的家里，我住三楼，他住在三楼亭子间。我已经开始了《秋》，他是第一个读者，我每写成一章就让他先看并给我提意见。不久他动手翻译俄国冈查罗夫的小说《悬崖》，也常常问我对译文的看法。他翻译《悬崖》所根据的英、法文译本都是我拿给他的。我不知道英译本也是节译本，而且删节很多。这说明我读书不多，又常是一知半解，我一向反对任意删改别人的著作，却推荐了一本不完全的小说，浪费他的时间。虽然节译本《悬崖》还是值得一读，他的译文也并不错，但想起这件事，我总感到内疚。

第二年（一九四〇年）七月，《秋》出版后我动身去昆明，让他留在上海，为文化生活出版社翻译几本西方文学名著。我同他一块儿在上海过了十个月，仿佛回到了几十年前在南京的日子，我还没有结婚，萧珊在昆明念书，他仍是孤零零一个人。一个星期里我们总要一起去三四次电影院，也从不放过工部局乐队星期日的演奏会。我们也喜欢同逛旧书店。我同他谈得很多，可是很少接触到他的内心深处。他似乎把一切都看得很淡，很少大声言笑，但是对孩子们、对年轻的学生还是十分友好，对翻译工作还是非常认真。

当时我并没有想到，现在回想往事，我不能不责备自己关心他实在不够。他究竟有什么心事，连他有些什么朋友，我完全不知道。离开上海时我把他托给主持文化生活出版社的朋友散文作家陆蠡，这是一个难得的好人。他们两位在浦江岸上望着直航海防的轮船不住地挥手。他们的微笑把我一直送到海防，还送到昆明。

这以后我见到更多的人，接触到更多的事，但寄上海的信始终未断。这些信一封也没有能留下来，我无法在这里讲一讲三哥在上海的情况。不到一年半，我第二次到桂林，刚在那里定居下来，太平洋战争爆发，上海的消息一下子完全断绝了。

日本军人占领了上海的"租界"，到处捉人，文化人处境十分危险。我四处打听，得不到一点真实的消息。谣言很多，令人不安。听说陆蠡给捉进了日本宪兵队，也不知是真是假。过了一个较长的时期，我意外地收到三哥一封信，信很短，只是报告平安，但从字里行间也看得出日军铁蹄下文化人的生活。这封信在路上走了相当久，终于到了我眼前。我等待着第二封信，但不久我便离开了桂林，以后也没有能回去。

我和萧珊在贵阳旅行结婚，同住在重庆。在重庆我们迎接到"胜利"。我打电报到上海，三哥回电说他大病初愈，陆蠡下落不明，要我马上去沪。我各处奔走，找不到交通工具，过了两个多月才赶回上海，可是他在两天之前又病倒了。我搭一张帆布床睡在他旁边。据说他病不重，只是体力差，需要休养。

我相信这些话。何况我们住在朋友家，朋友是一位业余医生，可以解决一些问题。这一次我又太大意了。他起初不肯进医院，我也就没有坚持送他去，后来还是听他说："我觉得体力不行了"，"还是早点进医院吧"，我才找一位朋友帮忙让他住进了医院。没有想到留给他的就只有七天的时间！事后我常常想：要是我回到上海第二天就送他进医院，他的病是不是还有转机，他是不是还可以多活若干年？我后悔，我责备自己，已经来不及了。

七天中间他似乎没有痛苦，对探病的朋友们他总是说"蛮好"。但谁也看得出他的体力在逐渐衰竭。我和朋友们安排轮流守夜陪伴病人。我陪过他一个晚上，那是在他逝世前两夜，我在他的床前校改小说《火》的校样。他忽然张开眼睛叹口气说："没有时间了，讲不完了。"我问他讲什么。他说："我有很多话。"又说："你听我说，我只对你说。"我知道他在讲胡话，有点害怕，便安慰他，劝他好好睡觉，有话明天说。他又叹口气说了一句："来不及了。"好像不认识我似的，看了我两眼，于是闭上了眼睛。

第二天早晨我离开病床时，他要说什么话，却没有说出来，只说了一个"好"字。这就是我们弟兄最后一次的见面。下一天我刚起床就得到从医院来的电话，值夜班的朋友说："三哥完了。"

我赶到医院，揭开面纱，看死者的面容。他是那么黄瘦，两颊深陷，眼睛紧闭，嘴微微张开，好像有什么话，来不及说出来。我轻轻地唤一声"三哥"，我没有流一滴眼泪，却觉得有许多根针在刺我的心。我为什么不让他把心里话全讲出来呢？

下午两点他的遗体在上海殡仪馆入殓。晚上我一个人睡在霞飞坊五十九号的三层楼上，仿佛他仍然睡在旁边，拉着我要说尽心里的话。他说谈两个星期就可以谈完，我却劝他好好休息不要讲话。是我封了他的嘴，让他把一切带进了永恒。我抱怨自己怎么想不到他像一支残烛，烛油流尽烛光灭，我没有安排一个机会同他讲话，而他确实等待着这样的机会。因此他没有留下一个字的遗嘱。只是对朋友太太讲过要把"金钥匙"送给我。我知道"金钥匙"是他在燕京大学毕业时因为成绩优良而颁发给他的。他一生清贫，用他有限的收入养过"老家"，帮助过别人，这刻着他的名字的小小的"金钥匙"是他唯一珍贵的纪念品，再没有比它更可贵的了！它使我永远忘不了他那些年勤苦、清贫的生活，它使我今天还接触到那颗发热、发光的善良的心。

九天以后我们把他安葬在虹桥公墓，让他的遗体在一个比较安静的环境里得到安息。他生前曾在智仁勇女子中学兼课，五个女生在他墓前种了两株柏树。

他翻译的《悬崖》和别的书出版了，我们用稿费为他两次修了墓，请钱君匋同志写了碑文。墓上用大理石刻了一本摊开的书，书中有字："别了，永远别了。我的心在这里找到了真正的家。"它们是我从他的译文中选出来的。我相信，他这个只想别人、不想自己的四十二岁的穷教师在这里总可以得到永久的安息了。第二次修墓时，我们在墓前添置了一个石头花瓶，每年清明和他的忌日我们一家人都要带来鲜花插在瓶内。有时我们发现瓶中已经插满鲜花，别人在我们之前来扫过墓，一连几年都是这样。有一次有人远远地看见一位年纪不大的妇女的背影，也不曾看清楚。后来花瓶给人偷走了。我打算第三次为他修墓，仍然用他自己的稿费，我总想把他的"真正的家"装饰得更美好些。但是已经没有时间了。不久发生了"文化大革命"，我靠了边，成了斗争的对象。严寒的冬天在"牛棚"里我听人说虹桥公墓给砸毁了、石头搬光，尸骨遍地。我一身冷汗，只希望这是谣言，当时我连打听消息的时间和权利都没有。

后来我终于离开了"牛棚"。我要去给三哥扫墓，才发现连虹桥公墓也不存在了。那么我到哪里去找他的"真正的家"？我到哪里去找这个从未伤害过任何人的好教师的遗骨呢？得不到回答，我将不停地追问自己。

八月十日写完

怀念萧珊^①

一

今天是萧珊逝世的六周年纪念日。六年前的光景还非常鲜明地出现在我的眼前。那一天我从火葬场回到家中，一切都是乱糟糟的，过了两三天我渐渐地安静下来了，一个人坐在书桌前，想写一篇纪念她的文章。在五十年前我就有了这样一种习惯：有感情无处倾吐时我经常求助于纸笔。可是一九七二年八月里那几天，我每天坐三四个小时望着面前摊开的稿纸，却写不出一句话。我痛苦地想，难道给关了几年的"牛棚"，真的就变成"牛"了？头上仿佛压了一块大石头，思想好像冻结了一样。我索性放下笔，什么也不写了。

六年过去了。林彪、"四人帮"及其爪牙们的确把我搞得很"狼狈"，但我还是活下来了，而且偏偏活得比较健康，脑子也并不糊涂，有时还可以写一两篇文章。最近我经常去火葬场，参加老朋友们的骨灰安放仪式。在大厅里，我想起许多事情。同样地奏着哀乐，我的思想却从挤满了人的大厅转到只有二三十个人的中厅里去了，我们正在用哭声向萧珊的遗体告别。我记起了《家》里面觉新说过的一句话："好像珏死了，也

---

① 本篇最初连续发表于一九七九年二月二日至五日香港
《大公报·大公园》，现收入《巴金全集》第十六卷。

是一个不祥的鬼。"四十七年前我写这句话的时候，怎么想得到我是在写自己！我没有流眼泪，可是我觉得有无数锋利的指甲在搔我的心。我站在死者遗体旁边，望着那张惨白色的脸，那两片咽下千言万语的嘴唇，我咬紧牙齿，在心里唤着死者的名字。我想，我比她大十三岁，为什么不让我先死？我想，这是多么不公平！她究竟犯了什么罪？她也给关进"牛棚"，挂上"牛鬼蛇神"的小纸牌，还扫过马路。究竟为什么？理由很简单，她是我的妻子。她患了病，得不到治疗，也因为她是我的妻子。想尽办法一直到逝世前三个星期，靠开后门她才住进医院。但是癌细胞已经扩散，肠癌变成了肝癌。

她不想死，她要活，她愿意改造思想，她愿意看到社会主义建成。这个愿望总不能说是痴心妄想吧。她本来可以活下去，倘使她不是"黑老K"的"臭婆娘"。一句话，是我连累了她，是我害了她。

在我靠边的几年中间，我所受到的精神折磨她也同样受到。但是我并未挨过打，她却挨了"北京来的红卫兵"的铜头皮带，留在她左眼上的黑圈好几天以后才褪尽。她挨打只是为了保护我，她看见那些年轻人深夜闯进来，害怕他们把我揪走，便溜出大门，到对面派出所去，请民警同志出来干预。那里只有一个人值班，不敢管。当着民警的面，她被他们用铜头皮带狠狠抽了一下，给押了回来，同我一起关在马桶间里。

她不仅分担了我的痛苦，还给了我不少的安慰和鼓励。在"四害"横行的时候，我在原单位（中国作家协会上海分会）给人当做"罪人"和"贱民"看待，日子十分难过，有时到晚上九、十点钟才能回家。我进了门看到她的面容，满脑子的乌云都消散了。我有什么委屈、牢骚，都可以向她尽情倾吐。有一个时期我和她每晚临睡前要服两粒眠尔通才能够闭眼，可是天刚刚发白就都醒了。我唤她，她也唤我。我诉苦般地说：

我当时的确在写检查，而且已经写了好几次了。他们要我写，只是为了消耗我的生命。但她怎么能理解呢？

这时离她逝世不过两个多月，癌细胞已经扩散，可是我们不知道，想找医生给她认真检查一次，也毫无办法。平日去医院挂号看门诊，等了许久才见到医生或者实习医生，随便给开个药方就算解决问题。只有在发烧到摄氏三十九度才有资格挂急诊号，或者还可以在病人拥挤的观察室里待上一天半天。当时去医院看病找交通工具也很困难，常常是我女婿借了自行车来，让她坐在车上，他慢慢地推着走。有一次她雇到小三轮车去看病，看好门诊回家雇不到车了，只好同陪她看病的朋友一起慢慢地走回来，走走停停，走到街口，她快要倒下了，只得请求行人到我们家通知。她一个表侄正好来探病，就由他去把她背了回家。她希望拍一张 X 光片子查一查肠子有什么病，但是办不到。后来靠了她一位亲戚帮忙开后门两次拍片，才查出她患肠癌。以后又靠朋友设法开后门住进了医院。她自己还很高兴，以为得救了。只有她一个人不知真实的病情，她在医院里只活了三个星期。

我休假回家假期满了，我又请过两次假，留在家里照料病人。最多也不到一个月。我看见她病情日趋严重，实在不愿意把她丢开不管，我要求延长假期的时候，我们那个单位的一个"工宣队"头头逼着我第二天就回干校去。我回到家里，她问起来，我无法隐瞒。她叹了一口气，说："你放心去吧。"她把脸掉过去，不让我看她。我女儿、女婿看到这种情景，自告奋勇跑到巨鹿路向那位"工宣队"头头解释，希望同意我在市区多留些日子照料病人。可是那个头头"执法如山"，还说：他不是医生，留在家里，有什么用！"留在家里对他改造不利！"他们气愤地回到家中，只说机关不同意，后来才对我传达了这句"名言"。我还能讲什么呢？明天回干校去！

整个晚上她睡不好，我更睡不好。出乎意外，第二天一早我那个插队落户的儿子在我们房间里出现了，他是昨天半夜里到的。他得到了家信，请假回家看母亲，却没有想到母亲病成这样。我见了他一面，把他母亲交给他，就回干校去了。

在车上我的情绪很不好。我实在想不通为什么会有这样的事情。我在干校待了五天，无法同家里通消息。我已经猜到她的病不轻了。可是人们不让我过问她的事情。这五天是多么难熬的日子！到第五天晚上在干校的造反派头头通知我们全体第二天一早回市区开会。这样我才又回到了家，见到我的爱人。靠了朋友帮忙，她可以住进中山医院肝癌病房，一切都准备好，她第二天就要住院了。她多么希望住院前见我一面，我终于回来了。连我也没有想到她的病情发展得这么快。我们见了面，我一句话也讲不出来。她说了一句："我到底住院了。"我答说："你安心治疗吧。"她父亲也来看她，老人家双目失明，去医院探病有困难，可能是来同他的女儿告别了。

我吃过中饭，就去参加给别人戴上反革命帽子的大会，受批判、戴帽子的人不止一个，其中有一个我的熟人王若望同志[①]他过去也是作家，不过比我年轻。我们一起在"牛棚"里关过一个时期，他的罪名是"摘帽右派"。他不服，不听话，他贴出大字报，声明"自己解放自己"，因此罪名越搞越大，给捉去关了一个时期不算，还戴上了反革命的帽子监督劳动。在会场里我一直像在做怪梦。开完会回家，见到萧珊我感到格外亲切，仿佛重回人间。可是她不舒服，不想讲话，偶尔讲一句半句。我还记得她讲了两次："我看不到了。"我连声问她看不到什么？她后来

---

① 王若望同志在一九五七年被错划为右派（一九六二年摘帽），最近已经改正，恢复名誉。——作者原注

才说："看不到你解放了。"我还能再讲什么呢？

我儿子在旁边，垂头丧气，精神不好，晚饭只吃了半碗，像是患感冒。她忽然指着他小声说："他怎么办呢？"他当时在安徽山区农村已经待了三年半，政治上没有人管，生活上不能养活自己，而且因为是我的儿子，给剥夺了好些公民权利。他先学会沉默，后来又学会抽烟。我怀着内疚的心情看看他。我后悔当初不该写小说，更不该生儿育女。我还记得前两年在痛苦难熬的时候她对我说："孩子们说爸爸做了坏事，害了我们大家。"这好像用刀子在割我身上的肉。我没有出声，我把泪水全吞在肚里。她睡了一觉醒过来忽然问我："你明天不去了？"我说："不去了。"就是那个"工宣队"头头今天通知我不用再去干校就留在市区。他还问我："你知道萧珊是什么病？"我答说："知道。"其实家里瞒住我，不给我知道真相，我还是从他这句问话里猜到的。

三

第二天早晨她动身去医院，一个朋友和我女儿、女婿陪她去。她穿好衣服等候车来。她显得急躁，又有些留恋，东张张西望望，她也许在想是不是能再看到这里的一切。我送走她，心上反而加了一块大石头。

将近二十天里，我每天去医院陪伴她大半天。我照料她，我坐在病床前守着她，同她短短地谈几句话。她的病情恶化，一天天衰弱下去，肚子却一天天大起来，行动越来越不方便。当时病房里没有人照料，生活方面除饮食外一切都必须自理。后来听同病房的人称赞她"坚强"，说她每天早晚都默默地挣扎着下了床，走到厕所。医生对我们谈起，病人的身体经不住手术，最怕的是她的肠子堵塞，要是不堵塞，还可以拖延一个时期。她住院后的半个月是一九六六年八月以来我既感痛苦又感到幸福的一段时间，是我和她在一起度过的最后的平静的时刻，我今天还不能将它忘记。但是半个月以后，她的病情又有了发展，一天吃中饭的时候，医生通知我儿子找我去谈话。他告诉我：病人的肠子给堵住了，必须开刀。开刀不一定有把握，也许中途出毛病。但是不开刀，后果更不堪设想。他要我决定，并且要我劝她同意。我做了决定，就去病房对她解释。我讲完话，她只说了一句："看来，我们要分别了。"她望着我，眼睛里全是泪水。我说："不会的……"我的声音哑了。接着护士长来安慰她，对她说："我陪你，不要紧的。"她回答："你陪我就好。"时间很紧迫，医生、护士们很快作好了准备，她给送进手术室去了，是她的表侄把她推到手术室门口的。我们就在外面廊上等了好几个小时，等到她平安地给送出来，由儿子把她推回到病房去。儿子还在她的身边守过一个夜晚。过两天他也病倒了，查出来他患肝炎，是从安徽农村带回来的。本来我们想瞒住他的母亲，可是无意间让他母亲知道了。她不断地问："儿子怎么样？"我自己也不知道儿子怎么样，我怎么能使她放心呢？晚上回到家，走进空空的、静静的房间，我几乎要叫出声来："一切都朝我的头打下来吧，让所有的灾祸都来吧。我受得住！"

我应当感谢那位热心而又善良的护士长，她同情我的处境，要我把儿子的事情完全交给她办。她作好安排，陪他看病、检查，让他很快住进别处的隔离病房，得到及时的治疗和护理。他在隔离病房里苦苦地等候母亲病情的好转。母亲躺在病床上，只能有气无力地说几句短短的话，她经常问："棠棠怎么样？"从她那双含泪的眼睛里我明白她多么想看见她最爱的儿子。但是她已经没有精力多想了。

她每天给输血，打盐水针。她看见我去就断断续续地问我："输多少西西的血？该怎么办？"我安慰她："你只管放心。没有问题，治病要紧。"
她不止一次地说："你辛苦了。"我有什么苦呢？我能够为我最亲爱的人
做事情，哪怕做一件小事，我也高兴！后来她的身体更不行了。医生给
她输氧气，鼻子里整天插着管子。她几次要求拿开，这说明她感到难受，
但是听了我们的劝告，她终于忍受下去了。开刀以后她只活了五天。谁
也想不到她会去得这么快！五天中间我整天守在病床前，默默地望着她
在受苦（我是设身处地感觉到这样的），可是她除了两、三次要求搬开
床前巨大的氧气筒，三、四次表示担心输血较多付不出医药费之外，并
没有抱怨过什么。见到熟人她常有这样一种表情：请原谅我麻烦了你们。
她非常安静，但并未昏睡，始终睁大两只眼睛。眼睛很大，很美，很亮。
我望着，望着，好像在望快要燃尽的烛火。我多么想让这对眼睛永远亮
下去！我多么害怕她离开我！我甚至愿意为我那十四卷"邪书"受到千
刀万剐，只求她能安静地活下去。

　　不久前我重读梅林写的《马克思传》，书中引用了马克思给女儿的
信里的一段话，讲到马克思夫人的死。信上说："她很快就咽了气。……
这个病具有一种逐渐虚脱的性质，就像由于衰老所致一样。甚至在最后
几小时也没有临终的挣扎，而是慢慢地沉入睡乡。她的眼睛比任何时候
都更大、更美、更亮！"这段话我记得很清楚。马克思夫人也死于癌症。
我默默地望着萧珊那对很大、很美、很亮的眼睛，我想起这段话，稍微
得到一点安慰。听说她的确也"没有临终的挣扎"，也是"慢慢地沉入睡
乡"。我这样说，因为她离开这个世界的时候，我不在她的身边。那天
是星期天，卫生防疫站因为我们家发现了肝炎病人，派人上午来做消毒
工作。她的表妹有空愿意到医院去照料她，讲好我们吃过中饭就去接替。
没有想到我们刚刚端起饭碗，就得到传呼电话，通知我女儿去医院，说

是她妈妈"不行"了。真是晴天霹雳！我和我女儿、女婿赶到医院。她那张病床上连床垫也给拿走了。别人告诉我她在太平间。我们又下了楼赶到那里，在门口遇见表妹。还是她找人帮忙把"咽了气"的病人抬进来的。死者还不曾给放进铁匣子里送进冷库，她躺在担架上，但已经给白布床单包得紧紧的，看不到面容了。我只看到她的名字。我弯下身子，把地上那个还有点人形的白布包拍了好几下，一面哭着唤她的名字。不过几分钟的时间。这算是什么告别呢？

据表妹说，她逝世的时刻，表妹也不知道。她曾经对表妹说："找医生来。"医生来过，并没有什么。后来她就渐渐地"沉入睡乡"。表妹还以为她在睡眠。一个护士来打针，才发觉她的心脏已经停止跳动了。我没有能同她诀别，我有许多话没有能向她倾吐，她不能没有留下一句遗言就离开我！我后来常常想，她对表妹说："找医生来"。很可能不是"找医生"，是"找李先生"（她平日这样称呼我）。为什么那天上午偏偏我不在病房呢？家里人都不在她身边，她死得这样凄凉！

我女婿马上打电话给我们仅有的几个亲戚。她的弟媳赶到医院，马上晕了过去。三天以后在龙华火葬场举行告别仪式。她的朋友一个也没有来，因为一则我们没有通知，二则我是一个审查了将近七年的对象。没有悼词，没有吊客，只有一片伤心的哭声。我衷心感谢前来参加仪式的少数亲友和特地来帮忙的我女儿的两三个同学，最后，我跟她的遗体告别，女儿望着遗容哀哭，儿子在隔离病房还不知道把他当作命根子的妈妈已经死亡。值得提说的是她当作自己儿子照顾了好些年的一位亡友的男孩从北京赶来，只为了见她的最后一面。这个整天同钢铁打交道的技术员，他的心倒不像钢铁那样。他得到电报以后，他爱人对他说："你去吧，你不去一趟，你的心永远安定不了。"我在变了形的她的遗体旁边站了一会。别人给我和她照了像。我痛苦地想：这是最后一次了，即使给我们留下来很难看的形象，我也要珍视这个镜头。

　　一切都结束了。过了几天我和女儿、女婿到火葬场，领到了她的骨灰盒。在存放室寄存了三年之后，我按期把骨灰盒接回家里。有人劝我把她的骨灰安葬，我宁愿让骨灰盒放在我的寝室里，我感到她仍然和我在一起。

<h2 style="text-align:center">四</h2>

　　梦魇一般的日子终于过去了。六年仿佛一瞬间似的远远地落在后面了。其实哪里是一瞬间！这段时间里有多少流着血和泪的日子啊。不仅是六年，从我开始写这篇短文到现在又过去了半年，半年中我经常在火葬场的大厅里默哀，行礼，为了纪念给"四人帮"迫害致死的朋友。想到他们不能把个人的智慧和才华献给社会主义祖国，我万分惋惜。每次戴上黑纱、插上纸花的同时，我也想起我自己最亲爱的朋友，一个普通的文艺爱好者，一个成绩不大的翻译工作者，一个心地善良的人。她是我的生命的一部分，她的骨灰里有我的泪和血。

　　她是我的一个读者。一九三六年我在上海第一次同她见面。一九三八年和一九四一年我们两次在桂林像朋友似地住在一起。一九四四年我们在贵阳结婚。我认识她的时候，她还不到二十，对她的成长我应当负很大的责任。她读了我的小说，给我写信，后来见到了我，对我发生了感情。她在中学念书，看见我以前，因为参加学生运动被学校开除，回到家乡住了一个短时期，又出来进另一所学校。倘使不是为了我，她三七、三八年一定去了延安。她同我谈了八年的恋爱，后来到贵阳旅行结婚，只印发了一个通知，没有摆过一桌酒席。从贵阳我和她先后到了重庆，住在民国路文化生活出版社门市部楼梯下七、八个平方米的小屋里。她托人买了四只玻璃杯开始组织我们的小家庭。她陪着我经历了各种艰苦生活。在抗日战争紧张的时期，我们一起在日军进城以前十多个小时逃离广州，我们从广东到广西，从昆明到桂林，从金华到温州，我们分散了，又重见，相见后又别离。在我那两册《旅途通讯》中就有一部分这种生活的记录。四十年前有一位朋友批评我："这算什么文章！"我的《文集》出版后，另一位朋友认为我不应当把它们也收进去。他们都有道理，两年来我对朋友、对读者讲过不止一次，我决定不让《文集》重版。但是为我自己，我要经常翻看那两小册《通讯》。在那些年代，每当我落在困苦的境地里、朋友们各奔前程的时候，她总是亲切地在我的耳边说："不要难过，我不会离开你，我在你的身边。"的确，只有在她最后一次进手术室之前她才说过这样一句："我们要分别了。"

我同她一起生活了三十多年。但是我并没有好好地帮助过她。她比我有才华，却缺乏刻苦钻研的精神。我很喜欢她翻译的普希金和屠格涅夫的小说。虽然译文并不恰当，也不是普希金和屠格涅夫的风格，它们却是有创造性的文学作品，阅读它们对我是一种享受。她想改变自己的生活，不愿作家庭妇女，却又缺少吃苦耐劳的勇气。她听一个朋友的劝告，得到后来也是给"四人帮"迫害致死的叶以群同志的同意，到《上海文学》"义务劳动"，也做了一点点工作，然而在运动中却受到批判，说她专门向老作家组稿，又说她是我派去的"坐探"。她为了改造思想，想走捷径，要求参加"四清"运动，找人推荐到某铜厂的工作组工作，工作相当忙碌、紧张，她却精神愉快。但是到我快要靠边的时候，她也被叫回"作协分会"参加运动。她第一次参加这种急风暴雨般的斗争，而且是以"反动权威"

家属的身份参加，她不知道该怎么办才好。她张皇失措，坐立不安，替我担心，又为儿女的前途忧虑。她盼望什么人向她伸出援助的手，可是朋友们离开了她，"同事们"拿她当作箭靶，还有人想通过整她来整我。她不是"作协分会"或者刊物的正式工作人员，可是仍然被"勒令"靠边劳动、站队挂牌，放回家以后，又给揪到机关。过一个时期，她写了认罪的检查，第二次给放回家的时候，我们机关的造反派头头却通知里弄委员会罚她扫街。她怕人看见，每天大清早起来，拿着扫帚出门，扫得精疲力尽，才回到家里，关上大门，吐了一口气。但有时她还碰到上学去的小孩，对她叫骂"巴金的臭婆娘"。我偶尔看见她拿着扫帚回来，不敢正眼看她，我感到负罪的心情，这是对她的一个致命的打击。不到两个月，她病倒了，以后就没有再出去扫街（我妹妹继续扫了一个时期），但是也没有完全恢复健康。尽管她还继续拖了四年，但一直到死她并不曾看到我恢复自由。这就是她的最后，然而绝不是她的结局。她的结局将和我的结局连在一起。

我绝不悲观。我要争取多活。我要为我们社会主义祖国工作到生命的最后一息。在我丧失工作能力的时候，我希望病榻上有萧珊翻译的那几本小说。等到我永远闭上眼睛，就让我的骨灰同她的搅和在一起。

一月十六日写完

再忆萧珊①

昨夜梦见萧珊，她拉住我的手，说："你怎么成了这个样子？"我安慰她："我不要紧。"她哭起来。我心里难过，就醒了。

病房里有淡淡的灯光，每夜临睡前陪伴我的儿子或者女婿总是把一盏开着的台灯放在我的床脚。夜并不静，附近通宵施工，似乎在搅拌混凝土。此外我还听见知了的叫声。在数九的冬天哪里来的蝉叫？原来是我的耳鸣。

这一夜我儿子值班，他静静地睡在靠墙放的帆布床上。过了好一阵子，他翻了一个身。

我醒着，我在追寻萧珊的哭声。耳朵倒叫得更响了。……我终于轻轻地唤出了萧珊的名字："蕴珍"。我闭上眼睛，房间马上变换了。

在我们家中，楼下寝室里，她睡在我旁边另一张床上，小声嘱咐我："你有什么委屈，不要瞒我，千万不能吞在肚里啊！"……

在中山医院的病房里，我站在床前，她含泪望着我说："我不愿离开你。没有我，谁来照顾你啊？！"……

在中山医院的太平间，担架上一个带人形的白布包，我弯下身子接连拍着，无声地哭唤："蕴珍，我在这里，我在这里……"

① 本篇最初发表于一九八四年四月八日香港《大公报·大公园》，现收入《巴金全集》第十六卷。

　　我用铺盖蒙住脸。我真想大叫两声。我快要给憋死了。"我到哪里去找她？！"我连声追问自己。于是我又回到了华东医院的病房。耳边仍是早已习惯的耳鸣。

　　她离开我十二年了。十二年，多么长的日日夜夜！每次我回到家门口，眼前就出现一张笑脸，一个亲切的声音向我迎来，可是走进院子，却只见一些高高矮矮的没有花的绿树。上了台阶，我环顾四周，她最后一次离家的情景还历历在目：她穿得整整齐齐，有些急躁，有点伤感，又似乎充满希望，走到门口还回头张望。……仿佛车子才开走不久，大门刚刚关上。不，她不是从这两扇绿色大铁门出去的。以前门铃也没有这样悦耳的声音。十二年前更不会有开门进来的挎书包的小姑娘。……为什么偏偏她的面影不能在这里再现？为什么不让她看见活泼可爱的小端端？

　　我仿佛还站在台阶上等待车子的驶近，等待一个人回来。这样长的等待！十二年了！甚至在梦里我也听不见她那清脆的笑声。我记得的只是孩子们捧着她的骨灰盒回家的情景。这骨灰盒起初给放在楼下我的寝室内床前五斗橱上。后来，"文革"收场，封闭了十年的楼上她的睡房启封，我又同骨灰盒一起搬上二楼，她仍然伴着我度过无数的长夜。我摆脱不了那些做不完的梦。总是那一双泪汪汪的眼睛！总是那一副前额皱成"川"字的愁颜！总是那无限关心的叮咛劝告！好像我有满腹的委屈瞒住她，好像我摔倒在泥淖中不能自拔，好像我又给打翻在地让人踏上一脚。……每夜，每夜，我都听见床前骨灰盒里她的小声呼唤，她的低声哭泣。

　　怎么我今天还做这样的梦？怎么我现在还甩不掉那种种精神的枷锁？……悲伤没有用。我必须结束那一切梦景。我应当振作起来，即使是最后的一次。骨灰盒还放在我的家中，亲爱的面容还印在我的心上，她不会离开我，也从未离开我。做了十年的"牛鬼"，我并不感到孤单。我还有勇气迈步走向我的最终目标——死亡，我的遗物将献给国家，我的骨灰将同她的骨灰搅拌在一起，撒在园中给花树做肥料。

　　……闹钟响了。听见铃声，我疲倦地睁大眼睛，应当起床了。床头小柜上的闹钟是我从家里带来的。我按照冬季的作息时间：六点半起身。儿子帮忙我穿好衣服，扶我下床。他不知道前一夜我做了些什么梦，醒了多少次。

　　　　　　　　　　　　　　　　一九八四年一月二十一日

小端端①

一

我们家庭年纪最小的成员是我的小外孙女，她的名字叫端端。

端端现在七岁半，念小学二年级。她生活在成人中间，又缺少小朋友，因此讲话常带"大人腔"。她说她是我们家最忙，最辛苦的人，"比外公更辛苦"。她的话可能有道理。在我们家连她算在内大小八口中，她每天上学离家最早。下午放学回家，她马上摆好小书桌做功课，常常做到吃晚饭的时候。有时为了应付第二天的考试，她吃过晚饭还要温课，而考试的成绩也不一定很好。

我觉得孩子的功课负担不应当这样重，偶尔对孩子的父母谈起我的看法，他们说可能是孩子贪玩不用心听讲，理解力差，做功课又做得慢，而且常常做错了又重做。他们的话也许不错，有时端端的妈妈陪孩子复习数学，总要因为孩子"头脑迟钝"不断地大声训斥。我在隔壁房里听见叫声，不能不替孩子担心。

我知道自己没有发言权，因为我对儿童教育毫无研究。但是我回顾了自己的童年，回想起过去的一些事情，总觉得灌输和责骂并不是好办

① 本篇最初发表于一九八二年二月六日香港《大公报·大公园》，现收入《巴金全集》第十六卷。

法。为什么不使用"启发"和"诱导"，多给孩子一点思索的时间，鼓励他们多用脑筋？我想起来了：我做孩子的时候，人们教育我的方法就是责骂和灌输；我学习的方法也就是"死记"和"硬背"（诵）。七十年过去了，我们今天要求于端端的似乎仍然是死记和硬背，用的方法也还是灌输和责骂。只是课本的内容不同罢了，岂但不同，而且大不相同！可是学生功课负担之重，成绩要求之严格，却超过从前。端端的父母经常警告孩子：考试得分在九十分以下就不算及格。我在旁听见也胆战心惊。我上学时候最怕考试，走进考场万分紧张，从"死记"和"硬背"得来的东西一下子忘得精光。我记得在高中考化学我只得三十分，是全班最末一名，因此第二次考试前我大开夜车死记硬背，终于得到一百分，否则我还毕不了业。后来虽然毕了业，可是我对化学这门课还是一无所知。我年轻时候记性很好，读两三遍就能背诵，但是半年以后便逐渐忘记。我到了中年才明白强记是没有用的。

几十年来我常常想，考核学习成绩的办法总得有所改变吧。没有人解答我这个问题。到了一九六八年我自己又给带进考场考核学习毛泽东思想的成绩。这是"革命群众"在考"反动权威"，不用说我的成绩不好，闹了笑话。但是出乎我的意外，我爱人萧珊也被"勒令"参加考试，明明是要看她出丑。她紧张起来，一个题目也答不出来，交了白卷。她气得连中饭也不吃。我在楼梯口遇见她，她不说一句话，一张苍白色的脸，眼睛里露出怨恨和绝望的表情，我至今不会忘记。

我还隐约记得（我的记忆力已经大大地衰退了）亚·赫尔岑在西欧亡命的时期中梦见在大学考试，醒来感到轻松。我不如他，我在六十几岁还给赶进考场，甚至到了八十高龄也还有人找我"命题作文"。那么我对考试的畏惧只有到死方休了。

我常常同朋友们谈起端端，也谈起学校考试和孩子们的功课负担。对考试各人有不同的看法。但是我们一致认为，减轻孩子们精神上的负担是一件必须做的事情。朋友们在一起交流经验，大家都替孩子们叫苦，有的说：学习上有了进步，身体却搞坏了；有的说：孩子给功课压得透不过气来，思想上毫无生气；有的说：我们不需要培养出唯唯诺诺的听话的子弟……意见很多，各人心里有数。大家都愿意看见孩子"活泼些"。大家都认为需要改革，都希望改革，也没有人反对改革。可是始终不见改革。几年过去了，还要等待什么呢？从上到下，我们整个国家、整个社会都把孩子们当做花朵，都把希望寄托在孩子们的身上，那么为什么这样一个重要问题都不能得到解决，必须一天天地拖下去呢？

"拖"是目前我们这个社会的一个大毛病。我不知道我是不是可以这样说，不过我的确是这样想的。

二

也还是端端的事情。

端端有一天上午在学校考数学，交了卷，九点钟和同学们走出学校。她不回家，却到一个同学家里去玩了两个小时，到十一点才回来。她的姑婆给她开门，问她为什么回家这样迟。她答说在学校搞大扫除。她的姑婆已经到学校去过，知道了她离校的时间，因此她的谎话就给揭穿了。孩子受到责备哭了起来，承认了错误。她父亲要她写一篇"检查"，她推不掉，就写了出来。

孩子的"检查"很短，但有一句话我现在还记得："我深深体会到说谎是不好的事。"这是她自己写出来的。又是"大人腔"！大家看了都笑起来。我也大笑过。端端当然不明白我们发笑的原因，她也不会理解"深深体会到"这几个字的意义。但是我就能够理解吗？我笑过后却感到一阵空虚，有一种想哭的感觉。十年浩劫中（甚至在这之前）我不知写过、说过多少次"我深深体会到"。现在回想起来，我何尝有一个时期苦思冥想，或者去"深深地体会"？我那许多篇"检查"不是也和七岁半孩子的"检查"一样，只是为了应付过关吗？固然我每次都过了关，才能够活到现在，可是失去了的宝贵时间究竟有没有给夺回了呢？

空话、大话终归是空话、大话，即使普及到七八岁孩子的嘴上，也解决不了问题。难道我们还没有吃够讲空话、大话的苦头，一定要让孩子们重演我们的悲剧？

我唯一的希望是：孩子们一定要比我们这一代幸福。

一月二十日

再说端端①

一

我还想谈谈外孙女小端端的事情。

前一篇关于她的文章是三年前发表的，现在端端不再是"我们家庭最小的成员"了（我儿子结了婚，家里添了一个一岁的小孙女）。但她仍然是全家最忙的人。她在小学读到了五年级，每天还是带了不少的课外作业回家，到家后休息不过半小时，就埋头用功，常常坐到晚上八九点钟，中间只除去吃一顿晚饭的时间。她在家做功课，常常借用我的写字台。我算了一算她一天伏案的时间比我多。我是作家嘛，却没有想到连一个小学生也比我写得更勤奋。"有这样的必要吗？"我不止一次地问自己。我总觉得：儿童嘛，应当让她有时间活动、活动，多跑跑，多笑笑，多动动脑筋。整天坐着看书写字，就不像小孩了。我自己也有过童年，我并不曾忘记我是怎样过来的。虽然生活在封建或半封建的社会里，我也还是一个跳跳蹦蹦的孩子，常常用自己的脑筋想主意，我有时背书背不出来挨板子，但也有痛痛快快和同伴们游戏的时候。我始终不曾感觉到读书像一种沉重的负担，是一件苦

---

① 本篇最初连续发表于一九八五年六月十一至十三日香
   港《大公报·大公园》，现收入《巴金全集》第十六卷。

事。所以有一天我听见端端一个人自言自语发牢骚："活下去真没劲！"不觉大吃一惊，我对孩子的父母谈起这件事，我看得比较严重，让一个十岁多的孩子感觉到活下去没有意思，没有趣味，这种小学教育值得好好考虑。孩子的父母并不完全同意我的看法，特别是做母亲的总以为孩子不肯多动脑筋，做作业做得太慢，自己又没有工夫辅导孩子，有时看见到了九点孩子还在用功，就动了气，放连珠炮似的大骂一顿，逼着孩子上床睡觉。孩子只得第二天提早起床做功课。孩子的父亲偶尔和我同声说一句："孩子睡眠不足。"但是他也不得不警告孩子：将来念中学，考重点学校，功课更多，老师抓得更紧，现在不练就一些本领，以后怎样过日子？

端端并不理解这个警告的严重性。她也不知道如何练就应付那些功课的本领。她母亲责备她"窍开得慢"，似乎也有道理。我的两篇文章写成相隔三年，这就说明三年中她的情况并未改善，可见进步很小。她的学习成绩始终不稳定，而且常常不大好。但孩子既爱面子，又怕挨骂，每逢考试成绩在九十分以上，她回到家，就马上告诉大人（姑婆、太嬢或者她的父母），要是成绩在八十分以下，她便支支吾吾，设法拖延一两天，终于给妈妈知道，还是挨一顿痛骂。说也奇怪，我女儿思想很开放，但是要她抓孩子的功课，或者她发现了孩子的毛病，就缺乏耐心，不由分说，迎头来一阵倾盆大雨，有时甚至上纲上线，吓得孩子无话可说。我不同意这种教育方法，我心里想：她不开窍，你帮忙她开窍嘛。可是我女儿、女婿都在为自己的"事业"忙碌着，抽不出时间来照顾孩子的学习。我在旁边冷静地观察，也看得出来：孩子挨骂的时候，起初有些紧张，后来挨骂的次数多了，她也就不大在乎了。所以发生过的事情又继续不断地发生。做母亲的却从未想过：为什么孩子会有"活下去真没劲"的思想。她大概以为"不要紧，大家都是这样地教育成人的"。

当然，谁也不必把孩子的话看得太认真。的确大家都是这样过来的。孩子不会因为功课重就"看破红尘"，也不会因为挨骂多就起来"造反"。一切会照常进行，不必紧张。孩子虽爱面子，但也不会去考"重点学校"，她父母也不会强迫她考"重点学校"，我更不鼓励她念"重点学校"，因为做"重点"学生，要付出更大的代价，她还不够条件。

我三年前就曾指出，现在的教学方法好像和我做孩子时候的差不太多，我称它为"填鸭式"，一样是灌输，只是填塞进去的东西不同罢了。过去把教育看得很简单，认为教师人人可做，今天也一样，无非是照课本宣讲，"我替你思考，只要你听话，照我说的办。"崇高理想，豪言壮语，遍地皆是；人们相信，拿起课本反复解释，逐句背诵，就可以终生为四化献身，向共产主义理想迈进了。

我是受过"填鸭式"教育的，我脑子里给填满了所谓孔孟之道，可是我并没有相信过那些圣贤书，人们从来不教我开动脑筋思考，到了我自己"开窍"的时候，我首先就丢开那些背得烂熟的封建糟粕或者封建精华。我总是顺着自己的思路想问题，也只能顺着自己的思路想问题，那些填进去的东西总不会在我的脑子里起作用，因为我是人，不是鸭子。

今天的孩子当然也不是鸭子，即使我们有十分伟大、极其崇高的理想也不能当做"饲料"使用吧。要是作为"饲料"，再伟大的东西也会走样的。何况用"饲料"填鸭只是为了让鸭子快快长肥给人吃掉。我们给孩子受教育却是为了让他们做有用的人，为建设祖国长期尽力，这是"百年大计"，决不是单单把他们"养肥"就解决问题。

　　为孩子们着想，培养他们最好是"引导"、"启发"，使他们信服，让他们善于开动脑筋，学会自己思考问题。真正懂得什么是伟大，什么是崇高，什么是好，什么是美，他们才有可能向伟大、崇高、好和美的方面追求。听话的孩子不一定就是好学生，肯动脑筋的孩子总比不动脑筋的好。人总是不停地前进的，人类社会总是不断地发展的。不论是人，不论是社会，都不可能照一个模式世世代代不变地传下去。依赖父母的子女是没有出息的。下一代不会让我们牵着鼻子走，他们一定会把我们抛在后面，因为我们常说：孩子是我们的未来，我们的希望。是希望，是未来，就得跟"填鸭式教育"决裂。未来决不会跟过去和现在一模一样。

　　最近人们又在谈论教育改革，这是好事。改革教育，人人有份，它不只是少数专家的事情。大家都希望这一次能改出一点成绩来。我看，单单伸起颈项等待是没有用的，有意见就讲出来。不能再走几千年、几百年、几十年前的老路了。多考虑，多议论，多征求意见，一切认真对待。总之，千万不要忘记"认真"二字。

二

　　我的前一篇关于端端的短文是一口气写下去的。这一段《随想》则写得很吃力，还删改了三次。为什么会这样困难？我找出一个原因：我把自己同端端混在了一起，我写端端，却想到自己。我的书橱里有二三十册笔记本或者更多一些，都是"文革"期间给造反派抄走后来落实政策又退了回来的。本子上记录着"老师们"的"讲课"，全是我的字迹。在那段漫长时间里我经常像小学生那样战战兢兢地应付没完没了的作业，背诵、死记"老师们"的教诲；我强迫自己顺着别人的思路想事情，我把一连串的指示当做精饲料一古脑儿吞在肚里。是的，这全是为我准备、而我消化不了的精饲料。为了讨好"老师"，争取分数，我发奋，我虔诚，埋头苦学到夜深，只换来连夜的噩梦：到处寻找失去的东西，却一样也找不回来。应该说，有一个时候我也是"全家最忙的人"。我也是一个"没有开窍"的小学生，永远记不牢"老师们"的教导和批评，花费了那么多的学习时间，我得到的却常常是迎头的倾盆大雨。头发在灌输和责骂中变成了银丝，拿笔的手指颤抖得不由自己控制，写作成为惩罚的苦刑，生活好似长期的挣扎。"没劲！没劲！"甚至在梦里我也常常哀求："放学吧！"我真想做一个逃学的"小学生"。说老实话，我同情端端，我也怜悯过去的自己。

三

　　关于端端我还得讲几句公道话。固然在学习方面她有缺点，成绩也属于中等，但正如她自己所说"不能把人看死"，她还是一个"在发展中的"十一岁的小姑娘。她也是要变的。

　　我妹妹批评我"偏爱"端端，我不否认，生活把我和这孩子拴在一起了。我常常想起狄更斯的《老古玩店》。我和端端都看过根据这小说改编的电视连续剧。老外公和小外孙女的形象常常在我的眼前出现。我摔伤后从医院回家，生活不能自理，我和孩子的两张床放在一个房间里，每天清早她六点起身后就过来给我穿好袜子，轻轻地说声"再见"，然后一个人走下楼去。晚上她上楼睡觉，总是先给我铺好床。星期天我比她早起，就叫她过来给我穿好袜子，让她再上床睡一会，我笑着说："这是包给你的。”她得意地回答："我承包下来了。"似乎她为这种没有报酬的"承包"感到自豪。

她不会想到每天早晨那一声"再见"让我的心感到多么暖和。

五月二十五日

爱尔克的灯光[1]

　　傍晚，我靠着逐渐黯淡的最后的阳光的指引，走过十八年前的故居。这条街、这个建筑物开始在我的眼前隐藏起来，像在躲避一个久别的旧友。但是它们的改变了的面貌于我还是十分亲切。我认识它们，就像认识我自己。还是那样宽的街，宽的房屋。巍峨的门墙代替了太平缸和石狮子，那一对常常做我们坐骑的背脊光滑的雄狮也不知逃进了哪座荒山。然而大门开着，照壁上"长宜子孙"四个字却是原样地嵌在那里，似乎连颜色也不曾被风雨剥蚀。我望着那同样的照壁，我被一种奇异的感情抓住了，我仿佛要在这里看出过去的十八个年头，不，我仿佛要在这里寻找十八年以前的遥远的旧梦。

　　守门的卫兵用怀疑的眼光看我。他不了解我的心情。他不会认识十八年前的年轻人。他却用眼光驱逐一个人的许多亲密的回忆。

　　黑暗来了。我的眼睛失掉了一切。于是大门内亮起了灯光。灯光并不曾照亮什么，反而增加了我心上的黑暗。我只得失望地走了。我向着来时的路回去。已经走了四五步，我忽然掉转头，再看那个建筑物。依旧是阴暗中一线微光。我好像看见一个盛满希望的水碗一下子就落在地上打碎了一般，我痛苦地在心里叫起来。在这条被夜幕覆盖着的近代城

① 本篇最初发表于一九四一年四月十九日《新蜀报·蜀道》，现收入《巴金全集》第十三卷。

市的静寂的街中，我仿佛看见了哈立希岛上的灯光。那应该是姐姐爱尔克点的灯罢。她用这灯光来给她的航海的兄弟照路，每夜每夜灯光亮在她的窗前，她一直到死都在等待那个出远门的兄弟回来。最后她带着失望进入坟墓。

街道仍然是清静的。忽然一个熟习的声音在我耳边轻轻地唱起了这个欧洲的古传说。在这里不会有人歌咏这样的故事。应该是书本在我心上留下的影响。但是这个时候我想起了自己的事情。

十八年前在一个春天的早晨，我离开这个城市、这条街的时候，我也曾有一个姐姐，也曾答应过有一天回来看她，跟她谈一些外面的事情。我相信自己的诺言。那时我的姐姐还是一个出阁才只一个多月的新嫁娘，都说她有一个性情温良的丈夫，因此也会有长久的幸福的岁月。

然而人的安排终于被"偶然"毁坏了。这应该是一个"意外"。但是这"意外"却毫无怜悯地打击了年轻的心。我离家不过一年半光景，就接到了姐姐的死讯。我的哥哥用了颤抖的哭诉的笔叙说一个善良女性的悲惨的结局，还说起她死后受到的冷落的待遇。从此那个作过她丈夫的所谓温良的人改变了，他往一条丧失人性的路走去。他想往上爬，结果却不停地向下面落，终于到了用鸦片烟延续生命的地步。对于姐姐，她生前我没有好好地爱过她，死后也不曾做过一样纪念她的事。她寂寞地活着，寂寞地死去。死带走了她的一切，这就是在我们那个地方的旧式女子的命运。

我在外面一直跑了十八年。我从没有向人谈过我的姐姐。只有偶尔在梦里我看见了爱尔克的灯光。一年前在上海我常常睁起眼睛做梦。我望着远远的在窗前发亮的灯，我面前横着一片大海，灯光在呼唤我，我恨不得腋下生出翅膀，即刻飞到那边去。沉重的梦压住我的心灵，我好像在跟许多无形的魔手挣扎。我望着那灯光，路是那么远，我又没有翅膀。

我只有一个渴望：飞！飞！那些熬煎着心的日子！那些可怕的梦魇！

但是我终于出来了。我越过那堆积着像山一样的十八年的长岁月，回到了生我养我而且让我刻印了无数儿时回忆的地方。我走了很多的路。

十八年，似乎一切全变了，又似乎都没有改变。死了许多人，毁了许多家。许多可爱的生命葬入黄土。接着又有许多新的人继续扮演不必要的悲剧。浪费，浪费，还是那许多不必要的浪费——生命，精力，感情，财富，甚至欢笑和眼泪。我去的时候是这样，回来时看见的还是一样的情形。关在这个小圈子里，我禁不住几次问我自己：难道这十八年全是白费？难道在这许多年中间所改变的就只是装束和名词？我痛苦地搓自己的手，不敢给一个回答。

在这个我永不能忘记的城市里，我度过了五十个傍晚。我花费了自己不少的眼泪和欢笑，也消耗了别人不少的眼泪和欢笑。我匆匆地来，也将匆匆地去。用留恋的眼光看我出生的房屋，这应该是最后的一次了。我的心似乎想在那里寻觅什么。但是我所要的东西绝不会在那里找到。我不会像我的一个姑母或者嫂嫂，设法进到那所已经易了几个主人的公馆，对着园中的花树垂泪，慨叹着一个家族的盛衰。摘吃自己栽种的树上的苦果，这是一个人的本分。我没有跟着那些人走一条路，我当然在这里找不到自己的脚迹。几次走过这个地方，我所看见的还只是那四个字："长宜子孙"。

"长宜子孙"这四个字的年龄比我的不知大了多少。这也该是我祖父留下的东西罢。最近在家里我还读到他的遗嘱。他用空空两手造就了一份家业。到临死还周到地为儿孙安排了舒适的生活。他叮嘱后人保留着他修建的房屋和他辛苦地搜集起来的书画。但是儿孙们回答他的还是同样的字：分和卖。我很奇怪，为什么这样聪明的老人还不明白一个浅显的道理：财富并不"长宜子孙"，倘使不给他们一样生活技能，不向他们指示一条生活道路？"家"这个小圈子只能摧毁年轻心灵的发育成长，倘使不同时让他们睁起眼睛去看广大世界，财富只能毁灭崇高的理想和善良的气质，要是它只消耗在个人的利益上面。

"长宜子孙"，我恨不能削去这四个字！[①]许多可爱的年轻生命被摧残了，许多有为的年轻心灵被囚禁了。许多人在这个小圈子里面憔悴地捱着日子。这就是"家"！"甜蜜的家"！这不是我应该来的地方。爱尔克的灯光不会把我引到这里来的。

于是在一个春天的早晨，依旧是十八年前的那些人把我送到门口，这里面少了几个，也多了几个。还是和那次一样，看不见我姐姐的影子，那次是我没有等待她，这次是我找不到她的坟墓。一个叔父和一个堂兄弟到车站送我，十八年前他们也送过我一段路程。

我高兴地来，痛苦地去。汽车离站时我心里的确充满了留恋。但是清晨的微风，路上的尘土，马达的叫吼，车轮的滚动，和广大田野里一片盛开的菜子花，这一切驱散了我的离愁。我不顾同行者的劝告，把头伸到车窗外面，去呼吸广大天幕下的新鲜空气。我很高兴，自己又一次离开了狭小的家，走向广大的世界中去！

忽然在前面田野里一片绿的蚕豆和黄的菜花中间，我仿佛又看见了一线光，一个亮，这还是我常常看见的灯光。这不会是爱尔克的灯里照出来的，我那个可怜的姐姐已经死去了。这一定是我的心灵的灯，它永远给我指示我应该走的路。

1941 年 3 月在重庆。

---

① 一九五六年十二月我终于走进了这个"公馆"。"长宜子孙"四个字果然跟着"照壁"一起消失了。（一九五九年注）

我的老家①

　　日本作家水上勉先生去年九月访问成都后，经上海回国。我在上海寓中接待他，他告诉我他到过我的老家，只看见一株枯树和空荡荡的庭院。他不知道那是什么树。他轻轻地抚摩着粗糙的树皮，想象过去发生过的事情。

　　水上先生是我的老友，正如他所说，是文学艺术的力量把我们联结在一起的。一九六三年我在东京到他府上拜望，我们愉快地谈了南宗六祖慧能的故事。一九七八年我到北京开会，听说他和井上靖先生在京访问，便去北京饭店探望他们，畅谈了别后的情况。一九八〇年我四访东京，在一个晴朗的春天早晨，我和他在新大谷饭店日本风味的小小庭院里对谈我的艺术观和文学生活，谈了整整一个上午。那一盒录像带已经在我的书橱里睡了四年，它常常使我想起一位日本作家的友情。

　　水上先生回国后不多久，日中文化交流协会给我寄来他那篇《寻访巴金故居》。读了他的文章，我仿佛回到了离开二十几年的故乡。他的眼睛替我看见了我所想知道的一切，也包括宽广的大街，整齐的高楼……

　　还有那株"没有一片叶"的枯树。在我的记忆里枯树是不存在的。过去门房或马房的小天井里并没有树，树可能是我走后人们才种上的，

----

① 本篇最初连续发表于一九八四年三月二十六至二十八日香港《大公报·大公园》，现收入《巴金全集》第十六卷。

我离家整整六十年了。几个月前我的兄弟出差到成都,抽空去看过"老家",见到了两株大银杏树。他似乎认出了旧日的马房,但是不记得有那么两株银杏。我第二次住院前有人给我女儿送来一本新出版的浙江《富春江画报》,上面选刊了一些四川画家的油画,其中一幅是贺德华同志的《巴金故居》,出现在画面上的正是一株树叶黄落的老树。它不像是水上先生看见的"大腿粗细的枯树",也可能是我兄弟看见的两棵银杏中间的一株。脑子里一点印象也没有,我无法判断。但是我多么想摸一下生长那样大树的泥土!我多么想抚摩水上先生抚摩过的粗糙、皴裂的树干……

在医院中听说同水上先生一起访华的佐藤纯子女士又到了上海,我想起那本画报,就让家里的人找出来,请佐藤女士带给水上先生。后来还是从佐藤女士那里收到了水上先生第二篇《寻访故居》文章的剪报。

我跟着水上先生的脚迹回到成都的老家,却看不到熟悉的地方和景物。我想起来了,一九八○年四月我在京都会见参加旅游团刚从成都回国的池田政雄先生,他给了我一叠他在我的老家拍的照片,这些照片后来在日本的《野草》杂志上发表了。在照片上我看到了一口井,那是真实的东西,而且是池田先生拍摄下来的惟一的真实的"旧址"。我记得它,因为我在小说《秋》里写淑贞跳井时就是跳进这一口井。一九五八年我写了关于《秋》的《创作谈》,我这样说:"只有井是真实的东西。它今天还在原来的地方。前年十二月我到那里去过一趟。我跟那口井分别了三十三年,它还是那个老样子。井边有一棵松树,树上有一根短而粗的枯枝,原是我们家伙夫挑水时,挂带钩扁担的地方。松树像一位忠实的老朋友,今天仍然陪伴着这口老井。"但是在池田先生的照片上只有光秃秃的一口井,松树也不知在什么时候给砍掉了。水上先生没有看到井,不知是人们忘了引他去看,还是井也已经填掉。过去的反正早已过去,旧的时代和它的遗物，就让它们全埋葬在遗忘里吧！

　　然而我还是要谈谈我的老家。

　　一九二三年五月我离开老家时，那里没有什么改变：门前台阶下一对大石缸，门口一条包铁皮的木门槛，两头各有一只石狮子，屋檐下一对红纸大灯笼，门墙上一副红底黑字的木对联"国恩家庆，人寿年丰"。我把这一切都写在小说《家》里面。《激流三部曲》中的高公馆就是照我的老家描绘的，连大门上两位"手执大刀，顶天立地的彩色门神"也是我们家原有的。大约在一九二四年我在南京的时候，成都城里修马路，我们家的大门应当朝里退进去若干，门面翻修的结果，石缸、石狮子、木对联等等都没有了。关于新的门面我只看到一张不太清楚的照片，听说大门两旁还有商店，照片上却看不出来。

　　一九三一年我开始写《激流》，当初并没有大的计划。我想一点写一点，不知不觉地把高公馆写成我们家那个样子，而且是我看惯了的大门翻修以前的我们的家。从大门进去，走出门洞，下了天井；进二门，再过天井，上大厅，弯进拐门；又过内天井，上堂屋，进上房；顺着左边厢房走进过道，经过觉新的房门口，转进里面，一边是花园，一边是仆婢室和厨房，然后是克明的住房，顺着三房住房的窗下，走进一道小门，便是桂堂。竹林就在桂堂后面。这一切全是如实的描写。在小说里只有花园是出于我的编造和想象。我当时用我们那个老公馆做背景，并非有意替它宣传，只是因为自己没有精密计划，要是脑子里不留个模型，说不定写到后面就忘记前面，搞得前后矛盾，读者也莫名其妙。关于我们老家的花园，只有觉新窗外那一段"外门"的景物是真实的，从觉新写字台前望窗外就看得见那口井和井旁的松树。我们的花园并不大，其余的大部分，也就是从"内门"进去的那一部分，我也写在另一部小说《憩园》

里了。所以我对最近访问过成都的日本朋友樋口进先生说："您不用在成都寻访我的故居，您把《激流》里的住房同《憩园》里的花园拼在一起，那就是我的老家。"

我离家以后过了十八年，第一次回到成都。一个傍晚，我走到那条熟悉的街，去找寻我幼年时期的脚迹。旧时的伴侣不知道全消失在什么地方。巍峨的门墙无情地立在我的面前。守门的卫兵用怀疑的眼光打量我。大门开了，白色照壁上现出一个圆形图案，图案中嵌着四个绛色篆文大字"长宜子孙"。这照壁还是十八年前的东西，我无法再看到别的什么了。据说这里是当时的保安处长刘兆藜的住宅，门墙上有两个大字"藜阁"。我几次走过"藜阁"门前，想起从前的事情，后来写了一篇散文《爱尔克的灯光》。那是一九四一年年初的事。

一九四二年我回成都治牙，住了三个月光景，不曾到过正通顺街。我想，以后不会再到那里去了。

解放后一九五六年十二月我第三次回成都，听说我的老家正空着没有人住，有一天和李宗林同志闲谈起来，他当时还挂名成都市市长，他问我："你要不要去看看？"我说："看看也好。"过了一天他就坐车到招待所来约我同去正通顺街，我的一个侄女正在我那里聊天，也就一起去了。

还是"藜阁"那样的门面，大门内有彩色玻璃门，"长宜子孙"的照壁不见了。整个花园没有了。二门还在，大厅还在，中门还在，堂屋还在，上房还在，我大哥的住房还在，后面桂堂还在，还有两株桂树和一棵香椿，桂堂后面的竹林仿佛还是我离家时那个样子。然后我又从小门转出来，经过三姐住房的窗下，走出过道，顺着大哥房外的台阶，走到一间装玻璃窗的小屋子。在《激流》中玻璃小屋是不存在的。在我们老家本来没有这样的小屋。我还记得为了大哥结婚,我父亲把我们叫做"签押房"的左边厢房改装成三个房间,其中连接的两间门开在通入里院的过道上,给大哥住;还有一间离拐门很近,房门开向内天井,给三哥和我两个住。到了我离家的前两三年,大哥有了儿女,房子不够住,我们家又把中门内台阶上左右两块空地改装成两间有上下方格子玻璃窗的小屋,让我和三哥搬到左边的那间去,右边的一间就让它空着。小屋虽小,冬天还是相当冷,因为向内天井的一面是玻璃窗,对面就是中门的边门,窗有窗缝,门有门缝,还有一面紧靠花园。中门是面对堂屋的一道门,除中间一道正门外,还有左右两道边门。关于中门,小说《家》描写高老太爷做寿的场面中有这样的话:"中门内正对着堂屋的那块地方,以门槛为界,布置了一个精致的戏台……门槛外大厅上用蓝布帷围出了一块地方,作演员们的化装间。"以后的玻璃小屋就在这"戏台"的左右两边。

我仿佛做了一场大梦。我居然回到了我十几岁时住过的小屋,我还记得深夜我在这里听见大厅上大哥摸索进轿子打碎玻璃,我绝望地拿起笔写一些愤怒的字句,捏紧拳头在桌上擦来擦去,我发誓要向封建制度报仇。好像大哥还在这里向我哭诉什么;好像祖父咳嗽着从右上房穿过堂屋走出来;好像我一位婶娘牵着孩子的手不停地咒骂着走进了上房;好像从什么地方又传来太太的打骂和丫头的哭叫。……好像我花了十年时间写成的三本小说在我的眼前活了起来。

李宗林同志让同来的人给我拍摄了一些照片:我站在玻璃小屋的窗前;我从堂屋出来;我在祖父房间的窗下……等等,等等。我同他们谈话,我穿过那些空荡荡的房间,我走过一个一个的天井,我仿佛还听见旧时代的声音,还看见旧时代的影子。天色暗淡起来,我没有在门房里停留,也不曾找到我少年时期常去的马房,我匆匆地离开了这个把梦和真、过去和现实混淆在一起的老家，我想，以后我还会再来。说实话，对这个地方我不能没有留恋，对我来说，它是多么大的一座记忆的坟墓！我要好好地挖开它！

然而太迟了。一九六〇年我第四次回成都，再去正通顺街，连"黎阁"也找不到了。这一次我住的时间长一些，早晨经常散步到那条街，在一个部队文工团的宿舍门前徘徊，据说这就是在我老家的废墟上建造起来的。找不到旧日的脚迹我并不伤感。枯树必须连根挖掉。可是我对封建制度的控诉，我对封建主义流毒的揭露，决不会跟着旧时代的被埋葬以及老家的被拆毁而消亡。

二月六日

关于《家》（十版代序）[①]
——给我的一个表哥

    请原谅我的长期的沉默，我很早就应该给你写这封信的。的确我前年在东京意外地接到你的信时，我就想给你写这样的一封信。一些琐碎的事情缠住我，使我没有机会向你详细解释。我只写了短短的信。它不曾把我的胸怀尽情地对你吐露，使你对我仍有所误解。你在以后的来信里提到我的作品《家》，仍然说"剑云固然不必一定是我，但我说写得有点像我——"一类的话。对这一点我后来也不曾明白答复，就随便支吾过去。我脑子里时常存着这样一个念头：我将来应该找一个机会向你详细剖白；其实不仅向你，而且还向别的许多人，他们对这本小说都多少有过误解。

    许多人以为《家》是我的自传，甚至有不少的读者写信来派定我为觉慧。我早说过"这是一个错误"。但这声明是没有用的。在别人看来，我屡次声明倒是"欲盖弥彰"了。你的信便是一个例子。最近我的一个叔父甚至写信来说："至今尚有人说《家》中不管好坏何独无某，果照此说我实在应该谢谢你笔下超生了……"你看，如今连我的六叔，你的六舅，

[①] 本篇最初发表于一九三七年三月十五日出版《文丛》第一卷第一号，题为《"家"》，收入《短简》时改为现题。现收入《巴金全集》第一卷。

十一二年前常常和你我在一起聚谈游玩的人也有了这样的误解。现在我才相信你信上提到的亲戚们对我那小说的"非议"是相当普遍的了。

我当时曾经对你说，我不怕一切"亲戚的非议"。现在我的话也不会是两样。一部分亲戚以为我把这本小说当作个人泄愤的工具，这是他们不了解我。其实我是永远不会被他们了解的。我跟他们是两个时代的人。他们更不会了解我的作品，他们的教养和生活经验在他们的眼镜片上涂了一层颜色，他们的眼光透过这颜色来看我的小说，他们只想在那里面找寻他们自己的影子。他们见着一些模糊的影子，也不仔细辨认，就连忙将它们抓住，看作他们自己的肖像。倘使他们在这肖像上发见了一些自己不喜欢的地方（自然这样的地方是很多的），便会勃然作色说我在挖苦他们。只有你，你永远是那么谦逊，你带着绝大的忍耐读完了我这本将近三十万字的小说，你不曾发出一声怨言。甚至当我在小说的末尾准备拿"很重的肺病"来结束剑云的"渺小的生存"时，你也不发出一声抗议。我佩服你的大量，但是当我想到许多年前在一盏清油灯旁边，我跟着你一字一字地读英文小说的光景，我不能不起一种悲痛的心情。你改变得太多了。难道是生活的艰辛把你折磨成了这个样子？那个时候常常是你给我指路，你介绍许多书籍给我，你最初把我的眼睛拨开，使它们看见家庭以外的种种事情。你的家境不大宽裕，你很早就失掉了父亲，母亲的爱抚使你长大成人。我们常常觉得你的生活里充满着寂寞。但是你一个人勇敢地各处往来。你自己决定了每个计划，你自己又一一实行了它。我们看见你怎样跟困难的环境苦斗，而得到了暂时的成功。那个时候我崇拜你，我尊敬你那勇敢而健全的性格，这正是我们的亲戚中间所缺乏的。我感激你，你是对我的智力最初的发展大有帮助的人。在那个时候，我们的亲戚里面，头脑稍微清楚一点的，都很看重你，相信你会有一个光明的前途。然而如今这一切都变成了渺茫的春梦。你有一次写信给我说，倘使不是为了你的母亲和妻儿，你会拿"自杀"来做灵药。我在广州的旅舍里读到这封信，那时我的心情也不好，我只简单地给你写了一封短信，我不知道用了什么样的安慰的话回答你。总之我的话是没有力量的。你后来写信给我，还说你"除了逗弄小孩而外，可以说全无人生乐趣"；又说你"大概注定只好当一具活尸"。我不能够责备你像你自己责备那样。你是没有错的。一个人的肩上挑不起那样沉重的担子，况且还有那重重的命运的打击。（我这里姑且用了"命运"两个字，我所说的命运是"社会的"，不是"自然的"。）你的改变并不是突然的。我亲眼看见那第一下打击怎样落到你的头上，你又怎样苦苦地挣扎。于是第二个打击又接着来了。一次的让步算是开了端，以后便不得不步步退让。虽然在我们的圈子里你还算是一个够倔强的人，但是你终于不得不渐渐地沉落在你所憎厌的环境里面了。我看见，我听说你是怎样地一天一天沉落下去，一重一重的负担压住了你。但你还不时努力往上面浮，你几次要浮起来，又几次被压下去。甚至在今天你也还不平似地说"消极又不愿"的话，从这里也可看出你跟剑云是完全不同的两种人，你们的性格里绝对没有共同点。他是一个柔弱、怯懦的性格。剑云从不反抗，从不抱怨，也从没有想到挣扎。他默默地忍受他所得到的一切。他甚至比觉新还更软弱，还更缺乏果断。其实他可以说是根本就没有计划，没有志愿。他只把对一个少女的爱情看作他生活里的唯一的明灯。然而他连他自己所最宝贵的感情也不敢让那个少女（琴）知道，反而很谦逊地看着另一个男子去取得她的爱情。你不会是这种人。也许在你的生活里是有一个琴存在的。的确，那个时候我有过这样的猜想。倘使这猜想近于事实，那么你竟然也像剑云那样，把这个新生的感情埋葬在自己的心底了。但是你仍然不同，你不是没有勇气，而是没有机会，因为在以后不久你就由"母亲之命媒妁之言"跟另一位小姐结了婚。否则，那个"觉民"并不能够做你的竞争者，而时间一久，你倒有机会向你的琴表白的。现在你的妻子已经去世，你的第一个孩子也成了十四岁的少年，我似乎不应该对你说这种话。但是我一提笔给你写信说到关于《家》的事情，就不能不想到我们在一起所过的那些年代，当时的生活就若隐若现地在我的脑子里浮动了。这回忆很使我痛苦，而且激起了我的愤怒。固然我不能够给你帮一点忙。但是对你这些年来的不幸的遭遇，我却是充满了同情，同时我还要代你叫出一声"不平之鸣"。你不是一个像剑云那样的人，你却得着了剑云有的那样的命运。这是不公平的！我要反抗这不公平的命运！

然而得着这个不公平的命运的，你并不是第一个，也不是最后的一个。做了这个命运的牺牲者的，同时还有无数的人——我们所认识的，和那更多的我们所不认识的。这样地受摧残的尽是些可爱的、有为的、年轻的生命。我爱惜他们，为了他们，我也应当反抗这个不公平的命运！

是的，我要反抗这个命运。我的思想，我的工作都是从这一点出发的。

我写《家》的动机也就在这里。我在一篇小说里曾经写过："那十几年的生活是一个多么可怕的梦魇！我读着线装书，坐在礼教的监牢里，眼看着许多人在那里面挣扎，受苦，没有青春，没有幸福，永远做不必要的牺牲品，最后终于得着灭亡的命运。还不说我自己所身受到的痛苦！……那十几年里面我已经用眼泪埋葬了不少的尸首，那些都是不必要的牺牲者，完全是被陈腐的封建道德、传统观念和两三个人的一时的任性杀死的。我离开旧家庭，就像摔掉一个可怕的阴影，我没有一点留恋。……"

这样的话你一定比别人更了解。你知道它们是多么真实。只有最后的一句是应该更正的。我说没有一点留恋,我希望我能够做到这样。然而理智和感情常常有不很近的距离。那些人物,那些地方,那些事情,已经深深地刻在我的心上,任是怎样磨洗,也会留下一点痕迹。我想忘掉他们,我觉得应该忘掉他们,事实上却又不能够。到现在我才知道我不能说没有一点留恋。也就是这留恋伴着那更大的愤怒,才鼓舞起我来写一部旧家庭的历史,是的,"一个正在崩溃中的封建大家庭的全部悲欢离合的历史。"

然而单说愤怒和留恋是不够的。我还要提说一样更重要的东西,那就是信念。自然先有认识而后有信念。旧家庭是渐渐地沉落在灭亡的命运里面了。我看见它一天一天地往崩溃的路上走。这是必然的趋势,是被经济关系和社会环境决定了的。这便是我的信念(这个你一定了解,你自己似乎就有过这样的信念)。它使我更有勇气来宣告一个不合理的制度的死刑。我要向一个垂死的制度叫出我的 J'accuse(我控诉)。我不能忘记甚至在崩溃的途中它还会捕获更多的"食物":牺牲品。

所以我要写一部《家》来作为一代青年的呼吁。我要为过去那无数的无名的牺牲者"喊冤"!我要从恶魔的爪牙下救出那些失掉了青春的青年。这个工作虽是我所不能胜任的,但是我不愿意逃避我的责任。

写《家》的念头在我的脑子里孕育了三年。后来得到一个机会我便写下了它的头两章,以后又接着写下去。我刚写到"做大哥的人"那一章(第六章),报告我大哥自杀的电报就意外地来了。这对我是一个不小的打击。但因此坚定了我的写作的决心,而且使我感到我应尽的责任。

我当初刚起了写《家》的念头,我曾把小说的结构略略思索了一下。最先浮现在我的脑子里的就是那些我所熟悉的面庞,然后又接连地出现了许多我所不能够忘记的事情，还有那些我在那里消磨了我的童年的地方。我并不要写我的家庭，我并不要把我所认识的人写进我的小说里面。我更不愿意把小说作为报复的武器来攻击私人。我所憎恨的并不是个人，而是制度。这也是你所知道的。然而意外地那些人物，那些地方，那些事情都争先恐后地要在我的笔下出现了。其中最明显的便是我大哥的面庞。这和我的本意相违。我不能不因此而有所踌躇。有一次我在给我大哥的信里顺便提到了这件事，我说，我恐怕会把他写进小说里面（也许是说我要为他写一部小说，现在记不清楚了），我又说到那种种的顾虑和困难。他的回信的内容却出乎我意料之外。他鼓舞我写这部小说，他并且劝我不妨"以我家人物为主人公"。他还说："实在我家的历史很可以代表一般家族的历史。我自从得到《新青年》等书报读过以后我就想写一部这样的书。但是我写不出来。现在你想写，我简直喜欢得了不得。希望你把它写成吧。……"我知道他的话是从他的深心里吐出来的。我感激他的鼓励。但是我并不想照他的话做去。我不要单给我们的家族写一部特殊的历史。我所要写的应该是一般的封建大家庭的历史。这里面的主人公应该是我们在那些家庭里常常见到的。我要写这种家庭怎样必然地走上崩溃的路，走到它自己亲手掘成的墓穴。我要写包含在那里面的倾轧、斗争和悲剧。我要写一些可爱的年轻的生命怎样在那里面受苦、挣扎而终于不免灭亡。我最后还要写一个旧礼教的叛徒，一个幼稚然而大胆的叛徒。我要把希望寄托在他的身上，要他给我们带进来一点新鲜空气，在那个旧家庭里面我们是闷得透不过气来了。

　　我终于依照我自己的意思开始写了我的小说。我希望大哥能够读到它，而且把他的意见告诉我。但是我的小说刚在《时报》上发表了一天，那个可怕的电报就来了。我得到电报的晚上，第六章的原稿还不曾送到报馆去。我反复地读着那一章，忽然惊恐地发觉我是把我大哥的面影绘在纸上了。这是我最初的意思，而后来却又极力想避免的。我又仔细地读完了那一章，我没有一点疑惑，我的分析是不错的。在十几页原稿纸上我仿佛看出了他那个不可避免的悲惨的结局。他当时自然不会看见自己怎样一步一步地走近悬崖的边沿。我却看得十分清楚。我本可以拨开他的眼睛，使他能够看见横在面前的深渊。然而我没有做。如今刚有了这个机会，可是他已经突然地落下去了。我待要伸手救他，也来不及了。这是我终生的遗憾。我只有责备我自己。

我一夜都不曾闭眼。经过了一夜的思索，我最后一次决定了《家》的全部结构。我把我大哥作为小说的一个主人公。他是《家》里面两个真实人物中的一个。

然而，甚至这样，我的小说里面的觉新的遭遇也并不是完全真实的。我主要地采取了我大哥的性格。我大哥的性格的确是那样的。

我写觉新、觉民、觉慧三弟兄，代表三种不同的性格，由这不同的性格而得到不同的结局。觉慧的性格也许跟我的差不多，但是我们做的事情不一定相同。这是瞒不过你的。你在觉慧那样的年纪时，你也许比他更勇敢。我三哥从前也比我更敢作敢为，我不能够把他当作觉民。在女人方面我也写了梅、琴、鸣凤，也代表三种不同的性格，也有三个不同的结局。至于琴，你还可以把她看作某某人。但是梅和鸣凤呢，你能够指出她们是谁的化身？自然这样的女子，你我也见过几个。但是在我们家里，你却找不到她们。那么再说剑云，你想我们家里有这样的一个人吗？不要因为找不到那样的人，就拿你自己来充数。你要知道，我所写的人物并不一定是我们家里有的。我们家里没有，不要紧，中国社会里有！

　　我不是一个冷静的作者。我在生活里有过爱和恨，悲哀和渴望；我在写作的时候也有我的爱和恨，悲哀和渴望的。倘使没有这些我就不会写小说。我并非为了要做作家才拿笔的。这一层你一定比谁都明白。所以我若对你说《家》里面没有我自己的感情，你可以责备我说谎。我最近又翻阅过这本小说，我最近还在修改这本小说。在每一篇页、每一字句上我都看见一对眼睛。这是我自己的眼睛。我的眼睛把那些人物，那些事情，那些地方连接起来成了一本历史。我的眼光笼罩着全书。我监视着每一个人，我不放松任何一件事情。好像连一件细小的事也有我在旁做见证。我仿佛跟着书中每一个人受苦，跟着每一个人在魔爪下面挣扎。我陪着那些年轻的灵魂流过一些眼泪，我也陪着他们发过几声欢笑。我愿意说我是跟我的几个主人公同患难共甘苦的。倘若我因此受到一些严正的批评家的责难，我也只有低头服罪，却不想改过自新。

　　所以我坦白地说《家》里面没有我自己，但要是有人坚持说《家》里面处处都有我自己，我也无法否认。你知道，事实上，没有我自己，那一本小说就不会存在。换一个人来写，它也会成为另一个面目。我所写的便是我的眼睛所看见的；人物自然也是我自己知道得最清楚的。这样我虽然不把自己放在我的小说里面，而事实上我已经在那里面了。我曾经在一个地方声明过："我从没有把自己写进我的作品里面，虽然我的作品中也浸透了我自己的血和泪，爱和恨，悲哀和欢乐。"我写《家》的时候也决没有想到用觉慧代表我自己。固然觉慧也做我做过的事情，譬如他在"外专"读书，他交结新朋友，他编辑刊物，他创办阅报处，这些我都做过。他有两个哥哥，我也有两个哥哥（大哥和三哥），而且那两个哥哥的性情也和我两个哥哥的相差不远。他最后也怀着我有过的那种心情离开家庭。但这些并不能作为别人用来反驳我的论据。我自己早就明白地说了：“我偶尔也把个人的经历加进我的小说里，但这也只是为着使小说更近于真实。而且就是在这些地方，我也注意到全书的统一性和性格描写的一致。”我的性格和觉慧的也许十分相像。然而两个人的遭遇却不一定相同。我比他幸福，我可以公开地和一个哥哥同路离开成都。他却不得不独自私逃。我的生活里不曾有过鸣凤，在那些日子里我就没有起过在恋爱中寻求安慰的念头。那时我的雄心比现在有的还大。甚至我孩子时代的幻梦中也没有安定的生活与温暖的家庭。为着别人，我的确祷祝过“有情人终成眷属”；对于自己我只安放了一个艰苦的事业。我这种态度自然是受了别人（还有书本）的影响以后才有的。我现在也不想为它写下什么辩护的话。我不过叙述一件过去的事实。我在《家》里面安插了一个鸣凤，并不是因为我们家里有过一个叫做翠凤的丫头。关于这个女孩子，我什么记忆也没有。我只记得一件事情：我们有一个远房的亲戚要讨她去做姨太太，却被她严辞拒绝。她在我们家里只是一个“寄饭”的婢女，她的叔父苏升又是我家的老仆，所以她还有这样的自由。她后来快乐地嫁了人。她嫁的自然是一个贫家丈夫。然而我们家里的人都称赞她有胆量。撇弃老爷而选取“下人”，在一个丫头，这的确不是一件容易的事情。因此我在小说里写鸣凤因为不愿意到冯家去做姨太太而投湖自尽，我觉得并没有一点夸张。这不是小说作者代鸣凤出主意要她走那条路；是性格、教养、环境逼着她（或者说引诱她）在湖水中找到归宿。

现在我们那所“老宅”已经落进了别人的手里。我离开成都十多年就没有回过家。我不知道那里还留着什么样的景象（听说它已经成了“十家院”）。你从前常常到我们家里来。你知道我们的花园里并没有湖水，连那个小池塘也因为我四岁时候失脚跌入的缘故，被祖父叫人填塞了。

代替它的是一些方砖，上面长满了青苔。旁边种着桂树和茶花。秋天，经过一夜的风雨，金沙和银粒似的盛开的桂花铺满了一地。馥郁的甜香随着微风一股一股地扑进我们的书房。窗外便是花园。那个秃头的教书先生像一株枯木似地没有感觉。我们的心却是很年轻的。我们弟兄姊妹读完了"早书"就急急跑进园子里，大家撩起衣襟拾了满衣兜的桂花带回房里去。春天茶花开繁了，整朵地落在地上，我们下午放学出来就去拾它们。柔嫩的花瓣跟着手指头一一地散落了。我们就用这些花瓣在方砖上堆砌了许多"春"字。

这些也已经成了捕捉不回来的飞去的梦景了。你不曾做过这些事情的见证。但是你会从别人的叙述里知道它们。我不想重温旧梦。然而别人忘不了它们。连六叔最近的信里也还有"不知尚能忆否……在小园以茶花片砌'春'字事耶"的话。过去的印迹怎样鲜明地盖在一些人的心上，这情形只有你可以了解。它们像梦魇一般把一些年轻的灵魂无情地摧残了。我几乎也成了受害者中的一个。然而"幼稚"救了我。在这一点我也许像觉慧，我凭着一个单纯的信仰，踏着大步向一个简单的目标走去：我要做我自己的主人！我偏偏要做别人不许我做的事，有时候我也不免有过分的行动。我在自己办的刊物上面写过几篇文章。那些论据有时自己也弄不十分清楚。记得烂熟的倒是一些口号。有一个时候你还是启发我的导师，你的思想和见解都比我的透彻。但是"不顾忌，不害怕，不妥协"，这九个字在那种环境里却意外地收到了效果，它们帮助我得到了你所不曾得着的东西——解放（其实这只是初步的解放）。觉慧也正是靠了这九个字才能够逃出那个在崩溃中的旧家庭，去找寻自己的新天地；而"作揖主义"和"无抵抗主义"却把年轻有为的觉新活生生地断送了。现在你翻读我的小说，你还不能够看出这个很明显的教训么？那么我们亲戚间的普遍的"非议"是无足怪的了。

你也许会提出梅这个名字来问我。譬如你要我指出那个值得人同情的女子。那么让我坦白地答复一句：我不能够。因为在我们家里并没有这样的一个人。然而我知道你不会相信，或者你自己是相信了，而别的人却不肯轻信我的话。你会指出某一个人，别人又会指出另一个，还有人出来指第三个。你们都有理，或者都没理；都对或者都不对。我把三四个人合在一起拼成了一个钱梅芬。你们从各人的观点看见她一个侧面，便以为见着了熟人。只有我才可以看见她的全个面目。梅穿着"一件玄青缎子的背心"，这也是有原因的。许多年前我还是八九岁的孩子的时候，我第一次看见了一个像梅那样的女子，她穿了"一件玄青缎子的背心"。她是我们的远房亲戚。她死了父亲，境遇又很不好，说是要去"带发修行"。她在我们家里做了几天客人，以后就走了。她的结局怎样我不知道，现在我连她的名字也记不起来，要去探问她的踪迹更是不可能的了。只有那件玄青缎子的背心还深深地印在我的脑子里。

我写梅，我写瑞珏，我写鸣凤、我心里充满着同情和悲愤。我还要说我那时候有着更多的憎恨。后来在《春》里面我写淑英、淑贞、蕙和芸，我也有着这同样的心情。我深自庆幸我把自己的感情放进了我的小说里面，我代那许多做了不必要的牺牲品的女人叫出了一声："冤枉！"

我的这心情别人或许不能了解，但是你一定明白。我还是一个五六岁的小孩的时候，在我姐姐的房里我找到了一本《列女传》。是插图本，下栏有图，上栏是字。小孩子最喜欢图画书。我一页一页地翻看着。图画很细致，上面尽是些美丽的古装女子。但是她们总带着忧愁、悲哀的面容。有的用刀砍断自己的手，有的投身在烈火中，有的在汪洋的水上浮沉，有的拿宝剑割自己的头颈。还有一个年轻的女人在高楼上投缳自尽。都是些可怕的故事！为什么这些命运专落在女人身上？我不明白！
我问姐姐，她们说这是《列女传》。我依旧不明白。我再三追问。她们的
回答是：女人的榜样！我还是不明白。我一有机会便拿了书去求母亲给
我讲解。毕竟是母亲知道的事情多。她告诉我：那是一个寡妇，因为一
个陌生的男子拉了她的手，她便当着那个人把自己这只手砍下来。这是
一个王妃，宫里起了火灾，但是陪伴她的人没有来，她不能够一个人走
出宫去，便甘心烧死在宫中。那边是一个孝女，她把自己的身子沉在水里，
只为了去找寻父亲的遗体（母亲还告诉我许多许多可怕的事情，我现在
已经忘记了）。听母亲的口气她似乎羡慕那些女人的命运。但是我却感到
不平地疑惑起来。为什么女人就应该为了那些可笑的封建道德和陈腐观
念忍受种种的痛苦，而且甚至牺牲自己的生命？为什么那一本充满血腥
味的《列女传》就应该被看作女人的榜样？我那孩子的心不能够相信书
本上的话和母亲的话，虽然后来一些事实证明出来那些话也有"道理"。
我始终是一个倔强的孩子。我不能够相信那个充满血腥味的"道理"。纵
然我的母亲、父亲、祖父和别的许许多多的人都拥护它，我也要起来反抗。
我还记得一个堂妹的不幸的遭遇。她的父母不许她读书，却强迫她缠脚。
我常常听见那个八九岁女孩的悲惨的哭声，那时我已经是十几岁的少年，
而且已经看见几个比我年长的同辈少女怎样在旧礼教的束缚下憔悴地消
磨日子了。

　　我的悲愤太大了。我不能忍受那些不公道的事情。我常常被逼迫着
目睹一些可爱的生命怎样任人摧残以至临到那悲惨的结局。那个时候我
的心因爱怜而苦恼，同时又充满了恶毒的诅咒。我有过觉慧在梅的灵前
所起的那种感情。我甚至说过觉慧在他哥哥面前说的话："让他们来做一
次牺牲品吧。"我不忍掘开我的回忆的坟墓，"那里面不知道埋葬了若干

令人伤心断肠的痛史！"我的积愤，我对于不合理的制度的积愤直到现在才有机会倾吐出来。我写了《家》，我倘使真把这本小说作为武器，我也是有权利的。

希望的火花有时也微微地照亮了我们家庭里的暗夜。琴出现了。不，这只能说是琴的影子。便是琴，也不能算是健全的女性。何况我们所看见的只是琴的影子。我们自然不能够存着奢望。我知道我们那样的家庭里根本就产生不出一个健全的性格。但是那个人，她本来也可以成为一个张蕴华（琴的全名），她或许还有更大的成就。然而环境薄待了她，使她重落在陈旧的观念里，任她那一点点的锋芒被时间磨洗干净。到后来，一个类似惜春（《红楼梦》里的人物）的那样的结局就像一个狭的笼似地把她永远关在里面了。

如果你愿意说这是罪孽，那么你应该明白这是谁的罪过。什么东西害了你，也就是什么东西害了她。你们两个原都是有着光明的前途的人。

然而我依旧寄了一线的希望在琴的身上。也许真如琴所说，另一个女性许倩如比她"强得多"。但是在《家》里面我们却只看见影子的晃动，她（许倩如）并没有把脸完全露出来。

我只愿琴将来不使我们失望。在《家》中我已经看见希望的火花了。

——难道因为几千年来这条路上就浸饱了女人的血泪，所以现在和将来的女人还要继续在那里断送她们的青春，流尽她们的眼泪，呕尽她们的心血吗？

——难道女人只是男人的玩物吗？

——牺牲，这样的牺牲究竟给谁带来了幸福呢？

琴已经发出这样的疑问了。她不平地叫起来。她的呼声得到了她同代的姊妹们的响应。

关于《家》我已经写了这许多话。这样地反复剖白，也许可以解除你和别的许多人对这部作品的误解。我也不想再说什么了。《家》我已经读过了五遍。这次我重读我五六年前写成的小说，我还有耐心把它从头到尾修改了一次。我简直抑制不住自己的感情，我想笑，我又想哭，我有悲愤，我也有喜悦。但是我现在才知道一件事情：

青春毕竟是美丽的东西。

不错，我会牢牢记住：青春是美丽的东西。那么就让它作为我的鼓舞的泉源吧。

1937 年 2 月。

谈《家》①

有许多小说家喜欢把自己要对读者讲的话完全放在作品里面，但也有一些人愿意在作品以外发表意见。我大概属于后者。在我的每一部长篇小说或者短篇小说集中都有我自己写的《序》或者《跋》。有些偏爱我的读者并不讨厌我的唠叨。有些关心小说中人物的命运的人甚至好心地写信来探询他们的下落。就拿这部我在二十六年前写的《家》来说罢，今天还有读者来信要我介绍他们跟书中人通信，他们要知道书中人能够活到现在、看见新中国的光明才放心。二十六年来读者们常常来信指出书中的觉慧就是作者，我反复解释都没有用，昨天我还接到这样的来信。主要的原因是读者们希望这个人活在他们中间，跟他们同享今天的幸福。

读者的好心使我感动，但也使我痛苦。我并不为觉慧惋惜，我知道有多少"觉慧"活到现在，而且热情地为新中国的建设在努力工作。然而觉新不能见到今天的阳光，不能使他的年轻的生命发出一点光和热，却是一件使我非常痛心的事，因为觉新不仅是书中人，他还是一个真实的人，他就是我的大哥。二十六年前我在上海写《家》，刚写到第六章，报告他去世的电报就来了。读者可以想象我是怀着怎样的心情写完这本

---

① 本篇最初发表于一九五七年七月《收获》第一期，发表时题为《和读者谈谈〈家〉》。

小说的。

　　我很早就声明过，我不是一个冷静的作者，我不是为了要做作家才写小说，是过去的生活逼着我拿起笔来。我也说过："书中人物都是我所爱过和我所恨过的。许多场面都是我亲眼见过或者亲身经历过的。"的确，我写《家》的时候，我仿佛在跟一些人一同受苦，一同在魔爪下面挣扎。我陪着那些可爱的年轻生命欢笑，也陪着他们哀哭。我一个字一个字地写下去，我好像在挖开我的记忆的坟墓，我又看见了过去使我的心灵激动过的一切。在我还是一个孩子的时候，我就常常被逼着目睹一些可爱的年轻生命横遭摧残，以至于得到悲惨的结局。那个时候我的心由于爱怜而痛苦，但同时它又充满诅咒。我有过觉慧在他的死去的表姐（梅）的灵前所起的那种感情，我甚至说过觉慧在他哥哥面前说的话："让他们来做一次牺牲品罢。"一直到我在一九三一年年底写完了《家》，我对于不合理的封建大家庭制度的愤恨才有机会倾吐出来。所以我在一九三七年写的一篇《代序》中大胆地说："我要向这个垂死的制度叫出我的 J'accuse(我控诉)。"我还说，封建大家庭制度必然崩溃的这个信念鼓舞我写这部封建大家庭的历史，写这一个正在崩溃中的地主阶级的封建大家庭的悲欢离合的故事。我把这个故事叫做《激流三部曲》，《家》之后还有两个续篇：《春》和《秋》。

　　我可以说，我熟悉我所描写的人物和生活，因为我在那样的家庭里度过了我最初的十九年的岁月，那些人都是我当时朝夕相见的，也是我所爱过和我所恨过的。然而我并不是写我自己家庭的历史，我写了一般的官僚地主家庭的历史。川西盆地的成都当时正是这种封建大家庭聚集的城市。在这一种家庭中长一辈是前清的官员，下一辈靠父亲或祖父的财产过奢侈、闲懒的生活，年轻的一代却想冲出这种"象牙的监牢"。在大小军阀割据、小规模战争时起时停的局面下，长一辈的人希望清朝复辟；下一辈不是"关起门做皇帝"，就是吃喝嫖赌，无所不为；年轻的一代却立誓要用自己的双手来建造新的生活，他们甚至有"为祖先赎罪"的想法。今天长一辈的已经死了，下一辈的连维持自己生活的能力也没有，年轻的一代中有的为中国革命流尽了自己的鲜血，有的作了建设新中国的工作者。然而在一九二〇年到一九二一年（这就是《家》的年代），虽然五四运动已经发生了，爱国热潮使多数中国青年的血沸腾，可是在高家仍然是祖父统治整个家庭的时代。高老太爷是我的祖父，也是我们一些亲戚朋友的家庭中的祖父。经济权捏在他手里，他每年收入那么多的田租，可以养活整整一大家人，所以整整一大家人都得听他的话。他认为钱可以解决一切问题，他想不到年轻人会有灵魂。他靠田租吃饭，却连佃户们怎样生活也弄不清楚。甚至在军阀横征暴敛、一年征几年粮税的时候，他的收入还可以使整个家过得富裕、舒服。他相信这个家是万世不败的。他以为他的儿子们会学他的榜样，他的孙子们会走他的道路。他并不知道他的钱只会促使儿子们灵魂的堕落，他的专制只会把孙子们逼上革命的路。他更不知道是他自己亲手在给这个家庭挖坟。他创造了这份家业，他又来毁坏这个家业。他至多也就只做到四世同堂的好梦（有一些大家庭也许维持到五代）。不单是我的祖父，高老太爷们全走这样的路。他们想看到和睦家庭，可是和平的表面下掩盖着多少倾轧、斗争和悲剧。有多少年轻的生命在那里受苦、挣扎而终于不免灭亡。但是幼稚而大胆的叛徒毕竟冲出去了，他们找到了新的天地，同时给快要闷死人的旧家庭带来一点新鲜的空气。

我的祖父虽然顽固，但并非不聪明，他死前已经感到幻灭，他是怀着寂寞、空虚之感死去的。我的二叔以正人君子的姿态把祖父留下的家业勉强维持了几年，终于带着无可奈何的凄凉感觉离开了世界。以后房子卖掉了，人也散了，死的死，走的走。一九四一年我回到成都的时候，我的五叔以一个"小偷"的身份又穷又病地死在监牢里面。他花光了从祖父那里得到的一切，又花光了他的妻子给他带来的一切以后，没有脸再见他的妻儿，就做了一个无家可归的流浪人。这个人的另一面我在《家》中很少写到：他面貌清秀，能诗能文，换一个时代他也许会显出他的才华。可是封建旧家庭的环境戕害了他的生机，他只能做损人害己的事情。为着他，我后来又写过一本题为《憩园》的中篇小说。

我在前面说过，觉新是我的大哥，他是我一生爱得最多的人。我常常这样想：要是我早把《家》写出来，他也许会看见了横在他面前的深渊，那么他可能不会落到那里面去。然而太迟了。我的小说刚刚开始在上海的《时报》上连载，他就在成都服毒自杀了。十四年以后我的另一个哥哥在上海病故。我们三弟兄跟觉新、觉民、觉慧一样，有三个不同的性格，因此也有三种不同的结局。我说过好几次，过去十几年的生活像梦魇一般压在我的心上。这梦魇无情地摧毁了许多同辈的年轻人的灵魂，我几乎也成了受害者中的一个。然而"幼稚"和"大胆"救了我。在这一点我也许像觉慧。我凭着一个单纯的信仰，踏着大步向一个目标走去：我要做我自己的主人；我偏要做别人不许我做的事。我在自己办的刊物上发表过几篇内容浅薄的文章。我不能说已经有了成熟的思想。但是我始终不忘记这个原则："不顾忌，不害怕，不妥协。"这九个字在那种环境里意外地收到了效果，帮助我得到了初步的解放。觉慧也正是靠着这九个字才能够逃出那个正在崩溃的家庭，找寻自己的新天地；而"作揖哲学"和"无抵抗主义"却把一个年轻有为的觉新活生生地断送了。

有些读者关心小说中的几个女主人公：瑞珏、梅、鸣凤、琴，希望多知道一点关于她们的事情。她们四个人代表四种不同的性格，也有两种不同的结局。瑞珏的性格跟我嫂嫂的不同，虽然我祖父死后我嫂嫂被逼着搬到城外茅舍里去生产，可是她并未像瑞珏那样悲惨地死在那里。我也有过一个像梅那样的表姐，她当初跟我大哥感情好。她常常到我们家来玩，我们这一辈人不论男女都喜欢她。我们都盼望她能够成为我们的嫂嫂，后来听说姑母不愿意"亲上加亲"（她自己已经受够亲上加亲的痛苦了），因此这一对有情人不能成为眷属。三四年后我的表姐做了富家的填房少奶奶。以后的十几年内她生了一大群儿女，而且胖得成了一个完全可笑的女人。我们有过一个叫做翠凤的丫头，关于她我什么记忆也没有了，我只记得一件事情：我们有一个远房的亲戚要讨她做姨太太，她却严辞拒绝了，虽然她并没有爱上哪一位少爷，她倒宁愿后来嫁一个贫家丈夫。她的性格跟鸣凤的不同，而且她是一个"寄饭"的丫头。所谓"寄饭"，就是用劳动换来她的饮食和居住，她仍然有权做自己的主人。她的叔父是我们家的老听差，他并不虐待她。所以她比鸣凤幸运，用不着在湖水里找归宿。

我写梅，写瑞珏，写鸣凤，我心里充满了同情和悲愤。我庆幸我把自己的感情放进了我的小说，我代那许多做了不必要的牺牲的年轻女人叫出了一声："冤枉！"

的确我的悲愤太大了。我记得我还是五六岁的小孩的时候，我在姐姐的房里找到了一本《列女传》。是插图本，下栏是图，上栏是字。小孩子喜欢图画书，我一页一页地翻看，尽是些美丽的古装女人。但是她们总带着愁容。有的用刀砍断自己的手，有的在烈火中烧死，有的在水上浮沉，有的拿剪刀刺自己的咽喉。还有一个年轻女人在高楼上投缳自尽。都是些可怕的故事！为什么这样的命运专落在女人的身上？我不明白！我问我那两个姐姐，她们说这是《列女传》，年轻姑娘要念这样的书。我还是不明白。我问母亲，她说这是女人的榜样。我求她给我讲解。她告诉我：那是一个寡妇，因为一个陌生的男子拉了她的手，她便当着那个人的面把自己的手砍下来；这是一个王妃，宫里发生火灾，但是陪伴她的人没有来，她不能一个人走出宫去，便甘心烧死在宫中。为什么女人特别是年轻的女人，就该为那些可笑的陈旧观念，为那种人造的礼教忍受种种痛苦，甚至牺牲自己的生命？为什么那本充满血腥味的《列女传》就应当被看作女人的榜样？连母亲也不能说得使我心服。我不相信那个充满血腥味的可怕的"道理"。即使别人拥护它，我也要反对。不久这种"道理"就被一九一一年的革命打垮了，《列女传》被我翻破以后，甚至在我们家里也难找出第二本来。但是我们家里仍然充满着那种带血腥味的空气。甚至在五四运动以后，北京大学已经开始招收女生了，两三个剪了辫子的女学生在成都却站不住脚，只得逃往上海或北京。更不用说，我的姐姐、妹妹们享受不到人的权利了。一九二三年我的第三个姐姐，还被人用花轿抬到一个陌生的人家，一年以后就寂寞地死在医院里。她的结局跟《春》里面蕙的结局一样。《春》里面觉新报告蕙的死讯的长信，就是根据我大哥给我的信改写的。据说我那个最小的叔父当时还打算送一副对联去："临死无言，在生可想。"灵柩停在古庙里无人过问，后来还是我的大哥花钱埋葬了她。

我真不忍挖开我的回忆的坟墓，那里面不知道埋葬了多少令人伤心断肠的痛史。

然而希望的火花有时也微微照亮了我们家庭的暗夜。琴出现了。不，这只能说是琴的影子。这是我的一个堂姐。在我离家的前两三年中，她很有可能做一个像琴那样的女人，她热心地读了不少传播新思想的书刊，我的三哥每天晚上都要跟她在一起坐上两个钟头读书、谈话。可是后来她的母亲跟我的继母闹翻了，不久她又跟着她母亲搬出公馆去了。虽然同住在一条街上，可是我们始终没有机会相见。我的三哥还跟她通过好多封信。我们弟兄离开成都的那天早晨到她那里去过一次，总算见到了她一面。这就是我在小说的最后写的那个场面。可是环境薄待了这个可爱的少女。没有人帮助她像淑英那样地逃出囚笼。她被父母用感情做铁栏，关在古庙似的家里，连一个陌生的男人也没法看见。我在小说里借用了她后来写的两句诗，那是由梅讲出来的："往事依稀浑似梦，都随风雨到心头。"她那一点点锋铓终于被"家庭牢狱生活"磨洗干净了。她后来成了一个性情乖僻的老处女，到死都没法走出家门，连一个同情她的人也没有。

我用这许多话谈起我二十七岁时写的这本小说，这样地反复解释也许可以帮助今天的读者了解作者当时的心情。我最近重读了《家》，我仍然很激动。我自己喜欢这本小说，因为它至少告诉我一件事情：青春是美丽的东西。

我始终记住：青春是美丽的东西。而且这一直是我的鼓舞的泉源。

1956 年 10 月作，
1957 年 6 月改写。

谈《春》[①]

　　我那篇谈《家》的短文发表以后，有些读者来信要我继续谈谈《春》和《秋》。我的创作经验是不值得多谈的。读者们关心小说中几个人物的命运，希望多知道一点关于他们的事情。有些热心的读者甚至希望那些书中人物全是真实的人，而且一直活在读者中间，跟读者们共同呼吸新中国的健康空气，为祖国的社会主义建设事业服务。我不忍辜负这些读者的好心，便要求《收获》编辑部的同志们允许我占用杂志的几页篇幅，谈一些我自己差不多已经忘记了的琐碎事情。

　　我在一九三五年十月写过一篇《爱情的三部曲·总序》，在那篇长序的最后，我引用了"一个青年读者"的来信。我接着说："这个'青年读者'不但没有告诉我她的姓名，她甚至不曾写下通信地址，使我无法回信。她要我写'一篇新文章来答复'她。事实上这样的文章我已经计划过了，这是一本以一个女子为主人公的'家'，写一个女子怎样经过自杀、逃亡……种种方法，终于获得求知识与自由的权利，而离开了她的专制腐败的大家庭。这是一个真实的故事……"三年以后（就是在一九三八年七月），我第一次修改《爱情的三部曲》，在这一段文章的后面加了一个小注："这就是最近出版的《春》"，因为《春》刚刚在三四个月以前出版。

[①] 本篇最初发表于一九五八年三月《收获》第二期，现收
　　入《巴金全集》第二十卷。

　　我当初计划写的那本小说并不是《春》。淑英的故事是虚构的，连淑英这个人也是虚构的。我所说的"真实的故事"是我在日本从一个四川女学生的嘴里听来的。这位四川姑娘有一次对我谈起她自己出川求学的经过，她怎样跟她父亲进行斗争。她自杀未遂，逃亡又被找回家，最后她终于得到父亲的同意，又得到哥哥的帮助，顺利地离开了家乡。她的话非常生动，而且有感情。我说我要把她的故事写成长篇小说，她并不反对。可是不久我就动身回国，在上海忙着别的事情，连这个长篇的计划也搁起来了。

　　一九三六年《文季月刊》在上海创刊，由我和靳以主编。其实全是他一个人负责。我不过在旁边呐喊助威。他刚刚在北平编过大型刊物《文学季刊》，气魄很大，一开目录就是三个长篇连载：曹禺的四幕剧《日出》，鲁彦的长篇小说《野火》，第三个题目他派定我担任。那个时候，我的小说《萌芽》被禁止发卖，《电》虽然出版，却被国民党的审查老爷删得七零八落，而且良友图书公司为了我这本书和几本别人著作的顺利出版，曾经花过几百元稿费买下某一位审查老爷的一部不能用的大作。我一方面不愿意给新刊物招来麻烦，另一方面又要认真地完成新刊物交给我的任务。我忽然想起了那个四川姑娘的故事，我也想到了《春》这个题目。接着我又想到了《家》的续篇。于是我找到了"淑英"这个人物。轮到我拿起笔写小说的时候，我就把四川姑娘的故事改成了淑英的故事。一个在花园里长大的深闺小姐总不是什么图谋不轨的危险人物罢。我想用她来骗过审查老爷的眼睛。我不仅写了淑英的故事，我还创造了另一个少女蕙的故事。但是刊物出到第七期，终于同其它十二种刊物同时被禁止了。没有什么理由，反正审查老爷看不顺眼。我的小说只发表了十章，其实我就只写了那么多。按期出版的时候，我每个月至少总要写一万多字。刊物一停，没有人催稿，我又忙着做丛书编辑的工作，也写一点别的文章。后来稍有空闲，我翻出发表过的那十章旧稿，信笔增删了一些，高兴时接下去写一点，有时写得较多，有时写得少。小说还没有写完，一九三七年八月淞沪抗日战争爆发，我又把小说放在一边，和朋友们一起办《呐喊》、《烽火》，印小册子。后来中国军队从上海撤退，租界当局改变态度，朋友们相继离去。我也曾有意离开上海，又知道不能把《春》的原稿带在身边，想来想去，终于抽出十几天的时间，日也写，夜也写，把小说告了一个小段落，作为第一部，交给开明书店。我心想短时期内不会续写第二部了。

倘使我当时真的走出了被称为"孤岛"的上海，《春》的第二部也许就不会完成了。可是我终于没有走。开明书店也准备在上海排印、出版这本书。我便重新拿起放下的笔，将淑英同蕙这两个少女的故事继续发展下去。那些日子的确不是容易度过的。正如我在《春》的《序》上所说，我好几次丢开笔，想走；好几次望着面前摊开的稿纸写不出一个字；好几次我几乎失去控制自己的力量。但是我终于写完了《春》，写下了"春天是我们的"这句话。我觉得我的身上充满了力量。

这些力量是成千成万的青年给我的。在那个时候不断地给我鼓舞、使我能够支持下去的，是千万青年的纯洁心灵，是我对青年们的爱。那个时候我除了写作外常常在霞飞路上散步，我喜欢看那些充满朝气的年轻面孔。每次看见青年学生抱着书从新开办的学校和从别处迁来的学校里走出来，我就想到为他们写点东西。回到自己的房间拿起笔写小说，我就看见平日在人行道上见到的那些天真、纯洁的脸庞。我觉得能够带给他们一点点温暖和希望是我最大的幸福。

写完了《春》，看完了全书的校样，我就坐上海船，经过香港到广州去了。我在《序》上写着："我一定是怀着离愁而去的。因为在这个地方还有着成千成万的男女青年……我关心他们,我常常想念那无数纯洁的年轻的心灵,以后我也不能把他们忘记。我不配做他们的朋友,我却愿意将这本书作为一个小小的礼物献给他们。"

我在这里用了"不配"两个字,有人说:"过于谦虚就是虚伪。"但是甚至在今天还珍惜我这点真诚的感情。倘使我的作品果真能够给当时的青年带来一点点温暖和希望,那么我这一生便不是白活了。作品能够帮助人、鼓舞人前进,激发人们身上的好的东西,这才是作家的光荣。我没有做到,但是我愿意我能够做到。

在《春》的扉页的背面我预告了《秋》。我开始写《春》的时候并没有想到写《秋》,正如开始写《家》的时候,我并没有想到写《春》。《春》和《家》一样都是匆匆地结束的。《春》是《家》的补充,《秋》又是《春》的补充,三本书合在一起便是一本叫做《激流》的大书。《家》在《时报》(一九三一年)上面发表的时候用的就是《激流》这个名字。

我在《时报》上发表长篇连载是完全意外的事情。我并不认识《时报》的编者,不知道因为什么缘故,他忽然托一位我在世界语学会常常遇见的朋友来跟我商量,要我替《时报》写一部长篇小说,每天发表一千字左右。我感谢朋友推荐的好意(可能是由于他的推荐),就答应了编者的要求。我写了《总序》和小说的前二章交给那位朋友转送报馆。编者同意先发表它们。以后我每隔一星期光景送一次稿给报馆,随写随送。(小说的每一章原来都有小标题:第一章是《两兄弟》;第二章是《琴》。开明书店的单行本也保留了它们。一九三七年《家》改排新五号字本的时候,我才把它们删去。但是这个本子刚印好就被"八·一三"日本侵略军的炮火毁掉了。以后重排的新版本里也就没有了小标题。)后来"九·一八"

事变发生，日本帝国主义者侵占我国东北领土，义勇军在冰天雪地上艰苦作战，全国人民纷纷起来参加救亡运动。我和别人一样，也"动"了一个时候。《时报》上发表小说的地位也被更重要的东北消息占去了。但是那些时候国民党政府不仅一味退让，而且千方百计阻挠和压制人民的爱国运动。日本侵略者得寸进尺，气焰越来越高。在上海的日本海军陆战队也经常在虹口演习作战，威胁当时所谓"华界"的安全。我住在闸北宝山路宝光里（离商务印书馆的印刷工厂不远），有时候一天中间谣言四起，居民携儿带女搬进租界，不到一个月功夫弄堂里的住户竟然迁走了一小半。住在我楼上的朋友全家也搬进租界去了。我一个人住一所二层楼房，石库门里非常清静。白天我不常在家。晚上回来，我受不了那样的静寂，对着一张方桌和一盏孤灯，我又翻出几个月来的小说剪报，重新拿起我那支自来水笔，接着一两个月前中断的地方续写下去。我写得快，也写得匆忙。哪怕我这两扇石库门内静得像一座古庙，我也不能够从容落笔。日本的兵营就在这附近，静夜里海军陆战队很可能来一个"奇袭"，我也不能不作万一的准备。所以我决定趁早结束我的小说。

那个时候《时报》也换了编辑，原来的那一位编者请假回乡去了。我的小说停刊了一个时期之后，时报馆忽然写来一封信，抱怨我的小说太长，说是比原先讲定的字数多了许多。他们并没有明白地拒绝续登我的小说，但好像有这样的暗示。这样的信自然不会使我高兴，不过我也不想跟时报馆打官司。好在我的小说也可以收场了。过了几天我写完了《家》的最后一章，我就把剩下的好几万字原稿送到时报馆，还附去一封信，向编辑先生道歉：我的小说字数超过了他们的需要。我说他们不登续稿，我无意见。现在送上这批原稿，请他们过目。倘使他们愿意继续刊登，我可以放弃稿酬。结果我的小说终于在《时报》上全部刊完了。

不用说，报馆省掉了几万字的稿费。他们的做法并不是公道的。但是我总算尽了我做作家的责任。我不是为稿费写作，我是为读者写作的。

我的第一部长篇小说就这样地结束了。这时候我才想到《家》和《群》这两个书名。我结束的是《家》，不是《激流》。《家》并没有把我所要写的东西完全包括在内，我后来才有写《春》的可能。《春》固然写完了蕙和淑英的故事，但是还漏掉了高家的许多事情，我还并没有写到"树倒猢狲散"的场面。觉新的故事也需要告一个小段落。因此我在结束《春》的时候，就想到再写一部《秋》。我并非卖弄技巧，我不过想用辛勤的劳动来弥补自己作品的漏洞。

我唠唠叨叨地叙述这些琐碎事情，无非说明：我不是艺术家，也不曾写出完整的作品。我的几部小说写成现在的这个样子，也并非苦心构思的结果。一些偶然的事情对我的作品的面目都有很大的影响。但有一点却是始终如一的，那就是我认为艺术应当为政治服务。我一直把我的笔当作攻击旧社会、旧制度的武器来使用。倘使不是为了向不合理的制度进攻，我绝不会写小说。倘使我没有在封建大家庭里生活过十九年，不曾身受过旧社会中的种种痛苦，不曾目睹人吃人的惨剧；倘使我对剥削人、压迫人的制度并不深恶痛恨，对真诚、纯洁的男女青年并无热爱，那么我绝不会写《家》、《春》、《秋》那样的书。我曾经多次声明，我不是为了要做作家才拿起笔来写小说。倘使小说不能作为我作战的武器，我何必花那么多的功夫转弯抹角、忸怩作态，供人们欣赏来换取作家的头衔？我能够花那么多的笔墨描写觉新这个人物，并非我掌握了一种描写人物的技巧或秘诀。我能够描写觉新，只是因为我熟悉这个人，我对他有感情。我为他花了那么多的笔墨，也无非想通过这个人来鞭挞旧制度。

我想借这些话来说明我的创作方法，来说明我怎样写《激流三部曲》，让读者们知道我的浅薄和我的作品的缺点。有人不了解我为什么要不断地修改自己的作品，其实一句话就可以说得明白：我不断地发现它们的缺点。我去年又把《家》修改一次。最近我改完了《春》，补写了婉儿回到高家给太太拜寿的一章。补写的一章更清楚地说明冯乐山究竟是怎样的人。在这一点曹禺改编的剧本对我有很大的启发。我提到了冯乐山打骂婉儿的事，不用说，这是看了曹禺的戏以后才想到的。但是我们两个人心目中的冯乐山并不完全一样。曹禺写的是他见过的"冯乐山"，我写的是我见过的"冯乐山"。我见过的那个冯乐山高兴起来也会把婉儿当成宝贝一样。他害怕他的太太，因为他的太太知道他欺负孤儿寡妇的丑事。我还把《春》的第一部同第二部合并成一部。我从前觉得把小说分成两部好，现在却认为合并成一部也未尝不可。这说明一则我手中并无秘诀；二则像分章、分卷这些小节与一部作品的主要内容并无多大关系。屠格涅夫在《父与子》里面记错了人物的年龄，托尔斯泰在《战争与和平》里面也有把时间弄错的事。一直到现在也没有人去改正这些"错误"，而且那两部伟大作品也并不曾因此减色。我即使在这些小节上花了很多功夫，也不能使我的几部作品成为杰作。一部作品的主要东西在于它的思想内容，在于作者对生活、对社会了解的深度，在于作品反映时代的深度等等。

现在我又回到《春》上面来。应当首先提到的人是淑英和蕙。这两个少女性格相似而结局不同。环境决定了她们的命运。蕙被人虐待痛苦地死去，淑英得到堂哥哥们的帮助逃出了囚笼。这两个人物都是虚构的。但是我也并非完全无中生有，凭空创造。我在我的姐姐妹妹和表姊妹们的身上看到过她们的影子，我东拼西凑地把影子改变成活人。我写蕙的时候，我常常想到我死去的三姐。我离开成都的前一个月参加了三姐的婚礼。三姐上轿的情形就跟我在小说中描写的蕙的出嫁差不多。不过三姐心目中并没有一位表哥，而且她出嫁的时候已经有二十几岁，只能做人家的填房妻子。不知道为什么缘故，她上轿时挣扎得很厉害，看见的人都有点心酸。在那个时代男人娶妻、女子出嫁都好像抓彩一样，尤其是从来脚不出户的少女，去到一个陌生人家，一切都得听别人支配，是好是坏，全碰运气，自己作不了一点主。旧式女子上花轿前的痛哭不是没有原因的。据说三姐相当满意她的丈夫。三姐夫并不是郑国光那样的人，然而他的父母却很像郑国光的父母。我根据三姐的病和死写了蕙的病和死，连觉新写给觉慧报告蕙的死讯的信也是从大哥写给我和三哥的信中摘录下来的。觉新所说"三叔代兄拟挽联一副"也是我的二叔替大哥拟的挽联。觉民想的一副对联："临死无言，在生可想"，其实是我的六叔想出来的。他在来信中提到这八个字，给我留下了很深的印象。原信早已遗失，可是这八个字到现在我还记得。三姐去世的时候，我同三哥都在南京读书。要是那个时候我在成都，我一定知道更多的事情，我也会写得更详细，更动人。

我的三姐夫姓陈。我同他见面一共不到十次。他给我的印象，比我的一位堂姐夫给我的印象好。郑国光的作文中"我刘公川人也……我戴公黔人也……"这两句就是从我堂姐夫的作文中借来的。他把作文送给他的岳父（我的二叔）批改。我在二叔的书房里看到这篇有趣的文章，到今天还记得那两句，就把它们写进《春》里面了。我的姐夫像一个文弱的书生，我的堂姐夫像一个土财主。我把他们揉在一起写成了郑国光。《春》里面的郑国光像我的堂姐夫，《秋》里面的郑国光就是我的姐夫的写照了。我这位姐夫让我姐姐的棺材停在古庙里，连看也不去看一眼。

他还找我大哥替他借了好几笔钱，不但不还，甚至避不见面。后来大哥终于设法把他请到我们家里去作过一次谈判。那个场面跟我在《秋》里描写的相差不太远。我当然没有参加谈判的机会。好几年以后我才听到那些详情，我就把它们写了下来。《秋》出版后第二年我头一次回到成都，才听见人说，我那位姐夫的第三次结婚也没有给他带来幸福。他后来抽鸦片烟上了瘾，落魄地死在西康。

　　我的堂姐夫是一个不折不扣的大地主。他现在还在劳动改造中。这个人又像土财主，又像暴发户，一生靠剥削享福。他只懂得买田，田越买越多。他从不想用这种"不义之财"做一两件有益的事。他不读书，不学技能。他花钱修了一所别墅，却不懂如何布置房间。他需要一个儿子来继承他的财产，却什么也生不出来。拚命讨小老婆，也没有一点影响，他每年过生日，想到自己无儿无女，一定要伤心地哭一场。他讨过几个小老婆，一个上吊自杀，一个跟人跑掉，最后的一个在他被捕以后也找到一位门当户对的丈夫另外结婚。听说他在劳动改造中倒学会了一种技能，以后期满出来大概可以独立生活了。

　　我在《家》和《春》里都提到陈克家父子共同欺负丫头的故事。这就是我堂姐夫的父亲和胞兄的"德政"。当初我的四姐还没有嫁过去的时候，我们就听见了这个故事。不过堂姐夫一家是成都南门的首富。他们有的是钱。我的二叔虽然熟读《春秋》，但是对于钱的看法，大概也未能免俗，所以他终于把自己的第一个女儿嫁到了那样的人家。接着我堂姐夫的那位胞兄又变做了我的表姐夫。我们亲戚中间对他们弟兄并无多大的好感。我们弟兄因为都喜欢那位表姐，对这门亲事的反感更大。但是使我感到惊奇的是在我们亲戚中间那样的人家常常成了羡慕的对象。即使人品不可取，金钱却能通神。

从我上面的这一段话看来，淑英可能就是我那位堂姐。其实论性格我的四姐完全不像淑英。在我的记忆中四姐好像是一个并不可爱的人。但是关于四姐婚姻的回忆帮助我想出来《春》的一部分的情节。从这里我创造出周伯涛这个人物，我也想出了高克明的另一面。既然做父亲的忍心把女儿嫁到那种人家去，那么让我们来看看这种忍心的父亲究竟是怎样的人。我一笔一笔地画出周伯涛和高克明的面貌。这种旧式的父亲我看得多。不用说他们中间有的人面带慈祥的笑容，可是照我分析起来，他们不见得比周伯涛或者高克明慈祥。读者也看得出我写周伯涛时，心里充满憎恨。我恨这样的父亲，我愿意用我的笔来刺伤他。我常说我恨的是制度，不是人。但是这些人凭借制度来作恶。多少年轻、可爱的生命的毁灭都应当由他们负责。我不能宽恕他们。

我在前面说过，淑英不是四姐。但淑英的父亲高克明却是我的二叔，也就是四姐的父亲。我这次修改《家》和《春》，给高克明和陈克家两位都添上名律师的头衔，又把他们两人的律师事务所放在同一个公馆里面。堂姐夫的父亲不是律师，他一生只做过一件陈克家大律师做过的事，那就是父子共同欺负一个丫头。有人说，他在分家的时候欺骗了自己的哥哥。那样的事冯乐山干得出来，我在补写的一章中已经提过了。高克明做律师是他的本分。我的二叔就是一位有名的律师，他的事务所设在我们公馆里面。高克明在高家的地位和处境也就是二叔在我们李家的地位和处境。我五叔并没有把喜儿收房。不过他和四叔都干过偷偷摸摸勾引老妈子的"风流"事情。他包了一个娼妓在外面租了小公馆。女人的名字是"礼拜六"，他还给她起了一个号叫"芳纹"。我意外地在商业场后门口见过"礼拜六"一面，她的相貌跟我在《春》里面描写的差不多。倘使没有"礼拜六"这个真名字，我纵有"天才"，也想不出"礼拜一"

这名字来。倘使我没有遇见她一面，那么《春》里面淑英姊妹们也许就不会遇见她了。连五叔、五婶吵架彼此相骂的话中也有一两句是他们当时骂过的话。我把它们记在心里，并非为了日后好写小说。其实我并不要记住它们，可是它们自己印在我的心上了。大家庭中那些吵吵闹闹的琐碎事情，像克安同陈姨太吵嘴、觉群把刀丢进房里去砍弟弟等等都是真事。克明在那些事情中扮演的角色也就是我二叔扮演的角色。觉民因打觉群被王氏告到周氏同克明那里去，这也是真正发生过的事情。这还是我自己亲身经历的。我扮演了觉民的角色。王氏应当改成我的五婶。五婶并不是淑贞的母亲，她一共生过三个男孩，活下来的就只有我的一个堂弟。五婶她自己打肿了孩子的脸却要我来负责。我大哥起初希望我能够认错，后来又希望二叔能主持公道。他后来在二叔那里挨了骂，含着眼泪来到我的房间呜咽地说："四弟，你要发狠读书，给我们争一口气。"这个场面跟我在小说里所描写的完全一样。我大哥就是这样的人。他代我挨骂，我并不感激他。本来就用不着他跑到二叔那里去替我挨骂。他希望我扬名显亲，我那个时候就在打算将来有一天把李家的丑事公开出来，让大家丢脸。

不用说，觉新仍然是我大哥的写照。大哥的生活中似乎并没有一个蕙，但是也不能说完全没有蕙的影子。《家》的《初版代序》中曾经有过这样的话："我相信这一个女人是一定有的，你曾经向我谈到你对她的灵的爱……"这是我的另一位表姐，她的相貌和性格跟蕙的完全不同。但是我小时候的记忆中保留着的表姐的印象，和我大哥去世前一年半对我谈起的"灵的爱"，使我开始想到应当创造一个像蕙这样的少女。后来我才把三姐的事加在蕙的身上。三姐的凄凉的死帮助我写成蕙的悲惨的结局。

　　海儿是我大哥的第一个儿子。孩子的小名叫庆斯。海儿的病和死亡都是按照真实情形写下来的。连"今天把你们吓倒了"这句话也是庆儿亲口对我说过的。祝医官也是一个真实的人。到今天我还仿佛看见那个胖大的法国医生把光着身子的庆儿捧在手里的情景，我还仿佛看见那个大花圈，和"嘉兴李国嘉之墓"七个大字。我为什么记得这么清楚，到现在还不能忘记？因为我非常爱这个四岁多的孩子。"嘉兴李国嘉"在《春》里面就变成"金陵高海臣"了。

　　我二叔并没有像克明对待淑英那样地对待他的女儿。听说我的四姐出嫁后，二叔一个人在堂屋里对着他亡妻的神主牌流过眼泪。我二叔中过举，在日本留过学，做过清朝的官，最后他又是有名的律师。他喜欢读《聊斋志异》，说蒲松龄的文章有《左传》笔法，他为我同三哥讲解过一年的《春秋》、《左传》。可是他会同意教我的嫂嫂搬到城外去生产，教他的小女儿缠脚。他续弦两次，头一位二婶我也许没有见过。他的两个女儿都是第二个二婶生的，缠脚很可能是那位二婶的主意。我们小时候听见那个堂妹的哭声，看见她举步艰难的情形，大家都可怜这个小妹妹，因此也不满意她的父母。过了两年她的母亲就死了。二叔又接了一位新的二婶来。我们都喜欢这位新的婶娘，她是一位忠厚老实、讲话不多的年轻女人。缠脚的事似乎也就取消了。淑贞就是我那个堂妹的影子。但是我那位堂妹并没有受到父母的虐待，因此也并不曾投井自杀，像我在《秋》里面所描写的那样。然而我也想说，她并不曾受到父母的钟爱。我有这样的一个印象：那个时候在官僚地主的家庭里做父母的人似乎就不懂得爱自己的儿女。孩子生下来就交给奶妈。母亲高兴时还抱一下，父亲向来是不抱孩子的。孩子稍微长大起来，父亲就得板起面孔教训他。对女儿父亲连话也不愿意多说。我的父亲在他的最后几年中间常常带我逛街看戏，那是非常特殊的事情。我的三叔习惯用鞭子教育子弟。他打得儿子看见他就发抖，连话都说不出来。我庆幸没有遇到这样的一位严父，否则我今天也许不会在这里饶舌了。

重读我的《激流三部曲》，我为自己的许多缺点感到惭愧。在我的这三部小说中到处都有或大或小的毛病。大的毛病是没法治好的了，小的还可以施行手术治疗。我一次一次地修改，也无非想治好一些小疮小疤。把克安丑化和简化，也是《三部曲》中的一个小毛病。丑化和简化不能写活一个人物。这个人即使在书中常常见面，也只是一些影子。这次我有意给克安添上几笔，我让他进克明的律师事务所给他的哥哥帮忙，我还写出他擅长书法，又点明他做过县官，在辛亥革命时逃回省城……这都是从我的三叔那里借来的。我的三叔虽然在外面玩小旦，搞女人，抽大烟，可是他写得一笔好字，又能诗能文，也熟悉法律，在二叔的事务所里还替当事人写过不少的上诉状子。人原来是复杂的。丑化和简化在作者虽然容易，却并不能解决问题。然而我也应当说老实话，我添的几笔并没有把克安写活。可见我并非真正的艺术家。艺术家只消用简单的几笔就可以写活一个人物。

在《春》里我还写了年轻人的活动。这也是我当时亲身经历过的事情。有人责备我把活动面写得很窄，有人责备我没有写到工人运动。我没有话为自己辩护。我只能说，当时我们这一群青年的活动范围并不宽，也没有人来领导我们。觉民散发五一节传单的经验是我自己的经验。觉民在周报社的活动也就是我自己的活动。不过我并没有参加演戏。张惠如是我的一个老朋友，现在还在成都担任学校的工作。方继舜的真名是袁诗尧。他编辑《学生潮》，为了梨园榜痛骂某名流的时候，还是高师的学生。他同我们在一起工作过一个时期，我们都喜欢他。他后来加入共产党，在某中学当教员。在一九二八年的白色恐怖中，他在成都被某军阀枪毙了。

我那些朋友当时的确演过《夜未央》。这是一个波兰人写的描写一九〇五年俄国革命的三幕剧。一九〇七年在巴黎公演，轰动一时，后来有人译成中文在法国出版。一九二〇年有人在上海翻印了这个剧本。我当时看见报上的广告，用邮票代价买了一本来。朋友们见到它，便拿去抄了几份，作为排演的底本。在《春》里我本来不想多写《夜未央》的演出。其实描写淑英的成长和觉悟，不用《夜未央》的启发，也未始不可。一九三八年年初我在孤岛上写《春》的后半部，当时日寇势力开始侵入租界，汉奸横行，爱国人士的头颅常常悬在电灯杆上。我想带给上海青年一点鼓舞和温暖，我想点燃他们的反抗的热情，激发他们的革命的精神，所以特地添写了琴请淑英看《夜未央》的一章，详细地叙述了那个革命故事，把"向前进"的声音传达给我的读者。也许有人会责备我为什么不给当时的青年指出一条更明显的路。我无法为我自己思想的局限性掩饰。而且我当时还有这样的一个想法：要是写得太明显，也许书就不能送到孤岛青年的手中。其实，就是在二十年前我写下"春天是我们的"这句话的时候，我也不曾料到"我们的"春天会来得这么快！

关于《春》我写了这么多的话，我觉得我也应当在这里结束了。以后有机会我还想写一篇谈《秋》的文章。今天还没有谈到的有些人和有些事情，我想留在下一篇文章里详谈。

1958 年 1 月 27 日。

谈《秋》[①]

　　有一位读者写信问我：用"秋"字作书名，除了"秋天过了，春天就会来的"这个意思以外，还有没有别的？我因此想到《家》里面钱梅芬说过的那句话："我已经过了绿叶成荫的时节，现在是走飘落的路了。"在《秋》的最后，觉新也想起了这句话，他自己解释道："我的生命也像是到了秋天，现在是飘落的时候了。"《秋》里面写的就是高家的飘落的路，高家的飘落的时候。高家好比一棵落叶树，一到秋天叶子开始变黄变枯，一片一片地从枝上落下来，最后只剩下光秃的树枝和树身。这种落叶树，有些根扎得不深，有些根扎得深，却被虫吃空了树干，也有些树会被台风连根拔起，那么树叶落尽以后，树也就渐渐地死亡。不用说，绝大多数的落叶树在春天会照样地发芽、生叶，甚至开花、结果。然而高家不是这样的落叶树。高家这棵树在落光叶子以后就会逐渐枯死。琴说过"秋天过了，春天会来……到了明年，树上不是一样地盖满绿叶"的话。这是像她这样的年轻人的看法。琴永远乐观，而且有理由乐观。她决不会像一片枯叶随风飘落，她也不会枯死。觉民也是如此。但是他们必须脱离枯树。而且他们也一定会脱离枯树（高家）。所以即使像琴和觉民那样的高家青年会看见第二个春天、第三个春天乃至三十五年以后的这个一

---

①　本篇最初发表于一九五八年五月《收获》第三期，现收
　　入《巴金全集》第二十卷。

马当先、万马奔腾、空前明媚的春天，但这早已不是高家的春天了。高家早已垮了，完了。克明和觉新想挽救它，也没有办法。克明是被它拖死的。他死在它毁灭之前。觉新多活了若干时候，也可能一直活到今天，等待改造，因为究竟还有新的力量拉了他几下。在小说的最后觉新好像站起来了。其实他并没有决心要做一个"反抗者"。他不过给人逼得没有办法,终于掉转身,朝着活路走了一步,表示自己的"上进之心并未死去"。以后或死或活，或者灭亡或者得到新生，那要看他自已怎样努力了。

《秋》只写了高家的"木叶黄落"的时节。下一步就是"死亡"。"死亡"已经到了高家的门口。不用我来描写，读者也看得见。高家一定会灭亡。但是我在那个时候不愿意用低沉的调子结束我的小说。当时连我自己也受不了灰色的结局。所以我把觉新从自杀的危机中救了出来，还把翠环交给他，让两个不幸的人终于结合在一起，互相安慰，互相支持地活下去。我曾经说过觉新是我大哥的化身。我大哥在一九三一年春天自杀。这才是真的事实。然而我是在写小说，我不是在拍纪录片，也不是在写历史。

关于《秋》的结尾，我曾经想了好久。我也有过内心的斗争。有时候我决定让觉新自杀，觉民被捕；有时候我又反对这样的结局。我常常想：为什么一定要写出这样的结局呢？在近百年来欧美的文学作品里像这样的结局难道还嫌太少吗？我读过好多批判的现实主义的作品，里面有不少传世的佳作或者不朽的巨著，作者暴露了资本主义社会的阴暗的现实，对不合理的人剥削人的制度提出了强烈的控诉，这些都是值得我佩服的。我知道他们写出了真实，我知道那样的社会，那样的制度一定会毁灭。但是作为读者，我受不了那样接连不断的黑漆一团的结尾。我二十四岁的时候，有两三个月一口气读完了左拉描写卢贡马加尔家族兴衰的二十部小说。我崇拜过这位自然主义的大师，我尊敬他的光辉的人格，我喜欢他的另外几本非自然主义的作品，例如《巴黎》和《劳动》，但是我并不喜爱那二十部小说，尽管像《酒馆》、《大地》等等都成了世人推崇的"古典名著"。我只有在《萌芽》里面看到一点点希望。坏人得志，好人受苦，这且不说；那些正直、善良、勤劳的主人公，不管怎样奋斗，最后终于失败，悲惨地死去，不是由于酒精中毒，就是遗传作祟。我去年又读过一遍《大地》（这次读的是新出的英译本），我好几天不舒服。善良、勇敢、纯洁的少女死亡了，害死她的人（就是她的姐夫）反而承继了她的茅屋和小块土地，她的丈夫倒被人赶走了。我受不了这个结局，正如三十年前我读完莫泊桑的《漂亮朋友》，那个小人得志的结局使我发呕一样。我并不是在批评那些伟大前辈的名著；我也不否认在旧社会里，坏人容易得志，好人往往碰壁；我也了解他们带着多大的憎恶写出这样的结局，而且他们是在鞭挞法国资产阶级社会的罪恶。我不过在这里说明一个读者的感受和体会。我读别人的小说有那样的感受，那么我自己写起小说来，总不会每次都写出自己所不能忍受的结局。固然实际生活里的觉新自杀了，固然像觉新那样生活下去很可能走上自杀的路，但是他多活几年或者甚至活到现在也并非完全不可能。事实上也有像觉新那样的人活到现在的。而且我自己不止一次地想过，在我的性格中究竟有没有觉新的东西？我的回答是肯定的。我至今还没有把它完全去掉，虽然我不断地跟它斗争。我在封建地主的家庭里生活过十九年，怎么能说没有一点点觉新的性格呢？我在旧社会中生活了四十几年，怎么能说没有旧知识分子的许多缺点呢？只要有觉悟、有决心，缺点也可以改造，浪子也可以回头。觉新自然也可以不死。

我常常说我用我大哥作模特儿写了觉新。觉新没有死，但是我大哥死了。我好几次翻读他的遗书，最近我还读过一次，我实在找不到他必须死的理由。如果要我勉强找出一个，那就是他没有勇气改变自己的生活。不用说，这是我的看法。他自己的看法跟我的看法完全不同，所以他选择了自杀的路。他自己说得很明白：

卖田以后……我即另谋出路。无如求速之心太切，以为投机事业虽险，却很容易成功。前此我之所以失败，全是因为本钱是借贷来的，要受时间和大利的影响。现在我们自己的钱放在外边一样收利，我何不借自己的钱来做，一则利息也轻些，二则不受时间影响。用自己的钱来做，果然得了小利。于是通盘一算，账上每月只有九十元的入项，平均每月不敷五十元，每年不敷六百元，不到几年还是完了。所以陆续把存放的款子提回来，作贴现之用，每月可收百数十元。做了几个月，很顺利。于是我就放心大胆地做去了。……哪晓得年底一病就把我毁了。……等我病好出外一看，才知道我们的养命根源已经化成了水。好，好！既是这样，有什么话说！所以我生日那天，请大家看戏后，就想自杀。但是我实在舍不得家里的人。多看一天算一天，混一天。现在混不下去了。我也不想向别人骗钱来用。算了罢。如果活下去，那才是骗人呢。……我只恨我为什么不早死两三个月，或早病两三个月，也就没有这场事了。总结一句，我受人累，我累家庭和家人。但是没有人能相信我，因为我拿不出证据来。证据到哪里去了呢？有一夜我独自一算，来看看究竟损失若干。因为大病才好，神经受此重大刺激，忽然把我以前的痰病引发，顺手将贴现的票子扯成碎纸，弃于字纸篓内，上床睡觉。到了第二天一想不对，连忙一找，哪晓得已经被人倒了。完了，完了。……

遗书里所提到的"痰病"，就是我们现在所谓的"神经病"。我大哥的确发过神经病，但也并不怎么厉害，而且也不久，大约有一两个月的光景。我记得是在一九二〇年，那就是《家》的年代。在《春》里觉民写信告诉觉慧（一九二二年）："大哥……最近又好像要得神经病了。有一天晚上已经打过三更……他一个人忽然跑到大厅上他的轿子里面坐起来，一声不响地坐了许久，用一根棍子把轿帘上的玻璃打碎了。妈叫我去劝他。他却只对我摇摇头说：'我不想活了。我要死。我死了大家都会高兴的。'后来我费了许多唇舌，才把他说动了。他慢慢地走下轿子来，垂头丧气地回到房里去。……以后他就没有再做这样的事情。"这是一件真事。我今天还记得三十八年前的情景。觉新仅仅有过两次这样的发作。还有一次就是在《秋》里面，他突然跪倒在他姑母的面前，两只手蒙住脸，带哭说："姑妈，请你作主，我也不想活了。"又说："都是我错，我该死……请你们都来杀死我……"这次他被陈姨太和王氏逼得没有办法，才一下子发了病。这是小说里的事情。觉新休息了半天也就好了。我大哥不像觉新，在一九二〇年冬天的晚上，电灯已经灭了，他常常一个人坐进他的轿子，用什么东西打碎轿帘上的玻璃。我那时已经不住在觉民弟兄住的那个房间。我和我三哥搬到那间利用大厅上通内天井的侧门新建的小屋里面了。这样的装了大玻璃窗的小屋一共有两间。我们住的是左面的一间，离所谓"拐门"最近，离大厅也最近（右面的一间里住的是我们一个堂兄弟）。轿子就放在大厅，大厅上一点轻微的声音也会传到我的小屋里来。我自来睡得晚，常常读书到深夜。我听见大哥摸索进了轿子，接着又听见玻璃破碎声，我静静地不敢发出任何的声音。但是我的心痛得厉害，我不能再把心放在书上。我绝望地拿起笔在纸上涂写一些愤怒的字句，或者捏紧拳头在桌上擦来擦去。我那个时候就知道大哥的这个病是给家里人的闲言蜚语和阴谋陷害逼出来的。他自己在我们离家后写给我的信里也说："那是神经太受刺激逼而出此。"自然他后来也还有比较详细的说明，不过总离不了"刺激"两个字。觉新受到的刺激不会比我大哥受的少。但是他并没有发过神经病。我大哥自杀跟他所谓的"瘰病"有关系。

我大哥是我们这一房的"管家"。他看见这一房入不敷出，坐吃山空，知道不到几年就要破产。他自己因为身体不好辞掉了商业场电灯公司的事情，个人的收入也没有了。他不愿意让别人了解这种情形。我们向他建议放下空架子改变生活方式。他心里情愿，却又没有勇气实行。他既不想让家人知道内部的空虚，又担心会丧失死去的祖父和父亲的面子。他宁肯有病装健康人，打肿脸充胖子，不让任何一个人知道真实情况。钱不够花，也不想勤俭持家，却仍然置身在阔亲戚中间充硬汉。没有办法就想到做投机生意。他做的是所谓"贴现"，这种生意只要有本钱，赚钱也很容易。他卖了田把钱全押在这笔"赌注"上。当时在军阀统治下的成都，谁都可以开办银行、发行钞票。趁浑水摸鱼的人多得很。他也想凭个人的信用在浑水里抓一把，解决自己的问题，其实这是一种妄想，跟赌博下注差不多。不久他害了一场大病。在他的病中，那个本来就很混乱的市场发生了大波动，一连倒闭了好些银行。等他病好出去一看，才知道他的钱已经损失了一大半。他回到家里等着夜深人静，拿出票据来细算，一时气恼，又急又悔，神经病发作了，他把票据全扯掉丢在字纸篓里。第二天想起来，字纸已经倒掉了。连剩下的一点钱也完蛋了。他瞒着别人偷偷地做了这一切，连他的妻子也不知道。他懂一点医学，认识不少中医界和西医界的朋友，也可以给熟人看脉开方。他半夜服毒药自杀，早晨安安静静地睡在床上，一个小女儿睡在他的身边。他的身体冰凉，可是他的脸上并无死相，只有嘴角上粘了一点白粉。家里人找到了他的遗书，才知道他有意割断自己的生命。柜子里只有十六个银元，这就是我们这一房的全部财产了。他留下一个妻子和一男四女。除遗书外他还留下一张人欠欠人的账单。人欠的债大半都没法收回，欠人的债却被逼着要还清。我那位独身的堂姐逼得最厉害。她甚至说过："人在人情在，人死人情两丢开。"她就是写过"往事依稀浑似梦，都随风雨到心头"的那个少女！我的继母终于用字画偿清了大哥欠她的钱。她这样一来，别的债主更有话说了："你们自己人都是这样！不能怪我们！"我的继母给逼得走投无路，终于卖尽一切还清了大哥经手的债，有的债还是他为了赌气争面子代别人承担的。

这是一九三一年四月里的事情。我正在写《家》，而且刚刚写完《做大哥的人》那一章（第六章）。《秋》结束在一九二三年的秋天，正是我从成都到上海的那一年。《尾声》里觉新在一九二四年秋天写给觉慧的一封信是根据我大哥一九二七年十一月的来信改写的。自然我增加了许多材料，例如琴和觉民的事情，例如沈氏的事情，例如芸的事情，尤其是翠环的事情。翠环是一个完全虚构的人物。我那位新的二婶有一个陪嫁丫头，叫做翠环。她是一个身材矮小的女孩。一九四二年我回成都意外地见到她一次。我嫂嫂告诉我这是翠环。她已经是一个中年妇人了。我只借用了她的名字。在另一个"翠环"身上没有一点她的东西。人们读我的小说不一定会注意到那个身材苗条的少女。前年香港影片《秋》在四川放映后，有些观众对红线女同志的演技感到兴趣，居然有人问我的侄女："你是不是翠环生的？"还有人去问我的嫂嫂："你是不是翠环？"这是把文艺作品跟真实混在一起了。

我拿我大哥作模特儿来写觉新，只是借用他的性格，他的一些遭遇，一些言行。觉新身上有很多我大哥的东西，然而他跟我大哥不是一个人。

即使我想完全根据我大哥的一切来描写觉新，但是我既然把他放在高公馆里面，高家又有不少的虚构人物，又有那么一个大花园，他不能不跟那些虚构的人物接触，在那些人中间生活，因此他一定会做出一些我大哥并未做过的事情，做出一些连作者事先也没有想到的事情。倘使我拿笔以前就完全想好觉新的一举一动，一言一行，按照计划机械地写下去，那么除了觉新外，其他的人都会变成木偶了。自然这是拿我的写作方法来说的。别的作者仍然可以写好大纲按照计划从容地写下去，而且写得很好。我在这里只说明一件事情：我大哥虽然死了，小说中的觉新仍旧可以活下去，甚至活到今天。

高家比我们李家有钱。《秋》结束的时候觉民已经毕业，可以靠自己生活。此外高家大房也只有周氏、觉新、淑华、翠环几个人，即使他们放不下太太、少爷的架子，每月开支也不会"入不敷出"。觉新在商业场被焚以后虽然失掉工作，还可以靠遗产过活。他用不着做投机生意，更不会干"孤注一掷"的冒险事情。公馆卖掉搬到新居以后，觉新反而觉得"生活倒比从前愉快"。他"在家看书"过着"安静的日子"，他不愿意自杀，也很近人情。我再解释一次：我让觉新活下去，并非我过分地同情他，而是他本人想活。写到那里，我也收不住自己的笔，而且说实话，在那个时候我自己也受不了阴暗的结局。

在《秋》里面真事并不多。我仔细地想了一下，也举不出几件大事来。商业场烧光是一件事，卖公馆是一件事。前一件事发生在《家》的时代以前，是我亲眼见到的；后一件事发生在《秋》的时代以后，是我在法国接到了大哥的信才知道的。那是我二叔去世后两年的事情了。利群周报社的工作也只是前一年工作（见《春》）的继续和发展。三姐灵柩的安葬，我在谈《春》的文章里就已经提到了。其余全是由我虚构出来的。

我应该说虚构那些事情，那些场面，并不十分困难。因为那些人物在我的小说里生活了几年，他们已经能够照他们的脾气，照他们的生活方式行动了。所以我常常说是他们自己在生活，不是我在写他们。我在这里随便举一个例子，觉新弟兄把郑国光请到周家谈话。周伯涛夫妇也在周老太太房里。他们谈的是蕙的灵柩下葬的事情。周老太太、陈氏和觉新弟兄都逼着郑国光给一个明确的答复。郑国光拼命躲闪，周伯涛暗中替女婿帮忙。我只消写出周老太太的几句话，郑国光的答话就自然地出来了。周伯涛马上讲话想帮忙郑国光结束这个问题。周老太太得不到满意的答复自然要生气地追问。周伯涛还想掩饰。郑国光还想逃避。陈氏气得讲出心里的话来。女婿还要虚言解释，惹得岳母气上加气。周伯涛反而不满意自己的妻子，郑国光也恼羞成怒想借这个机会溜走。于是觉民怂惠觉新出来说话……。最后郑国光不得不写了定期安葬的字据。我写完一个人讲话，第二个人的话就很自然地从我的笔下流出来。我一定要写出了第二个人的话，才会想到第三个人的一言一语。我在这些话上面，并没有花过多少功夫。但是在我写《秋》的那一段长时间里，那些人物常常占据了我的脑筋，我想到他们，就像想到一些活人一样。

　　《秋》跟《家》、跟《春》都不同，它是一口气写成的。我在一九三九年十月开始写《秋》，一直写到第二年五月，每天晚上从九点或十点写到两点或三点，有时还写到四点，没有一天间断过，也不曾在报刊上发表过一章、一节。白天我或者读书，或者看稿子，或者翻译赫尔岑的《回忆录》。那个时候上海是所谓"孤岛"，四面都是日本侵略军占据的地区，公共租界和法租界被围在当中。我的住处就在法租界的霞飞路霞飞坊（淮海中路淮海坊）。我住在一个朋友家的三楼，我三哥从天津来养病，住在三楼亭子间。他刚刚开始翻译冈查洛夫的小说《悬崖》。星期天下午我们两个照例到兰心戏院（上海艺术剧场）去听音乐会。他喜欢去电影院，我有时也看电影，但我常常去的地方却是巨籁达路（巨鹿路）的文化生活出版社，因为我还担任那个出版社的编辑工作。别的地方我不大敢去，害怕碰见认识的人，更害怕碰到当时在租界上相当活动的文化界汉奸。所以我在家的时候多。我除了做上面提到的那些事情以外，空下来我就想《秋》的情节。我想的跟我写的不一定相同。但是我想得多，人物就跟我越来越熟了，他们不停地在我的脑子里活动。他们跟着我的笔自己在生活。我常常说我的人物自己在生活，有些读者不大了解。然而这的确是事实，譬如我开始写《秋》的时候，我并没有想到淑贞会投井自杀，我倒想让她在十五岁就嫁出去，这也是很可能办到的事。但是我越往下写，淑贞的路越窄，写到第三十九章（新版第四十二章），淑贞朝花园跑去，我才想到了那口井，才想到淑贞要投井自杀，好像这是很自然的事情。其实它完全是虚构的。只有井是真实的东西。它今天还在原来的地方。前年（一九五六年）十二月我到那里去过一趟。我离开那口井三十三年，它还是那个老样子。井边有一棵松树，树上有一根短而粗的枯枝，原是我们家伙夫挑水时，挂带钩扁担的地方。松树像一位忠实的老朋友，今天仍然陪伴着这口老井。可是花园连一点痕迹也没有了。当初我写到觉新和觉民抬着淑贞尸首的时候，我流了眼泪，我几乎要哭出声来了。也许会有人笑我："上了自己编造的故事的当。"我的解释却是：我在跟书中人物一起生活。据说旧俄作家符·迦尔洵写一个短篇，写一个不幸女人的遭遇，写到中途就伏在书桌上伤心地哭起来。我翻译过他的作品，我觉得我了解他的心情。

我写这些话无非说明：我写《秋》的时候，虽然有从容构思的时间，但是正如我在《序》上所说："《秋》的写作也不是愉快的事。"我当时曾写信给一个朋友说:"这本书把我苦够了。"我所谓"苦",并不是"苦思"、"苦吟",我不会为了推敲一个字花去整天整夜的功夫,也不会因为想不出一字一句,就废寝忘食。我是把自己的感情放在书上,跟书中人物一同受苦,一起受考验,一块儿奋斗。既然我是在跟书中人物一块儿生活,当时出版《秋》的开明书店又没有催我限期交稿(虽然前半部的原稿已经送到印刷所去排版了),我只管每夜每夜地写下去,所以文章越写越长,已经写到四十万字,离预定的结局还远得很。那个时候我在上海越住越烦,局势越来越坏,谣言越来越多。单是耳闻目睹的一切就够使人不能安心工作。朋友们又接连来信催我到内地去,也有人不赞成我关在上海埋头写《秋》。最后我就用快刀斩乱麻的办法,像现在这样地结束了我的小说。但它至今仍然是我的最长的作品。下半部原稿交出去以后,不到两个月,我就离开上海经过越南的海防,坐滇越路的火车到了昆明。我在上海上船的时候,《秋》已经出版了。书出得这样快,其实对作者并没有多少好处。我倘使能把这部小说仔细地修改两遍然后付印,《秋》的内容也许会比现在的好一点。这一个月我正在慢慢地校改我这部长篇小说。我自己发现了不少的缺点,但是我也找不到好的挽救办法。譬如修整房屋,我今天只能做些补漏刷新的工作,要翻造已经不可能了。我揽了一大堆事情在手边,却没有那么多的时间处理它们。所以我很佩服比我年长十三岁的李劼人同志重写《大波》的决心和毅力。我在新中国生活、工作、学习了九年,即使进步不大,但是看问题总比以前清楚许多,从前所不了解的今天也有点了解了。今天要是能够好好地把《秋》从头到尾改写一遍,我也许会写出一部较好的作品。但是无论如何,修改一次总比不修改好,至少可以减少一些毛病。我愿意做一个"写到死,改到死"的作家。

　　现在又回到人物上面来。关于觉新我已经谈得很多了。我还想再谈一件事情，就是"卜南失"的跌碎。有好些读者曾经写信问我，"卜南失"究竟是什么东西。我写过几封回信。这次我打算在《秋》里面加上一个小注。一九一七年或者一九一八年我们家得到过一个"卜南失"，可能是我大哥找来的，也可能是某个年轻的亲戚送来的。这是从日本输入的东西。"卜南失"大概是法文"木板"的译音。这种心形的木板有两只脚，脚上装得有小轮，心形的尖端上有个小孔，孔里插了一支铅笔。人坐在桌子前面，闭上两眼，双手按住木板，他慢慢地进入了催眠状态，木板也就渐渐地动起来，铅笔就在纸上写字。旁边有人问话，纸上就写出答语，这是一种催眠作用。纸上写的全是按"卜南失"的人平日心里所想的话，他进入了催眠状态，经人一问，就不自觉地写在纸上了，连他自己也不知道。在一九一七年（或一九一八年），我们玩这种把戏一连玩了两个月。总是我那个表哥按着"卜南失"，我在旁边辨认铅笔在纸上写的那些难认的字。有一个晚上我继母知道了，要我们把"卜南失"拿到她的房里试一下。她把我死去的父亲请来了，问了几句话，答语跟我父亲的口气差不多。我祖父听说我父亲的灵魂回来了，也颤巍巍地走到我继母的房里来。他一开口就落泪。那时我第二个二婶的坟在不久以前被盗，盗墓人始终查不出。我二叔也找我表哥来按"卜南失"，把二婶的灵魂请来问个明白。结果什么也讲不出来。以后我们对这个把戏就失掉了兴趣，"卜南失"也不知让我们扔到哪里去了。当时我们并不相信鬼，也知道这只是一种把戏。但是我们讲不出什么道理。后来我读到《新青年》杂志上发表的陈大齐的《辟灵学》，才知道这是一种下意识作用。我早已忘记了"卜南失"的事情，一直到一九三九年写《秋》的时候才想起了它，我把它写进小说里面，无非说明觉新对死者的怀念。蕙的灵柩不入土，觉新始终不能安心。觉新也想借用这个东西来刺激周家的人。"卜南失"在纸上写的话全是觉新一直憋在心里的话，例如"枚弟苦"、"只求早葬"。还有"人事无常，前途渺茫，早救自己"这几句其实就是觉新本人当时的思想：他对前途悲观，看不到希望。但是他仍然想从苦海里救出自己。

蕙死在《春》里面，可是到了《秋》她的灵柩才入了土。我在谈《春》的文章里就说过，蕙的安葬就是写我三姐的安葬。要是没有我姐夫不肯安葬我三姐的事情，郑国光也许就不会让蕙的灵柩烂在莲花庵里。我既然想不到，也就写不出。我今天翻看我大哥三十二年前写给我的旧信，还读到这一段话：

> 三姐之事，尤令人寒心。三姐死后即寄殡于离城二十余里的莲花庵，简直无人管她。阴历（去年）腊月二十二日我命老赵出城给她烧了两口箱子，两扎金银锭。老赵回来述说一切，更令人悲愤无已。当与蓉泉大开谈判，但是毫无结果。现已想好一种办法，拟于年节后找他交涉。……

我大哥信里所说的"办法"，我已经在《秋》里面写出来了。蓉泉便是我那位姐夫的大号。他正在准备举行新的婚礼的时候，被我大哥设法请到我们家里，谈了好久，终于不得不答应安葬三姐。所以两个多月以后，大哥来信便说："三姐定于三月初八日下葬。她可怜的一生算是结束了。"《秋》的读者单单从这里也可以知道我不过是一个加工工人，用生活的原料来进行了加工的工作。生活里的东西比我写出来的更丰富，更动人。没有从生活里来的原料，我写不出任何动人的东西！

谈过了觉新，就应该谈觉民。但是关于这个年轻人，我似乎没有多少话可说。在《家》里面，觉民很像我的三哥（我第二个哥哥）；在《春》

里面他改变了，他的性格发展了。主要的原因是觉慧走了以后，高家不能没有一个充满朝气的年轻人。否则我的小说里就只有一片灰色，或者它的结局就会像托马斯·曼的《布登勃洛克家族》的结局。人死了，房子卖了，失掉丈夫和儿子的主妇空手回娘家去了，留下一个离婚两次的姑太太和老小姐们寂寞地谈着过去的日子。两年半以前去世的托马斯·曼被称为批判的现实主义最后的一位大师，他这部二十六岁写成的关于德国资产阶级家族的小说已经成为近代文学中不朽的名著。他写了一个家族的四代人，写了这个家族的最兴盛的时期，也写到最后一个继承人的夭亡。他写了几十年中间社会的变化。篇幅可能比《秋》多一倍或者多一半。他的确是一个伟大的艺术家。我的作品只能说是一个年轻人的热情的自白和控诉。所以我必须在小说里写一个像觉慧或觉民那样的人。在《秋》里面写觉民比在《春》里面写觉民容易多了。在《春》的上半部觉民对家庭和长辈还有顾虑，他还不能决定要不要参加秘密团体，要不要演戏，但是经过王氏那次吵闹以后，他的顾虑完全消除了。他把心交给那些年轻的朋友。好些年轻人的智慧结合在一起，造成了一股力量，居然能帮助堂妹淑英脱离旧家庭逃往上海。对觉民来说，淑英的逃走是一个大胜仗。在这次胜利之后觉民的道路也就更加确定了。他只消挺起身子向前走就行了，何况还有那些年轻朋友给他帮忙！在觉民的身上有我三哥的东西，也有我的东西。但是在那些时候我三哥比我沉着，比我乐观，而且比我会生活，会安排时间。他会唱歌，会玩。所以在高家觉民并不说教，他用各种方法使妹妹们高兴，鼓起她们的勇气。但是觉民在外面的活动就是借用我当时的经历了。我写得简单，因为我当时的经历并不丰富，而且像我这个没有经过锻炼的十七八岁的青年除了怀着满腔热情、准备牺牲一切为祖先赎罪外，也不知道应当干些什么事情。办刊物，散传单，演戏，开会，宣传……这就是我们那些年轻人当时的工作（其实我自己也没有演过戏，不过看朋友们演戏罢了）。我最近修改《秋》，很想给觉民们的活动添一点色彩，但是我也没法添得太多。要是能把《秋》的时代推迟就好办了。即使我自己的经历简单，我还可以请教别人。我既无法推迟小说的时代，就只好在觉民的几个朋友身上多加几笔。张惠如拜师傅学裁缝倒是真事。我在前一篇文章里已经讲过，张惠如今天还在成都当中学校长。他大热天穿皮袍，走进当铺脱下来换钱办刊物，也是真事。可惜他离开"外专"只做了几个月的裁缝，又考进华西大学去念书了。他有一个兄弟，跟张还如差不多。但是我们在一起不到两年，他的兄弟就离开了成都。一九二三年我和三哥一路出川经过重庆，还见到这个朋友，但是一两个月后他就害伤寒症死在重庆了。

关于琴我不想多说什么。到了《春》和《秋》，琴就完全是虚构的人物了。但是她的性格已经形成，她的影响逐渐在扩大，她可以靠自己活下去了。不用说，她的影响只限于高家，只限于她的两个表妹，或者加上两个丫头。觉新和觉民也常常受到她的鼓舞。我很想把我青年时期见到的一些美好的东西全加在她的身上。但是她不需要。她仍然是一个平凡的少女。她不是"五四"时期某一种解放的女性，《家》里面的许倩如倒有点像。许倩如在课堂中写给琴的字条上有这样的一句话："你便抛弃你所爱的人，给人家做发泄兽欲的工具吗？"我现在删去了它，因为有人认为这不像一个少女的口气。其实当时有些少女不仅说话连行动也非常开通，只为了表示女人是跟男人"完全"一样的人。许倩如写出那样的话也是很寻常的事情。我觉得琴跟觉民有许多相同的地方，他们的确是情投意合的一对。我在《秋》里写琴，也就只注意到这一点。

觉民和琴两人都喜欢淑华。淑华也可以说是一个虚构的人物。她的性格有一面很像我的一个妹妹，就是心直口快，对什么都没有顾忌，也不怕别人说长论短。但是淑华比我那个妹妹开朗，乐观。在这个家里的确也需要这样一个天不怕、地不怕、爱说爱笑的少女。倘使全是像淑贞那样的女子，我自己也没法写下去了。

在克明、克安、克定三个"长辈"的身上有不少我那三个叔父的东西。我在前一篇文章里已经谈过他们。我二叔生前并没有一个像觉英那样的儿子。他是我二哥、五弟和十六弟的父亲。五弟只比我小几个月。一九一七年成都发生巷战，二哥和五弟害白喉，请不到医生，同时死去。过不到几年十六弟也害病死了。以后新的二婶又给他生了两个小弟弟。二叔去世的时候，这两个弟弟年纪都很小。但是二叔留下的田产害了我那个较大的堂兄弟。他的母亲死后，姐姐们相信金钱万能，不放他好好地念书，却给他接来一位年纪比他大的少奶奶，把他关在家里。结果他在外面胡作非为，花光了钱，比觉英做出更多的丢脸的事情。然而这是我一九三九——四〇年写《秋》的时候所没有想到的。我当时只是这样地想：高家的那种家庭教育只能培养出像觉英、觉群这样的子弟。

克安有点像我的三叔，但也只能说是"像"而已。因为三叔的性格比克安复杂得多。我在前一篇文章里已经讲过了丑化克安的缺点。我在这里只想讲两件事情：一是克安邀张碧秀到高家来游园，二是觉新到克安的小公馆问病。这都是有根据的。我三叔喜欢过一个叫做李凤卿的川班小旦。有一次他把李凤卿弄到我们花园里来照相，我看见李凤卿在客厅里化妆。他先扮成一位小脚的女将，后来又改扮一位旗装贵妇。这两张照片都挂在三叔的房里，三叔还在照片上题了诗。还有一次有名的旦角陈碧秀和另一个小旦到我们家来玩，主人可能是我祖父，自然三叔也在场。他们下轿的情形跟我在《秋》里写的差不多。至于觉新问病的故事，那是从大哥给我的信上联想起来的。一九二三年七月大哥写给我的信上有这样几句话："至三叔寄寓视疾。至则王三巧在焉。另有所谓烟堂倌之妇在床上为三叔烧烟，累进不已。三叔人甚委顿，脚心生一水疗。"我根据这几句话写了一章小说。我把王三巧换成了张碧秀。张碧秀的悲惨的遭遇就是李凤卿的。李凤卿是在小时候被叔父教人拐去卖给戏班学唱小旦的。辛亥年三叔在南充做知县，看见他演戏，很喜欢他，就把他带到成都来，他以后在成都演戏，常常到我们家来找三叔。有时三叔不在，他便在律师房（就是二叔的律师事务所）等候三叔。我常常跟律师事务所的郑书记员下象棋。他就在旁边看我们下棋。他是个非常亲切、温和的人。我们都喜欢他。他在我祖父死后不久病故，剩下一个妻子，连埋葬费也没有。三叔正在居丧期间，但是听见人来报信，也坐轿出去料理他的后事，把他安葬了。三叔还做了一副挽联送去，上联有"……也当忍死须臾，待侬一诀"的句子。

这种事情在今天的青年读者看来是很难理解的了，但是我十几岁时候看得不少，它们一直深深地印在我的脑子里。这次改《秋》，我本来想把关于张碧秀的三章完全删去，然而我又想留下它们，好让人知道旧社会中竟然有那样不合理的古怪事情。我看它们，好像是过去了的梦魇一样。

克定还是我五叔的写照。但是他并没有一个喜儿，也没有一个淑贞。我五婶也并没有离开他到她哥哥那里去（她根本就没有哥哥）。五叔在公馆卖掉以后，把"礼拜六"接到新居跟五婶同住，"天天吵嘴。而五叔的烟也吃成大瘾了。"（见大哥的信，一九二七年十一月）他最后的结局我已在谈《家》的文章里讲过了，以后我在谈《憩园》时还要谈他。

《秋》里面写到枚少爷的地方不算少。枚少爷的悲剧同时加强了他姐姐蕙的悲剧，另外还加重了他父亲周伯涛的罪行。枚是一个虚构的人物，但是这一类的年轻人我看得太多了。自然，吐血死掉的还是占少数。多数的枚少爷会糊里糊涂地活下去，生儿育女，坐吃山空，最后只好靠他们的儿女来养活。我好些过去的阔亲戚今天就是靠儿女养活的。从前是父亲养他，现在是儿女养他，他们始终没有对社会尽一点力。这就是另一类的枚少爷的悲剧了。

最后我还想谈谈陈姨太。我写这个人物的时候，我脑子出现了一个真实的人，那就是我祖父的"黄姨太"。我们小时候叫她"黄黄"，年纪大起来就叫她"黄老姨太"。她的确是一个"语言无味、面目可憎"的女人。一九一四年我的生母去世的时候，我弟弟还很小。她通过祖父叫我父亲把我那个弟弟抱给她。十二年以后我大哥要管教那个弟弟念书，她却认为我大哥有反悔的意思，竟然向法院递状子控告他。后来我们家开了一个亲族会议才解决了这个纠纷。当时我不在场，我后来看到一张字据才知道了详情。这个"永敦和好"的字据上第一条便是：

> 开麿之废继并无其事，系属误会，经亲族会议敦劝，双方言归于好。原控之案由黄老姨太自行呈请撤销。

开麿是我弟弟的小名。我那个弟弟自然一直做她的孙儿，不过并没有在她死后继承她的遗产。她的股票（小说里写成了银行股票）在商业场烧掉以后已经成了废纸。她的公馆由三叔自行接管变卖了。那个时候三叔是家长。他自己说他替她还债，又安葬她，卖掉那所公馆还是得不偿失。但是有一位亲戚说他连一块好好的碑也不给人家立，未免太对不起死者。这已是题外的话了。

　　过去陈姨太的外形跟黄老姨太的外形完全一样。但是我这次把它稍微修改了一下：陈姨太渐渐地长胖了，脸也显得丰满了。老太爷活着的时候，她经常浓妆艳抹，香气扑鼻。我去年写过一篇谈电影的短文，里面也谈到陈姨太。我现在还想在这里把那一段话重复地说一遍："我在陈姨太的身上增加了一些教人厌恶的东西。但即使是这样，我仍然不能说陈姨太就是一个'丧尽天良'的坏女人。她没有理由一定要害死瑞珏。她平日所作所为，无非提防别人，保护自己。因为她出身贫贱，又不识字，而且处在小老婆的地位，始终受人轻视。在高家，老太爷虽然喜欢她，但是除了老太爷就没有一个人对她友好。因此她不得不靠老太爷的威势过日子，更不能不趁老太爷在世时替自己打算。她不曾生儿育女，老太爷是她的靠山，她当然比别人更关心老太爷。她没有知识，当然比别人更容易为迷信所俘虏。她相信'血光之灾'，她不能想象老太爷死后满身浴血的惨状。高家的太太们不一定真相信，也不一定不相信，但是她们'宁可信其有，不可信其无'。克明三弟兄当然不会相信'血光之灾'，不过他们也不愿意承担不孝的恶名，反正搬出去的又不是自己的妻子。这才是我控诉的那个'家'。在那个家里，暴君是旧社会中的'好人'高老太爷，那些年轻人的命运都掌握在他的手里。他把丫头当作礼物送人，把孙儿孙女看成没有灵魂的东西。克明是他的儿子兼学生。克安和克定都是他培养出来的'不肖子弟'。陈姨太也得拿他做护身符。陈姨太其实是一个旧社会的牺牲者。事实的确是这样：在坏的制度中'好人'也往往作坏事。倘使把一切坏事全推在出身贫贱的陈姨太的身上，让她替官僚地主家庭的罪恶负责，这不但不公平，也不合事实。这样就等于鞭挞了人却宽恕了制度。"

　　我的本意是：通过人来鞭挞制度。一切作恶的人都是依靠制度作恶的。我在大家庭里生活了十九年，我这方面的体会太深了。

关于《秋》我还有不少的话想说。但是我怀疑，一个人唠唠叨叨对读者究竟有多大的好处。我写了这么多的字，也应该让读者疲倦的眼睛休息了。

然而在我放下我这支"幸福金笔"之前，我还想引起我的读者注意：《激流三部曲》是为当时的年轻读者写的。除了那个封建旧家庭灭亡外，我还写了年轻的同年老的两代人的斗争，新的与旧的斗争。虽然这样的斗争大半是在高家的小圈子里进行的，虽然小说中有那么多的阴暗的场面和惨痛的牺牲，但是年轻人终于得到了胜利。旧的、老的死亡了，新的、年轻的在生长，发展，逐渐成熟。"春天是我们的！"这是当时的青年的呼声，它仍然是今天的青年的呼声，所不同的是今天的青年已经看到了无限美好的春天，而且在用自己的脑子和双手给春天增加更多的光彩。因此我的许多未说的话也成了多余的了。

1958 年 4 月 1 日。

关于《激流》①

一

近来多病，说话、写字多了，就感到吃力。但脑子并不肯休息，从早到晚它一直在活动，甚至在梦中我也得不到安宁。总之，我想得很多。最近刚写完《随想录》第二集，我正在续写《创作回忆录》，因此常常想起过去写作上的事情。出版社计划新排《激流三部曲》，我重读了《家》。关于《家》，我自己谈得不少，别人谈得更多。我经常在想几件有关这本小说的事。我在这里谈谈它们。

第一件。一位美籍华裔女作家三年前对我说："你的《家》不行，写恋爱也不像，那个时候你还没有结婚。"我当时回答她："你飞过太平洋来看朋友，我应当感谢你的好意，我不是来跟你吵架的。"我笑了。我还听见人讲《家》有毛病，文学技巧不高，在小说中作者有时站出来讲话。我只有笑笑。

第二件。一九七七年出版社打算重印《家》，替这本小说"恢复名誉"，在社内引起了争论，有人反对，认为小说已经"过时"；有人认为作者没有给读者指路，作品有缺点。争论不休之后，终于给小说开了绿灯。我还为新版写了《重印后记》，我自己也说"《家》已经完成了它的历史任务"。

---

① 本篇最初发表于一九八一年一月十日香港《文汇报》，现收入《巴金全集》第二十卷。

第三件。时间更早一些,是在我靠边受审、给关在"牛棚"里的时期,不是一九六八年,就是六九年,南京路上有批判我的专栏。造反派们毫不脸红地按期在过去马路旁的广告牌上造谣撒谎,我也已经习惯于这种诬蔑,无动于衷了。但是有一个下午我在当天日报上看到一篇文章,叙述北火车站候车室里发生的故事,却使我十分激动。一个女青年在候车室里出神地看书,引起了旅客们的注意,有人发现她看的书是毒草小说《家》,就说服她把书当场烧毁,同时大家在一起批判了毒草小说。

还有第四件、第五件、第六件……不列举了。

一个二十七岁的年轻人写了一本长篇小说,它本来会自生自灭,也应当自行消亡,不知怎样它却活到现在,而且给作者带来种种的麻烦。我最近常常在想:为什么?为什么?

我还记得,一九六六年八月底九月初,隔壁人家已经几次抄家,我也感到大祸就要临头。有一天下午,我看见我的妹妹烧纸头,我就把我保存了四十几年的大哥的来信全部交给她替我烧掉。信一共一百几十封,装订成三册,从一九二三年到一九二六年写给我和三哥(尧林)的信都在这里,还有大哥自杀前写的绝命书的抄本。我在写《家》、《春》、《秋》和《谈自己的创作》时都曾利用过这些信。毁掉它们,我感到心疼,仿佛毁掉我的过去,仿佛跟我的大哥永别。但是我想到某些人会利用信中一句半句,断章取义,造谣诽谤,乱加罪名,只好把心一横,让它们不到半天就化成纸灰。十年浩劫中我一直处在"什么也顾不得"的境地,"四人帮"下台后我才有"活转来"的感觉。抄去的书刊信件只退回一小半,其余的不知道造反派弄到哪里去了。在退回来的信件中我发现了三封大哥的信,最后的一封是一九三〇年农历三月四日写的,前两天翻抽屉找东西我又看见了它。在第一张信笺上我读到这样的话:

《春梦》你要写，我很赞成；并且以我家人物为主人翁，尤其赞成。实在的，我家的历史很可以代表一切家族的历史。我自从得到《新青年》等书报读过以后，我就想写一部书。但是我实在写不出来。现在你想写，我简直喜欢得了不得。我现在向（你）鞠躬致敬，希望你有余暇把他（它）写成罢，怕什么！《块肉余生述》若（害）怕，就写不出来了。

整整五十年过去了。这中间我受过多少血和火的磨练，差一点落进了万丈深渊，又仿佛喝过了"迷魂汤"，记忆力大大地衰退，但是在我的脑子里大哥的消瘦的面貌至今还没有褪色。我常常记起在成都正通顺街那个已经拆去的小房间里他含着眼泪跟我谈话的情景，我也不曾忘记一九二九年在上海霞飞路（淮海路）一家公寓里我对他谈起写《春梦》的情景。倘使我能够挖开我的记忆的坟墓，那里埋着多少大哥的诉苦啊！

为我大哥，为我自己，为我那些横遭摧残的兄弟姊妹，我要写一本小说，我要为自己，为同时代的年轻人控诉，伸冤。一九二八年十一月回国途中，在法国邮船(可能是"阿多士号"，记不清楚了)四等舱里，我就有了写《春梦》的打算，我想可以把我们家的一些事情写进小说。一九二九年七、八月我大哥来上海，在闲谈中我提到写《春梦》的想法。我谈得不多，但是他极力支持我。后来他回到成都，我又在信里讲起《春梦》，第二年他寄来了上面引用的那封信。《块肉余生述》是狄更斯的长篇小说《大卫·考柏菲尔》的第一个中译本，是林琴南用文言翻译的，他爱读它，我在成都时也喜欢这部小说。他在信里提到《块肉余生述》，意思很明显，希望我没有顾忌地把自己的事情写出来。我读了信，受到鼓舞。我有了勇气和信心。我有十九年的生活，我有那么多的爱和恨，我不愁没有话说，我要写我的感情，我要把我过去咽在肚里的话全写出来，我要拨开我大哥的眼睛让他看见他生活在什么样的环境里面（那些时候我经常背诵鲁迅先生翻译的小说《工人绥惠略夫》中的一句话："可怕的是使死骸站起来看见自己的腐烂……"，我忍不住多次地想：不要等到太迟了的时候）。

过了不到一年，上海《时报》的编者委托一位学世界语的姓火的朋友来找我，约我给《时报》写一部连载小说，每天发表一千字左右。我想，我的《春梦》要成为现实了。我没有写连载小说的经验，也不去管它，我就一口答应下来。我先写了一篇《总序》，又写了小说的头两章（《两兄弟》和《琴》）交给姓火的朋友转送报纸编者研究。编者同意发表，我接着写下去。我写完《总序》，决定把《春梦》改为《激流》。故事虽然没有想好，但是主题已经有了。我不是在写消逝了的渺茫的春梦，我写的是奔腾的生活的激流。《激流》的《总序》在上海《时报》四月十八日第一版上发表，报告大哥服毒自杀的电报十九日下午就到了。还是太迟了！不说他一个字不曾读到，他连我开始写《激流》的事情也不晓得。按照我大哥的性格和他所走的生活道路，他的自杀是可以料到的。但是没有挽救他，我感到终生遗憾。

我当时住在闸北宝山路宝光里，电报是下午到的，我刚把第六章写完，还不曾给报馆送去。报馆在山东路望平街，我写好三四章就送到报馆收发室，每次送去的原稿可以用十天到两个星期。稿子是我自己送去的，编者姓吴，我只见过他一面，交谈的时间很短，大概在这年年底前他因病回到了浙江的家乡，以后的情况我就不知道了。《激流》从一九三一年四月十八日起在《时报》上连载了五个多月。"九·一八"沈阳事变后，报纸上发表小说的地位让给东北抗战的消息了。《激流》停刊了一个时期，报馆不曾通知我。后来在报纸上出现了别人的小说，我记得有林疑今的，还有沈从文的作品（例如《记胡也频》），不过都不长。

我的小说一直没有消息，但我也不曾去报馆探问。我有空时仍然继续写下去。我当时记忆力强，虽然有一部份原稿给压在报馆里，我还不曾搞乱故事情节，还可以连贯地往下写。这一年我一直住在宝光里，那是一幢石库门的二层楼房。在这里除了写《激流》以外，我还写了中篇小说《雾》和《新生》以及十多个短篇。起初我和朋友索非夫妇住在一起，我在楼下客堂间工作，《激流》的前半部是在客堂间里写的。"九·一八"事变后不久索非一家搬到提篮桥去了，因为索非服务的开明书店编译所早已迁到了那个地区。宝光里十四号里就只剩下我一个人，还有那个给我做饭的中年娘姨。这时我就搬到了二楼，楼上空阔，除了床，还有一张方桌，一个凳子，加上一张破旧的小沙发，是一个朋友离开上海时送给我的，这还是我头一次使用沙发。我的书和小书架都放在亭子间里面。《激流》的后半部就是在二楼方桌上写完的。这中间我去过一趟长兴煤矿，是一个姓李的朋友约我同去的，来回一个星期左右。没有人向我催稿，报纸的情况我也不清楚。但是形势紧张，谣言时起，经常有居民搬进租界，或者迁回家乡。附近的日本海军陆战队随时都可能对闸北区来一个"奇袭"。我一方面有充分时间从事写作，另一方面又得作"只身逃难"的准备。此外我发现慢慢地写下去，小说越写越长，担心报馆会有意见，还不如趁早结束。果然在我决定匆匆收场，已经写到瑞珏死亡的时候，报馆送来了信函，埋怨我把小说写得太长，说是超过了原先讲定的字数。信里不曾说明要"腰斩"我的作品，但是用意十分明显。我并不在乎他们肯不肯把我的小说刊载完毕，当初也并不曾规定作品应当在若干字以内结束。不过我觉得既然编者换了人，我同报馆争吵下去，也不会有什么结果。我就送去一封回信，说明我的小说已经结束，手边还有几万字的原稿，现在送给他们看看，不发表它们，我也不反对。不过为了让《时报》的读者读完我的小说，我仍希望报馆继续刊登余稿。我声明不取稿酬。我这个建议促使报馆改变了"腰斩"的做法，《激流》刊载完毕，我总算没有辜负读者。少拿一笔稿费对我有什么损害呢？

《激流》就这样地在《时报》上结束了。但是我只写了一年里面的事情。而我在《总序》里却说过："我所要展开给读者看的乃是过去十多年生活的一幅图画"，时间差了那么多！并且我还有许多话要说，有好些故事要讲，我还可以把小说续写下去。我便写一篇《后记》，说已经发表的《激流》只是它的第一部《家》，另外还有第二部《群》，写社会，写主人公觉慧到上海以后的活动。我准备接下去就写《群》，可是一直拖到一九三五年八、九月我才开始写了三四张稿纸，但以后又让什么事情打岔，没有能往下写。第二年靳以到上海创办《文季月刊》，我为这个刊物写了连载小说《春》，一九三九到四〇年我又在上海写了《春》的续篇《秋》。我为什么要写《春》和《秋》以及写成它们的经过，我在《谈自己的创作》里讲得很清楚，用不着在这里重复说明了。这以后《家》、《春》、《秋》就被称为《激流三部曲》。至于《群》，在新中国成立后，我还几次填表报告自己的创作计划，要写《群三部曲》。但是一则过不了知识分子的改造关，二则应付不了一个接一个的各式各样的任务，三则不能不胆战心惊地参加没完没了的运动，我哪里有较多的时间从事写作！到了所谓"文化大革命"期间，我倒真正庆幸自己不曾写成这部作品，否则张（春桥）姚（文元）的爪牙不会轻易地放过我。

二

我在三十年代就常说我不是艺术家，最近又几次声明自己不是文学家。有人怀疑我"假意地谦虚"。我却始终认为我在讲真话。《激流》在《时报》上刊出的第一天，报纸上刊登大字标题称我为"新文坛巨子"，这明明是吹牛。我当时只出版了两本中篇小说，发表过十几个短篇。文学是什么，我也讲不出来，究竟有没有进入文坛，自己也说不清楚，哪里来的"巨子"？我一方面有反感，另一方面又感到惭愧，虽说是吹牛，他们却也是替我吹牛啊！而且我写《激流·总序》和第一章的时候，我就只有那么一点点墨水。在成都十几年，在上海和南京几年，在法国不到两年，从来没有人教过我文学技巧，我也不曾学过现代语法。但是我认真地生活了这许多年。我忍受，我挣扎，我反抗，我想改变生活，改变命运，我想帮助别人，我在生活中倾注了自己的全部感情，我积累了那么多的爱憎。我答应报馆的约稿要求，也只是为了改变命运，帮助别人，为了挽救大哥，实践我的诺言。我只有一个主题，没有计划，也没有故事情节，但是送出第一批原稿时我很有勇气，也充满信心。我知道通过那些人物，我在生活，我在战斗。战斗的对象就是高老太爷和他所代表的制度，以及那些凭藉这个制度作恶的人，对他们我太熟悉了，我的仇恨太深了。我一定要把我的思想感情写进去，把我自己写进去。不是写我已经做过的事，是写我可能做的事；不是替自己吹嘘，是描写一个幼稚而大胆或者有点狂妄的青年的形象。挖得更深一些，我在自己身上也发现我大哥的毛病，我写觉新不仅是警告大哥，也在鞭挞我自己。我熟悉我反映的那种生活，也熟悉我描写的那些人。正因为像觉新那样的人太多了，高老太爷才能够横行无阻。我除了写高老太爷和觉慧外，还应当在觉新身上花费更多的笔墨。

倘使语文老师、大学教授或者文学评论家知道我怎样写《激流》，他们一定会认为我在"胡说"，因为说实话，我每隔几天奋笔写作的时候，我只知道我过去写了多少、写了些什么，却没有打算以后要写些什么。脑子里只有成堆的生活积累和感情积累。人们说什么现实主义，什么浪漫主义，我一点也想不到，我想到的只是按时交稿。我拿起笔从来不苦思冥想，我照例写得快，说我"粗制滥造"也可以，反正有作品在。我的创作方法只有一样：让人物自己生活，作者也通过人物生活。有时，我想到了写一件事，但是写到那里，人物不同意，"他"或者"她"做了另外的事情。我的多数作品都是这样写出来的。我控制不住自己的感情，也不想控制它们。我以本来面目同读者见面，绝不化妆。我是在向读者交心，我并不想进入文坛。

我在前面说过，我刚写完第六章，就接到成都老家发来的电报，通知我大哥自杀。第六章的小标题是《做大哥的人》。这不是巧合，我写的正是大哥的事情，并且差不多全是真事。我当时怀着二十几年的爱和恨向旧社会提出控诉，我指出：这里是血，那里是尸首，这里是屠刀。写作的时候，我觉得有不少的冤魂在我的笔下哭诉、哀号。我感到一股强大的精神力量，我说我要替一代人伸冤。我要使大哥那样的人看见自己已经走到深渊的边缘，身上的疮开始溃烂；万不想大哥连小说一个字也没有能读到。读完电报我怀疑是在做梦，我又像发痴一样过了一两个钟头。我不想吃晚饭，也不想讲话。我一个人到北四川路，在行人很多、灯火辉煌的人行道上走来走去。住在闸北的三年中间，我吃过晚饭经常穿过横洪桥去北四川路散步。在中篇小说《新生》里我就描述过在这条所谓"神秘之街"上的见闻。

我的努力刚开始就失败了。又多了一个牺牲者！我痛苦，我愤怒，我不肯认输。在亮光刺眼、噪音震耳、五颜六色的滚滚人流中，我的眼前不断出现我祖父和大哥的形象，祖父是在他身体健康、大发雷霆的时候，大哥是在他含着眼泪向我诉苦的时候。死了的人我不能使他复活，但是对那吃人的封建制度我可以进行无情的打击。我一定要用全力打击它！我记起了法国革命者乔治·丹东的名言："大胆，大胆，永远大胆！"大哥叫我不要"怕"。他已经去世，我更没有顾虑了。回到宝光里的家，我拿起笔写小说的第七章《旧事重提》，我开始在挖我们老家的坟墓。空闲的时候我常常翻看大哥写给我和三哥的一部份旧信。我在《家》以及后来的《春》和《秋》中都使用了不少旧信里提供的材料。同时我还在写其它的小说，例如中篇《雾》和《新生》，大约隔一星期写一次《家》。写的时候我没有遇到任何的困难。我的确感觉到生活的激流向前奔腾，它推着人物行动。高老太爷、觉新、觉慧这三个主要角色我太熟悉了，他们要照自己的想法生活、斗争，或者作威作福，或者忍气吞声，或者享乐，或者受苦，或者胜利，或者失败，或者死亡……他们要走自己的路，我却坚持进行我的斗争。我的最大的敌人就是封建制度和它的代表人物。我写作时始终牢牢记住我的敌人。我在十年中间（一九三一到一九四〇年）写完《激流三部曲》。下笔的时候我常常动感情，有时丢下笔在屋子里走来走去，有时大声念出自己刚写完的文句，有时叹息呻吟、流眼泪，有时愤怒，有时痛苦。《春》是在狄思威路（溧阳路）一个弄堂的亭子间里开了头，后来在拉都路敦和里二十一号三楼续写了一部份，最后在霞飞路霞飞坊五十九号三楼完成，那是一九三六到一九三七年的事。《秋》不曾在任何刊物上发表过，它是我一口气写出来的。一九三九年下半年到第二年上半年，我躲在上海"孤岛"（日本军队包围中的租界）上，主要是为了写《秋》。人们说，一切为了抗战。我想得更多，抗战以后怎样？抗战中要反封建，抗战以后也要反封建。这些年高老太爷的鬼魂就常常在我四周徘徊，我写《秋》

的时候，感觉到我在跟那个腐烂的制度作拚死的斗争。在《家》里我的矛头针对着高老太爷和冯乐山；在《春》里我的矛头针对着冯乐山和周伯涛；在《秋》里我的矛头针对着周伯涛和高克明。对周伯涛，我怀着强烈的憎恨。他不是真实的人，但是我看见不少像他那样的父亲，他的手里紧紧捏着下一代人的命运，他凭个人的好恶把自己的儿女随意送到屠场。

当时我在上海的隐居生活很有规律，白天读书或者从事翻译工作，晚上九点后开始写《秋》，写到深夜两点，有时甚至到三、四点，然后上床睡觉。我的三哥李尧林也在这幢房子里，住在三楼亭子间，他是一九三九年九月从天津来的。第二年七月我再去西南后，他仍然留在上海霞飞坊，一直到一九四五年十一月我回上海送他进医院，在医院里他没有活到两个星期。他是《秋》的第一个读者。我一共写了八百多页稿纸，每次写完一百多页，结束了若干章，就送到开明书店，由那里发给印刷厂排印。原稿送出前我总让三哥先看一遍，他有时也提一两条意见。我五月初写完全书，七月中就带着《秋》的精装本坐海船去海防转赴昆明了。我今天向一些年轻朋友谈起这类事情，他们觉得奇怪：出版一本七八百页的书怎么这样快，这样容易！但事实毕竟是事实。

三

《激流三部曲》就是这样地写出来的。三本书中修改次数最多的是《家》，我写《家》的时候，喜欢使用欧化句子，大量地用"底"字，而且正如我在小说第五章里所说，"把'的'、'底'、'地'三个字的用法也分别清楚"。我习惯用欧化句子的原因在第四篇"回忆录"里已经讲过，不再在这里重述。我边写边学，因此经常修改自己的作品。幸而我不是文学艺术的专家，用不着别人研究我的作品中的 variant（异文），它们实在不少。就拿《家》来说吧，一九三三年我第一次看单行本的校样，修改了一遍，第三十五章最后关于"分家"的几段便是那时补上去的，一共三张稿纸。《家》的全稿都在时报馆丢失了，只有这三页增补的手稿保留下来。五十年代中我把它们连同《春》和《秋》的全部手稿赠给北京图书馆了，那两部手稿早在四十年代就已装订成册，我偶尔翻看它们，还信笔加上眉批，不过这样的批语并不多。一九三六年开始写《春》，我又读了《家》，作了小的改动。一九三七年上半年书店要排印《家》的新五号本，我趁这机会又把小说修改一遍，删去了四十个小标题，文字上作了不少的改动，欧化句子减少了。这一版已经打好纸型，在美成印刷所里正要上机印刷的时候，"八·一三"日军侵沪的战争爆发，印刷所化成灰烬，小字本《家》永远失去了同读者见面的机会。幸而我手边还留了一份清样。这年年底开明书店在上海重排《家》，根据的就是这一份清样，也就是唯一的改订稿。我一边看《家》的校样，一边续写《春》。《春》的初稿分一、二两部。一九三八年二月写完《春》的尾声，不久我就离开上海去广州，开始了"在轰炸中的日子"。

建国后人民文学出版社愿意重印《家》，一九五二年十月我从朝鲜回来，又把《家》修改了一遍才交出去排印。这次修改也是按照我自己的意思。一九五七年开始编辑《巴金文集》，我又主动地改了一次《家》，用"的"字代替了"底"。算起来这部小说一共改动了七、八次，上个月的修改，改动最少，可能是最后的一次了。如此频繁地修改一部作品，并不能说明我写作态度的认真，这是由于我不是文学家，只能在实践中学习。但是这本小说已经活了五十年，几次的围攻和无情的棍棒都没有能把它砸烂，即使在火车站上烧毁，也没有能使它从人间消失。几十年来我一直听见各种各样的叽叽喳喳：什么没有给读者指明道路啦，什么反封建不够彻底啦，什么反封建已经过时啦……有一个时期我的脑子也给搞糊涂了，我彻底否定了自己的作品。造反派说《家》是替地主阶级少爷小姐"树碑立传"的小说，批判我是"地主阶级的孝子贤孙"，我低头承认。但是我至今不能忘记的是在"牛棚"里被"提审"或者接受"外调"的时候，不管问话的人是造反派，还是红卫兵，是军代表，还是工宣队，我觉得他们审问的方法和我父亲问案很相似（我五、六岁时在广元县衙门里经常在二堂上看我父亲审案），甚至更"高明"。这个事实使我产生疑问：高老太爷的鬼魂怎么会附在这些人的身上？在"牛棚"里，在五·七干校内，我一面为《家》写检讨，自己骂自己，一面又在回忆写作《激流三部曲》的情况和当时的想法。我写《家》就是为了让它消亡，我反封建是真的反封建，而不是为了给自己争取名利。反封建如已过时，我的小说便不会有读者；反封建不够彻底，就会由反得彻底的作品代替。总之，《家》如果自行消亡，我一定十分高兴，因为摆脱了封建，我们的祖国、我们的社会一定有更大的进步，这正是我朝夕盼望的事。

《激流三部曲》中《春》和《秋》都只改了一次，就是一九五八年编辑《文集》时的修改，改动不算太小，还增加了章节，《春》也由一、二两部合并成了一部。现在进行的是第二次的修改，改得极少，只是删去一些字句，这是最后一次的修改了。关于《春》和《秋》人们也有各种不同的看法，香港出版的《新文学大系续编·小说二集》的编者说"这两部续作……反而造成了《家》的累赘"，因为"作品中的许多人物、故事是他（指作者）根据过去生活中的一些记忆和一些偶然的见闻拼凑起来的，是虚构的。"我不想替自己辩护，而且辩护也没有用，因为历史是无情的。我只说，在《秋》的序文里我写过这样的话："我使死人活起来，又把活人送到坟墓中去。我使自己活在另一个世界里，看见那里的男男女女怎样欢笑、哭泣。"我还说："……在广州的轰炸中我和几个朋友蹲在四层洋房的骑楼下听见炸弹的爆炸，机关枪的扫射，飞机的俯冲，在等死的时候还想到几件未了的事……《秋》的写作便是其中的一件。"我写《秋》只是尽我的职责。人在生死关头绝不会想到什么"拼凑"和"虚构"。我从广州到桂林，再从桂林到金华转温州搭船回上海，历尽艰辛，绝不是为了给过去的作品加一点"累赘"。这些天我在校改《秋》，读到四十年前写下的这样的话："在这样短促的时间里一个顽固的糊涂人的任性可以造成这样大的悲剧。他对于把如此大的权力交付在一个人手里的那个制度感到了大的憎恶。"它们今天还使我的心燃烧。对封建制度我有无比的憎恨，我这三本小说都是揭露、控诉这个制度的罪恶的。我写它们，就好像对着面前的敌人开枪，我亲眼看见子弹飞出去，仿佛听见敌人的呻吟。

时间似乎在奔跑，四十年过去了，五十年过去了。出版社还要重印它们，我的书还不曾"消亡"。各式各样的诅咒都没有用。买卖婚姻似乎比我写《激流》时更加普遍，今天还有青年男女因为不能同所爱的人结婚而双双自杀。在某个省份居然有人为了早日"升天"，请人把他全家投在水里。披着极左思潮的外衣，就可以掌握许多人的命运，各种打扮的高老太爷千方百计不肯退出历史舞台。……

关于《激流》我有满肚子的话，因为写了这个三部曲，在"文化大革命"期间，我被当作"地主"，受过种种侮辱，有话不准说，今天我可以尽量倾吐自己的感情，但是也用不着多说了。在我的创作生活的最后四五年中我没有时间吞吞吐吐地说假话了，让我们的子孙来判断吧，我要讲的就是这样的一句：

我写《激流》并没有浪费自己的时间，也没有浪费读者的时间，它们并不是写了等于没有写的作品。

四

按照预订计划，我写《创作回忆录》到第十篇为止，现在这一篇就要结束，我又想起了一些事情，我决定再写一篇《关于〈寒夜〉》。我写文章从来就是这样：是人写文章，不是文章写人；是我在说话，不是别人说话。

这些日子我已经没有体力在噪音更大、人流滚滚的人行道上从容散步了。我进行思考或者回忆的时候喜欢在屋前院子里徘徊。许多过去的事情都渐渐地模糊了。唯有一些亲友的面貌还鲜明地印在我的脑子里。他们都想活下去，而且努力挣扎，但还是给逼着过早死去。我却活到今天。这是多么不公平！

我在中篇小说《利娜》（一九三四年）的开头引用过一位死在沙皇牢里的年轻女革命者的诗句："文字和语言又有什么用？"我在三十年代常常这样地伸诉自己的痛苦。今天我的旧作还在读者中间流传，并不是值得骄傲的事：面对着高老太爷的鬼魂，难道这些作品真像道士们的符咒？我多么希望我的小说同一切封建主义的流毒早日消亡！彻底消亡！

1980 年 12 月 14 日

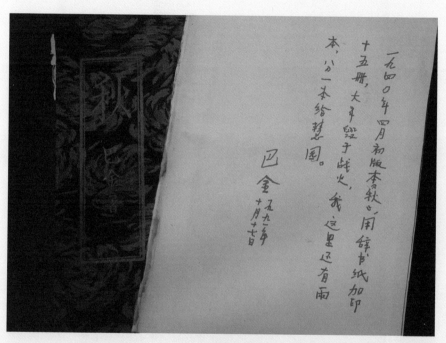

《秋》特装本书影

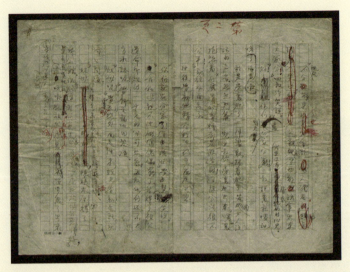

《家》手稿

《春》手稿

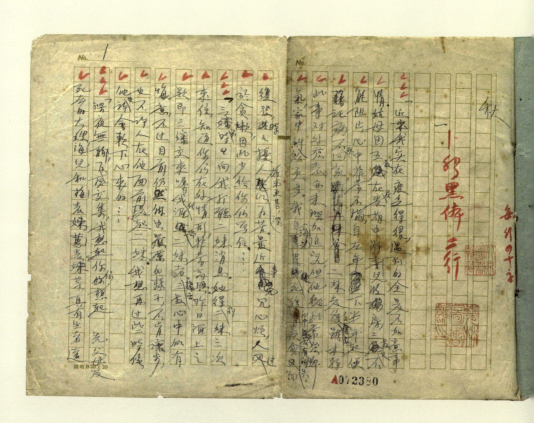

《秋》手稿

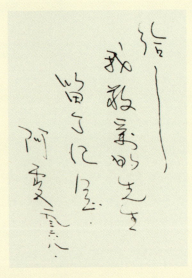

"我们是 1936 年第一次见面的。那时，萧珊写信给我，说有些事情要找我谈一谈，约我到新雅饭店见面。怕我不认识，会闹出笑话，便在信里附了张照片给我……" 1936 年 8 月萧珊第一次赠给巴金的照片，背面是她的赠言。

萧珊摄于 1936 年，这是她与巴金相识的年份。

1937年，巴金与萧珊摄于苏州青阳港

萧珊 1939 年 8 月 28 日摄于昆明金殿树上，时在西南联大就读。

1945 年摄于重庆民国路文化生活出版社内，这就是他们的"家"。

现存巴金写给萧珊最早的书信（1937年）

萧珊 1952 年 2 月 25 日致巴金信

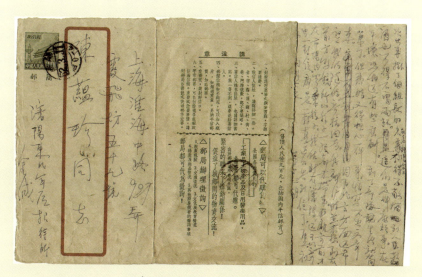

巴金1952年3月11日致蕭珊信

萧珊与女儿小林摄于霞飞坊

一家人。1956 年摄于武康路寓所的院中

1964年8月，巴金一家在太原

1955 年秋，巴金一家迁入武康路寓所时，摄于家中花园

萧珊与儿子小棠

巴金与女儿小林

1960 年代萧珊与小狗包弟摄于家中花园

巴金摄于寓所书房

巴金一家在书房里下棋

巴金与萧珊在花园中漫步

致萧珊①

一九四九年九月九日

蕴珍：

　　昨天寄发一信想已收到。昨天下午去找汝及人，看见他太太才知道，他早晨刚上车去无锡，真不巧。后来便去找振铎和家宝，在他们那里吃晚饭，到十点钟才回来。上床较早，却始终睡不着。被盖较厚，现在用似乎还早，觉得热。晚上很静。院子里月色很好。生活比上次开会时安适，但不及上次热闹。晚上失眠想起许多事情。早晨七点半才起床，下去吃早饭，遇见杨刚，才知道她也住在这里。在饭厅里遇见了一些熟人。可是在房里却听不见一点声音。现在是九点一刻，十点钟要去开分组会，不写了。请你打个电话给骏祥（77761），说烟昨天已交家宝，我不知阳翰笙住处。白杨还没有回来，信留给家宝，书也托他转去。我很好，很想念你们。这里天气相当凉爽。祝

好！

芾甘　九月九日

---

① 本篇选自《巴金全集》第二十三卷。萧珊（一九一八—一九七二），原名陈蕴珍，巴金的夫人。

靳以行李还未送来，大概不是装一次车。俟送到后就通知他弟弟来取。幸好我的箱子没有交行李房。

一九五〇年十一月一日

蕴珍：

昨天在沈阳发出一信想已收到。我们明天早晨到满洲里，明天一定很忙，但明天是否能赶上去哥德堡的火车还说不定。据说到哥德堡还要换一次车。十日可到莫斯科。在西伯利亚的车上寄信恐怕很不方便。而且以后每天要开会。我们从北京到满洲里，铁道部给我们挂了四辆车，车上还有不少工作人员，所以生活相当舒适。直到现在为止东北还不算冷。天气好，火车穿过一望无际的大草原，令人想起高尔基的小说。可惜的是火车停的时间少。今天我只有在哈尔滨和昂昂溪两个站上散过步。想念你们。不知道在什么时候才看得到你的信，更不知道在什么时候才听得到你的声音？明天要出国境了。车上只供应清茶，我今天都找你包给我的沱茶来泡着喝了。家宝送了我许多香片，是他新买来的。可是我不大喜欢喝香片，而在国外恐怕难弄到开水。所以家宝的茶叶也许还得带回上海喝。车上开放水汀，很暖和，昨夜热得睡不着。我盖两床毯子。起初很热，但到快天亮时却冷起来了。再说一句：想念你们，也想念一切朋友。祝好！

芾甘　十一月一日

问候母亲和瑞珏，想小林。

一九五二年二月十四日

蕴珍：

前天晚上写的一封信，想已见到。我的生活习惯跟在上海时不同，现在可以过较有规律的生活了。我前天晚上十点半睡觉，早晨七点钟起床，昨天晚上十一点睡，今天七点钟起来。至少在这个月里面我不会熬夜工作了。日程表已排定。廿六日开欢送会，行期多半在月底。北京相当冷，前天上午下雪，昨天下了一天，现在还在下。我住在一间公寓式的小屋里，生一个火炉，暖得很，昨晚盖两床铺盖，差一点睡不着。昨晚家宝约吃"涮羊肉"，译生不舒服，未出来。我也未见着，译生肚里有小孩了。四舅母见到了。四舅旧历年底又发过一次病，现在身体很差。五表妹考取了人民银行的训练班，受过四个月训，现在等着派工作。大约三百多斤小米一月。四舅母要小棠的照片，请你把小林、小棠的照片寄来。得信后请即寄去。听四舅母讲起陈二舅也因解放前有贪污事情，差一点发生大问题，后来把东西退出来才解决了。这些旧时代的人的确应该完了。昨天在市场买了点小玩意儿托及人兄带上海，另外还有几本书也托他带去。书请放在新文具柜里面。小东西盒子外面写了你的名字的，不妨留着，写明小林、小棠的请分给他们。在这方面我的确有点毛病，看见玩具，又想到两个孩子，没法跟他们见面，买了玩具就仿佛见到他们的笑容似的，这种父亲的心的确可笑，以后当改掉。话太多，一时也说不完。从今天下午起到廿六日，除星期日外，时间都已排完了。虽然空的时间不多，但并不紧张，不要为我的健康耽心。我过得很好。

想念你们。

　　祝

好!

蒂甘　五二、二、十四

一九五二年二月十八日

珍:

　　开会前发的一信,想已收到。那封信是在匆忙中写的。晚上想去顾先生处取信,因为这里开小组会,没有走得成,现在时间不早,顾家离这里又远,没法去了。我想他明天也许会寄来,我急切地等着看这封信。珍,的确,我多么想见你,想跟你单独在一起谈四、五个钟头。我知道没有人像你那样地关心我,也没有人像我这样地关心你。在上海时那许多事情分隔了我们,我就很少有时间单独跟你在一起。这次分别我心里最难过,因为分别时间最久,而且对前面的工作我全无把握。我无经验,无工作能力和方法,有的就是热情和决心。不过我总会尽我的力量做去。半年并不是长时间,我想很快就会过去的。但想到出国后恐怕难有时间给你写信,想到你几个月会得不到我的消息时,我真没法安定我的这一颗心。珍,你要忍耐,你要相信未来,万一你几个月得不到我的信,你也不要挂念我,以为我出了什么事。我在国外会当心自己的,朋友们也会照顾我,也许过一两个月就会跟着部队回来。丁玲他们给我安排一切,主张我先到各处看看,然后找个回国部队跟着回来。回国后就可以跟你通信了。不要常常想我。要好好地生活,活得硬一点,努力念俄文。我的确想家,我真不愿意离开"家",离开你们。我一生一直在跟我自己战斗。我是一个最大的温情主义者，我对什么地方都留恋。我最愿意待在一个地方，可是我却到处跑过了。我最愿意安安稳稳地在上海工作，可是我却放弃一切到朝鲜去。我知道我有着相当深的惰性，所以我努力跟我自己战斗，想使自己成为一个更有用的人。不要责备我离开了你，不要责备我在上海时没有好好陪你玩，跟你多谈话。你想到我现在受着多么深的怀念的折磨，你会原谅我的。我只有想到好好地把工作做完跟你快乐见面的一天。祝福

你

蒂甘 五二、二、十八

托及人带来一小盒上面写得"蕴珍"的小玩意，你可以随意处置（送一块给萧荀也成）。两盒玩具小林挑剩了给小棠，小棠现在也玩不了什么好东西。"电话"是旧式的，得把拨号盘当发条转几下，它就会发出铃声。我也想两个孩子。叫小林好好地学钢琴。

问候妈妈和大家。

一九五二年二月二十八日

珍：

这是第十二封信。我们昨天参加了欢送会。行期定了，大约在三月三、四号，有人陪我们去。衣服在沈阳领。所以我还得穿着这身衣服去东北，在那边换下来。大概要把箱子留在北京，我除了带着家宝给我的皮包外，还想去买一个布包，据说这样就够了。家宝今早晨动身去苏联，丁玲也

去。家宝下工厂的事得延期了，也许他一时走不了。他的事情多，领导方面也多。生活忙乱，一天总是心不在焉的样子。今天廿七日，一个月前今天的情景仿佛还在眼前。时间过得真快，我离开上海也有半个多月了。所以半年的时间也不会太久。你好好地念俄文吧。在你觉得你的俄文进了一大步的时候，我就会回来了。

昨天在文联，舒群（他是副秘书长）问起我走后家里需要不需要什么，我说不需要，他要我把地址写给他，你的名字也写给他了。他们以后如果告诉你什么消息，自然很好。要是寄钱便可以退还。罗菌子也要我把你的名字写给她，说是她的爱人在你那里打听过她的消息（她因事情未决定，没有写信给她爱人）。也好，以后他得什么消息，也会告诉你的。

上面的话是昨天上午和晚上写的。昨天听了两个报告。行期似乎又有变动，也许还要延迟一两天。今天大概要打防鼠疫的针。因为敌人现在在前线投下细菌，我们也得防备一下。铺盖这里买好了，今天可以送来。电筒好像文联也预备了，不过还有一些零碎东西，今天想到市场去买。我带的箱子得留下，我想留在沈阳，这样可以把大衣等放在里面。这两天心很不定，行期逼近了，我的一切都未准备好。这一次好像是大张旗鼓地出国，出去后也许先在城里活动一下，甚至会有大场面，甚至要讲话，这些都是在上海动身前没有想到的。丁玲说这就是锻炼。我看起初一个时期不容易过。

有几句话每次都忘了对你说，我劝你把脾气改一下，不要对人板面孔，也不要对人发脾气。你想想，我现在做的都是我不习惯而且不会做的事，那么你也会把这点小脾气改了。

信写到这里，收到你廿五日的来信。我流了眼泪。我还记得"七重天"

的故事。现在我真到战地去了。我会念着你的，想着你们。你们也会给我更大的勇气。

组织上对我照顾很周到，你可以放心。

祝你好。

　　　　　　　　　　　　　　　芾甘　五二、二、廿八
问候妈和大家。

一九五二年三月六日

蕴珍：

我们已经领到衣服和通行证，明天下午便要出发了。我们搭下午五点四十分钟的火车，后天上午十一点光景到沈阳。在沈阳大约还有五天的勾留。有一位前些时候因公回国的志愿军某部的参谋长陪我们同去平壤。出国后的日程和行止，现在还未决定。总之这是一封在北京发的告别信。在沈阳我还有信寄回。

珍，拿着一管新华笔，在明亮的电灯下，对着从抄本上裁下的纸，我不知道写些什么好。你明白我这时的心情。我的确有千言万语，却无法把它们全倾泻在纸上。从明天起我们离得更远了。但这不过是一个开始。在沈阳我照样会寄信给你。然后，我又往前走，在平壤，大约还有信寄出，但是我恐怕抽不出写长信的时间了。到三月下旬那才是我的新生活的开始，也就是我们真正的分别的开始。即使在几个月内我无法跟你通信，你不要为我耽心，我一定会很健康地回来。以后信少，一则因为机会难得；二则，因为到部队以后我得先多跑多看一个时候才能够住下来，就是住下来时，也会有很多的工作。我会在工作中把自己锻炼得坚强，有用。我会吃苦，也会学习。起初一个月的生活大约不容易过，我得咬紧牙齿。但以后就不要紧了。我有决心。而且想到你，想到孩子，想到大家，这会给我增加勇气，我的心里永远有你。在艰苦中，我会叫着你的名字。在任何环境下我要做一个值得你的爱的人。

　　再见，现在是六日夜十一点半，你应该安睡了。愿你安安稳稳地睡到天明。

　　祝

好！

蒂甘　三月六日

　　我后来又在顾师母处拿过八十万元。这笔款子仍请你汇给顾先生。我今晚去过顾家，顾师母还要拿钱给我。我没有要，其实，我身边只有两万元了。但我想拿了钱还是会花掉，所以没有拿。反正在东北不出去买东西，也不花什么钱（昨天临时买油布等还在顾先生处拿过钱）。今早又寄上一包书。

一九五二年三月十六日

蕴珍：

　　昨天上午九点半从沈阳出发，下午六点前到安东，住高干招待所，和宋之的同房，晚饭后正闲谈，突然发了警报，电灯立刻灭了，在黑暗中坐了约三刻钟，刚上床睡觉，警报解除了，敌机似乎未到市空来。招待所在枕江山上，日本式建筑，枕江山风景甚美。今晨七时半起，天气晴朗，满屋都是小鸟叫声。刚刚出去逛山，山顶敌人丢过细菌弹，不能去，看不见绿色的鸭绿江了。车子已准备好，我们决定中午过江。再见。好好保重身体。我在朝鲜境内会常常想念你们。祝

你们好。

金　三月十六日

现在听见我们自己的飞机声了。心里多高兴。又发警报了，再见吧。

一九五二年七月五日

珍：

十六日来信今天见到。我最近到前沿阵地防空洞内住了几天。**魏巍**来，我和他同去，不过他比我先回来转到别处去了。我已换了一个军部，最近要到西海岸去一趟，预备八月初再回开城，九月十日前回兵团，回国日期要到兵团后才能够决定。

离开连队的那天，前面打了一个小胜仗，敌人两百人左右攻一个山头，被我军一个班打退了。敌人伤亡几十，我们伤亡各三人（后来敌人报复，大炸我们前三天去看过的一个较高山上的阵地，被打落两架飞机。

轰炸时我们在另一处山头看见)。敌人丢下尸首一具,前晚我军找着那尸首,昨天早上把从死尸身上搜到的信送到团部,还有一本小本《新约》和侦探小说。我回到团部见到了信。一封六月廿二日发出,署名 your loving wife(从死者母亲信上知道她名 Betty),说她躺在床上写信给他,还说前些天有客人,她把床让出来了,现在她又睡到自己床上,想着他们在一起过的日子,说她寂寞,说天气冷,她希望床上铺十张毡子免得冻死,说她爱他,要永远等他。最后还印一个红唇印,注上 our kiss,又写"I love you from every bit of me"。母亲廿四日信上说:今天是你生日,我要做一个蛋糕,你可能听见我们唱你的生日歌,这个时候要是我在你那边或者你能回到家里多好。从这些小儿女的私情和小人物的悲哀里可以看出美军士气的低落,但也使人更憎恨美国那些战争贩子。他们毁了许多平凡人的幸福。

我在前线感冒一次,嗓子哑了一天,现在已好了。今天得罗菡子来信说她还未得家信。她在东线,我们这里是西线。顾均正上月寄来《家》和《秋》的新契约,我已签字寄回。两书各印一千五百部。国煜结婚的确是好消息。我忙,不给她写信了。祝好!

金 五二、七、五

一九五二年八月七日

珍:

四天前在师里收到你十五日来信。昨晚才回到六八部来。今天比较空闲，给你写这封信。我去部队里过了将近三星期的紧张生活，一直没有能抽出时间写信，而且就是写了信寄发也很慢，还不如回到六八部来发信比较稳妥。

　　那些天里一直受到敌机的威胁，（除了下雨的那几天，七月下半月已进入雨季，可是今年下雨不多。）所以回到六八部来，就住在新盖的防空洞里，虽然潮湿，但比较安全。我现在坐在窗前写信，还有阳光照在窗上。这时外面树上蝉声不绝。这种声音我小时候最爱听，在上海是听不见的。今早晨吃过从祖国运来的西瓜，现在还吃着朝鲜人民慰劳的苹果。你们用不着为我的健康担心。我很好，我很想念你们，特别是在小弟生日的那天。我今年又没有能够看见他那种高兴样子。但是过两个多月我总可以见到你们了，要是没有什么临时的任务和意外的阻拦，我在十月初（甚至九月底），过了国庆就可以动身回家了。我计划着在九月半去兵团，到兵团后会写信给你告诉行期。

　　我到六八部将近五十天，这次回来要为他们的纪念册写篇文章，写好就动身回七八部去。这五十天中收获颇多，了解了一些人物和事情。对战争有进一步的了解，但还是没有能深入生活，还是写不出东西来，不过一本散文的任务总可完成吧。回七〇部要作深入的打算，但能否完全照计划实行也有问题。

　　上次我寄你的《反细菌战公开信》，盼你抄一份把原稿寄回给我。上次济生说要抄，要是他抄了你就不必抄了。我到了兵团，预备把集子编一下。

　　问候妈和大家。祝

好

金 五二、八、七

一九五二年八月十五日

珍：

昨晚回到开城，今早晨见到你的信。离开这里五十天，生活好，收获多，只是还说不上深入生活，所以只写了两篇文章。最近三十天中，天天受敌机威胁，没有碰上炸弹机枪，也算是粉碎了美国人夸耀的空中优势吧。

回来前住在洞子里写了两天的文章，相当累。北京来电要写篇报告，写好报告大约在十八、九日，我就去前面连队里住两三个礼拜，大约在九月十日到十五日去兵团。到兵团后，就可以决定行期了。

去前沿阵地用不着怕飞机，讨厌的倒是敌人的冷炮，但冷炮也容易躲。你用不着为我担心。寄上照片一张，这是四个多月前拍的。现在我也不太瘦。今天这里的科长会见我，说我晒黑了，身体健康了。开城天热，昨天在黄海道还觉得凉快。小棠生日我在西海岸附近，我在廿七日的日记中写着："明天是小棠的生日，我却远在朝鲜，在河边望对面山景想到家，也想到珍和两个孩子。"给小妹说，广川部女同志的信，要她马上写回信并寄张照片去，我答应别人的。要是她不写，我就不喜欢她了。我留了一个"金日成纪念章"给她，我还有别的东西给她。汗流如注，又要出街去走一趟，不写了。

　　祝

好

　　　　　　　　　　　　　　金　五二、八、十五

　　　　健吾去北京工作甚好，不知他什么时候动身？见着他时请代问候。请买本"八一"《新观察》，把我的文章剪下来寄给我。我预备回国前把一本集子编好带回北京。

《人民文学》八月号，瓦普查罗夫那首给妻子告别的诗很好，读了很受感动。

一九五三年八月二日

蕴珍：

信收到，好像又跟你见面了。这些天我很好，住在文协，出街时候较多。城里的朋友大都看见了，谈得很高兴，可是闲下来，就感到心烦。我来迟了，要是早来十天我已经到了开城了。现在等着办手续，说是最近可走。你想我等得多心烦。迟一天就少看见一些东西。我在这里除了看朋友外，没有什么事情。最使我心烦的就是最近几个月上海的生活把我的精神消耗得太厉害。在朝鲜七个月的印象似乎全给磨光了。我想从事创作是因为我心中有许多感情，我非写出一部像样的东西来才不白活，否则死也不会瞑目。至于别人的毁誉我是不在乎的。但要写出一部像样的作品，我得吃很多苦，下很多功夫，忙对我创作没有妨碍。可是像平明那样的人事纠纷或者舒服的生活会使我写不出东西来的。老实说，我不愿意离开你们，但为了创作，我得多体验生活，多走多跑，我喜欢孩子，看见别人的孩子，就想到自己的孩子。……

冰心已回来，见到一面，她的孩子都长大了。她问到你。梅尘未见到。东西送去了。译生见到，她和家宝都听见骏祥讲起小棠跌下楼的事，其实这是两年前的事了。徐成时也见到，他陪我去国际书店买了批法文书。他一天工作多，睡眠不足，因此对小孩不大感到兴趣。他的岳母来替他照应小孩。信写到一半，就被客人来耽误了。我一天很忙，其实没有事情。北京热，我晚上十二点睡，早晨八点起床。生活较有规律，身体不会坏。

　　问候妈和十二妹。

　　小林、小棠好。祝

好!

荻甘　五三、八、二

一九五三年九月十三日

蕴珍：

　　从开城来到这个山沟已经三天了，明天就动身到连队去。这里一天水声不绝，虫声不止，鸟声不停，整夜都可以听见小溪流水声，倒像是一个避暑胜地。我是第一次到这里来的，但也已经认识了好些朋友了。

　　在连队里不会给你写信，但你可以相信我很好，我一直在想着你们。三个多星期没有得到你们的消息，大约是信转来转去搁在路上了。我相信你们也都好。朝鲜天气近来时冷时热。前几天冷过一次，这两天又暖了些。不过大冷的时候快到了。去年在朝鲜过的冬天日子不多，今年得好好地过一下。

　　在开城见到黄宗江几次，他在开城过得很好，谈起你，也谈起黄裳。可惜黄裳调回上海了，要是他在开城，他一定会看到不少新鲜事物。请替我问候他。

　　离开你们已经五十天了。不能不说时间跑得快。再过两个多五十天我们便可以再见面。入朝一个月，工作成绩不大，以后四个月准备努力钻进生活里去。我的身体还能够支持。想说的话太多，写出来的总是些不关重要的普通话，但我的心情你一定知道。我不往下写了。

祝你好。

金 五三、九、十三

问候妈和大家，小林、小棠好。

一九五三年十月六日

珍：

九月八日寄出的信昨天才收到。整整有四十七天没有得到你的消息。有时想起你们有一种说不出的感觉。我到连队里来快三个星期，也无法给你寄信。今天下午要坐车回师部，现在坐在矮帐篷门口给你写信。我在这个帐篷里住了一个星期，除半个落雨天外，都是大太阳的好天，早晨五点起床，晚上八点半睡觉，早晚相当冷，有时一天大雾，土地上铺点草，再铺一层雨布和油布，一落雨地就潮了。但铺盖在白天晒过太阳后，盖起来非常暖和。我很好，一个月前在开城感冒一次，有三四天不舒服，但后来也就自然地好了。我的生活过得有意义，但常常想念你们。倘使有写信的条件，我会给你们写信，不写就是我抽不出时间，并不是我生病，你们不要耽心。这次入朝文章只写过两篇，一共不过六七千字。但写一本小书是不会有大问题的。写大东西现在实在无把握。入朝后除在兵团寄过一信外，在开城郊外寄过两封信，在开城寄过两封，在这个军里寄过一封。这封信是第七封了。不知道这前面的四封信你都收到没有？在开城发的第一封信（八月十七日寄出），内谈到的稿子是同时寄给唐弢的，昨天已得唐弢九月十一日来信说稿子收到，那么你也一定收到了我的那封信。你寄在战字 4210 号信箱的信我只收到第一封（内有照片），我希望第二封一定转到了（第二封今天也转到了）。话很多，说起来太琐碎，就跟那晚上通电话一样，什么话都忘了，只觉得想说的太多。没法说。关于平明我没有别的计划，我的意见已在临走前谈过了。我远在朝鲜也管不了事情。西禾可以贡献点意见。你代约稿，是很好的事。望多约古典的译稿。见到王道乾，则请他多译新的作品。他要参考的法文社会主义辞典放在留声机改的书柜盖子底下，不要忘了。见到西禾请催他早交译稿并拉稿。在北京听见说杨必事不成功（郑振铎讲），那么她的译稿可以给平明了。还有一件事，请费神办理：请济生、采臣或你去国际书店看看，苏联小说除《金星英雄》、《青年近卫军》外，请尽量替我买下（尤其是《静静的顿河》）。旧俄古典作品新版插图本也请替我买下（还有《奥涅金》歌剧的全套唱片）。因为明年可能涨价，反正要买，还是早买的好。又请打电话给赵家璧，请他留意如国际有英波或波英，英罗或罗英，英匈或匈英字典请他替我买下。我在北京时听说国际到已卖完了，我只买到英保和保英的。英捷和捷英的赵家璧曾买过送给我了。总之请你们留意，有好字典都替我买下。搞翻译工作，字典越多越好。见到你们照片很高兴，好像又回到你们身边。我入朝后照过好些次相，但自己连一张也没有看见，倘使有一张寄给你们看，那多好。

五日

以上的话是昨天在连里写的。昨晚上回到师里来看文工队的表演，今天又收到你九月二十的信（八月二十的信也转来了）。现在点着蜡烛，在大树下写字，先回答你几件事情：

1. 我那副弄坏架子的眼镜仍放在提包里，不过架子已用线绑好了。用不着另配，我还有一副眼镜。

2. 普希金集插图本放在留声机改装的书柜内，盖子底下。

3. 我的衣服够了，不过这里早晚冷中午热，穿衣服颇麻烦。多了在中午不行，少了早晚不行。

这封信在师里发，也许会到得慢些。但我一时不到军里去了。我想在师里住三四天写篇东西，再到前面连队去，本月廿五以前到铁字信箱去一趟再回来住些时候。别的话以后再写。祝

好！

金　十月六日

问候妈和瑞珏。

小林小棠好。

一九五三年十二月十五日

蕴珍：

收到你十六日和二十三日的信，今天回到军队来。在一个连队里住了一个月，现在还要到前线去住一个星期，过了年就得作回国的准备了。得信后你不要再寄信来，我恐怕不会在朝鲜见到你的回信了。行期一时不能决定，总之，在一月十日前后。现在回国比从前麻烦些，要办手续，

也许还得坐火车。看见相片，真如见到本人，我的高兴你可以想象得到。明天是小妹生日，我知道你一定又为她请客。我不能给她买蛋糕，回来当送她礼物。你的生日在一月初，也许还是我动身的日期，我没有好好地给你做过生日。回来我们两个人在一起好好地过一天吧。这是很平常的事，可是在我们居然难办到。说到工作，我过去浪费时间也不少，因为以前常常没有把工作安排好。以后光阴有限，我得宝贵它。所以"文生"的事我决定一句话也不讲，放弃所谓"股东"的一切。"平明"方面，回来也想跟采臣商量一下，他的事业，他非认真担起担子负全责不可。我帮点忙无问题。我应该抽出时间来作"创作"的准备。

请告诉济生，他廿六日来信收到，我不写回信了。希望他照他所说好好地学习，好好地工作。

祝

好！

金 十二月十五日

一九五四年九月十日

蕴珍：

前信想已收到。到北京一个多星期了。五日起开预备会、小组会，一直没有停过。生活并不太紧张，但也不闲。不过晚饭后还可以散步到市场去买几本书。但十五日起就紧张了。

给译生和顾师母的信早已送去。我三日到过顾家，正碰着顾师母出去开会，在门口见到。以后也就没有再去。成时、及人倒见过几次，及人来找过我。

上午开始写信，后来下去吃饭了，回来睡了一会午觉，给电话叫醒了，起来收到你的信。北京气候比上海凉。今天又热起来了。我住的房间是六二九，临街，一天吵到晚，可是我在屋时候不多。两个人住一屋（吴克坚同夏衍），我同周信芳。屋里只有一张写字台，作大文章不方便。昨夜他睡觉，我写到两点，把《文艺报》的国庆文章写好交卷了。前两天记者们接连来，有的访问他，有的找我。住惯了也不觉得有什么不便，有时候跟周信芳谈谈，也增加一点戏剧知识。"人文"的选集编好寄去了。

靳以一走，恐怕要到下月才回来吧。要是他到北京开会，那更热闹了。黄佐临不住在这里。我在北京还没有见到他，本来健吾约他和我、家宝今天吃晚饭，佐临要开会，来电话说是不去了。我们这个小组会开到六点为止。我给查良铮去过一信，谈《阿涅金》事。他有一信来，说起要送唱机来。现在又要去开会，别的话以后谈吧。祝

好！

金 五四、九、十

问候妈和瑞珏，小林、小棠好。

一九五五年三月二十八日

在粤汉车上写这封短信，预计三点钟后（六点）可到广州。昨天上

午到汉口，坐汽车逛了市区，又游了黄鹤楼。十二点半离开武昌。今晨
过坪石，重经十七年前的旧路，风景如昨，我的心情也未改变。十七年
前的旅行犹在眼前。"银戈坳……"你还记得吗？炸弹坑已填满，现在是
一片和平建设的景象了。据说我们在广州住爱群，又是那个老地方。这
一路上都有你，也有你的脚迹。昨晚在车上我又梦见你了，朋友，那是
十几年前的你啊！在梦中我几乎失掉了你，醒来心跳得厉害，但是听见
同伴的鼾声，想到你早已属我，我又安心地睡去了。愿你不要做噩梦。
再见。书寄

　　蕴珍

　　　　　　　　　　　　　　　　　金　三月廿八日
　　祝大家都好。
　　　告诉你一个好消息：靳以今年要出国，大约五月去德
　　国参加席勒纪念会（另外还有一个人同去），他可能见到赵
　　瑞霭。我已写信对他讲了。

　　　　　　　　　一九五五年七月七日

蕴珍：

　　三日信收到。"人文"信见到，楼适夷在一日上午已把内容告诉
我了，因此我在上次信中托你替我把《马尔加·朱德拉》几篇对一下。
倘使可能，请你仔细地对，那么，除了《单调》一篇外，我就用不着
对原文了。

房子暂不搬，我希望能在明年初找到弄堂房子或小洋房搬家。我希望靠土地。公寓房子漂亮而不合我的要求。

请打一电话（采臣知道号码）给傅太太告诉他，托带东西已于七月一日上午面交楼适夷了，请勿念。

别话下次谈。

《草原集》在二楼留声机改装的书柜里。

金　五五、七、七

一九五六年六月二十三日

蕴珍：

廿日来信收到。本来我可以在月底前回到上海，现在会议延长，我得延到下月初返沪了。这一次还是忙，连顾师母处都没有去过，抽不出时间。天气还不太热，比去年开会时好得多。能吃能睡。

知道你喜欢我们的房子，我很高兴，我很喜欢我们那块草地和葡萄架，我回来葡萄一定结得很多很大了。孩子们高兴，我也高兴。希望书架能够在那个时候弄好。房东把玻璃窗拿去没有？我希望能在上海安静地住一个时候写点东西。

这次买书较少，已寄了几包回沪，大概还有几包。外文出版社信收到，他们另有信来，我已联系，他们就要来找我面谈。

《高尔基小说集》校样如寄沪，请留下，我要仔细看一遍。

没有时间继续写下去了。再见。

祝

好！

金　二十三日

问候妈和大家。

一九五六年十二月十三日

蕴珍：

读到来信，很高兴。我在这里很忙，很累，而且睡眠不足。行期延迟到二十日离成都，二十四日由渝飞沪（廿三日无班机），因为我需要一两天的休息。今天到了老家，见到了三十三年前住过的屋子，颇有一些感想。早晨新华社记者找我谈视察工作，谈了将近三小时，下午除老家又去看城外工地，接着看夜戏，回来仍然疲倦不堪。在这里见到魏森堡，陪他看戏，游草堂寺开座谈会、吃饭，还到机场接送。他已把在上海照的像交给我了。后天要去新都走一趟，十七日晚上还有一次视察工作就结束了。要是天气好，二十四日可回到上海。动身前重庆会有电报到上海交际处。

南南的病怎样？你来信虽未提起，看口气似乎好得多了。这信到时小林生日已过，手风琴代买了没有？

成都无可买之物，但有可吃的馆子。

祝

好！

金　十三日

问候大家。

川戏连今晚算在内一共看了七次。

又想起一件事情，那天静远夫妇来找我，我曾对他说我们预备寄点钱给他，他虽然客气一番，但我看他是需要的。请你写封信，汇一百元给他们。信和款交给济生用航空信汇去，因济生还未回他们信。（我已把"新文艺"版权事对他们解释过了。）

一九五八年九月二十九日

蕴珍：

我后天早晨就要离开北京了。在这里忙了三天，事情料理得差不多了。刚才家宝来坐了好一阵，方瑞和小方同来。送走他们，我去顾家，顾先生夫妇房里没有灯，不知是睡觉了，还是在外面开会。他们家离和平宾馆后门近极了，真是几步就到。回来摊开信纸给你写这封信。我很想念你和孩子。我想能够跟你们安安静静地玩一两天多好。只希望能够顺利地完成任务早日回家。

我后天早晨飞伊尔库次克转莫斯科。如天气好当天可到。但听说伊尔库次克下大雪。又听说塔什干相当暖和，所以带衣穿衣都成困难，真不知如何是好。不过你们不必为我担心，总会过去的。

寄上通信地址两张，倘使给我写信，把纸条贴在信封上就成了。我们在塔什干住不到几天，最多十天吧，以后可能参观一两个地方，我估计十月二十日以后就回北京，但这也是估计而已。

今天中午茅盾请韩雪野吃饭，我作陪。他谈起尹世重同志回朝后对他说，你做菜很好。茅盾问做什么菜，我含糊地答应了一句。我不便说明那天是大三元送来的菜，外国人不易了解。晚上告诉家宝，他大笑不止。

别的话下次谈吧，昨天写一短文，只睡了三个半钟头。今晚打算早睡。明天下午交行李。后天天不亮就去机场。

请告诉老太太，猪胰子现在还没上市。可能我从苏联回来就可以买到了。

祝

好！

巴金　九月廿九日

问候妈和大家。

北京西单区就要开始试办人民公社。汝及人他们家也在内，现在刚开会讨论，报名参加。以后小学生也要住校。

一九五八年十月五日

蕴珍：

我们昨天傍晚到达塔什干，现在住在城外"Дурменъ"别墅。这里是乡下，非常安静。昨夜睡得好。今天上午进城，但也来不及逛什么地方。会前的工作不少。自然我还是比较清闲的。

塔什干的葡萄和西瓜、甜瓜好得很。主人又好客，因此我们每天都吃得很多。郊外空气好。天气好。月季盛开，芭蕉长得又高又大。早晨在院子里散步，非常舒服。

波列伏依在这里招待我们。去年在我们家里作过客的印度作家班纳吉先生也住在这里，今天见到了。谈起来他还问到你和小妹。

大会七日开幕，十三日闭幕。据说闭幕后我们还得到塔吉克参加鲁达奇纪念会，然后回到塔什干，再到一个共和国参观一星期便动身回国。估计二十日以后，可能回到北京。但这只是估计而已，日程也许会有变动。情况常常改变。刚写到这里有人来通知进城去听音乐会。我不穿大衣，不戴帽子坐大汽车进城去，十二点钟同印度代表团同车回来。发见房里放了一盘葡萄，可惜你不在这里，不然倒可以饱吃一顿水果了。这里天气暖和，穿不上冬大衣，所以我就索性不穿大衣了。

别的话下次谈。祝
好！

巴金 十月五日

问候妈和大家。

在莫斯科旅馆里见到乌兰诺娃石膏像，因身边无钱未买。

回去要是在莫斯科耽搁，可能买不到了。

一九五八年十月二十一日

蕴珍：

我们决定明天动身返国。现在还不知道是下午五点，还是晚上十一点。在莫斯科是过路，节目不多，比较清闲，因为大家太累了，想休息两天。不过每天仍有一些活动。昨天参加了群众大会，今天下午还有一个招待会。晚上要看戏。

　　昨天下午先听见十七日北京飞莫斯科的图104飞机在途中爆炸的消息，后来又听到郑振铎遇难的噩耗，当时心里非常难过，至今还像做梦一样。我离京前还见过他，他找我在康乐吃了一顿饭。他告诉我十月初要来莫斯科，说到我们也许会在这里见面。要是飞机不出事，我们一定会在这里见到。但是现在飞机在高空中爆炸，可能连尸首也找不到。然而我想到他，总不相信他会死，他的生命力那么强。我不知道这个消息在国内发表没有？倘使发表了，你们一定会替我耽心。其实这只是意外的事情。坐飞机还是非常安全的。靳以一定很难过。希望消息不确，人名也可能弄错的。

　　这一次零用钱最少，因此没有买多少东西。行李可能比去年少些。这倒好。不用花多少功夫整理行装。

　　别的话到了北京以后再谈，可能我人到了上海这封信还没有到。

　　祝

好！

金　十月廿一日

一九六〇年三月十日

珍：

　　昨天到处天气不好，我在南京等了三个钟头，到汉口过夜。今天六点半到机场，八点半光景飞机从汉口起飞，到宜昌后又等了两个钟头，幸好到重庆不久就赶上成都飞昆明的第二次班机，五点钟到达昆明。现在住在去年落成的国际旅行社招待所内。明天早晨动身去箇旧，准备十八晚回昆明，十九日下午飞重庆，廿日回上海。请即打个电话到上海大厦（246240）十二楼十五或十六号接待视察办公室，说我要赶回上海，和代表们二十二日集体赴京（飞机不延误，我二十日返沪，如延误二十一也会赶到）。昨天在汉口由民航局招待在旅馆内住宿。汽车经过长江大桥时，下去匆匆地看了一下。在昆明可能什么都看不到。时间太短了。昆明实在好，春光明媚，百花齐放。我过两年一定要到这里来住上两三个月。这里到处都有你的脚迹，我们下次一块儿来，到过去常常经过的地方走走，看看这些年的大变化，那多好。今天由渝来昆，飞机颠得厉害，不到两个钟头，又喝了一杯茅台，吃了些油炸蚱蜢，再加上新鲜菌子、豌豆、汽锅鸡、火腿等等，现在头胃都有点不舒服。我已挂上长途电话，等着和你讲过话就睡觉。明天八点钟还要出发呢。

　　祝

好！

金　三月十日

　　问候妈和大家。

　　也问候罗荪、以群、任幹他们。杜宣的东西我已托徐嘉瑞差人送去了。

一九六〇年五月二十六日

珍：

　　信收到。通过电话后，我想想，你下星期三来也行。我决定下星期六（六月四日）中午回去。你要是想多玩两天，就提早来，否则就照你的计划。请你自己考虑。买了票子以后则请打电报来，我好去车站接你。

　　没有别的重要事情。但：一，不要忘记多带点钱来；二，《赞歌集》精装带两本来也好；三，请先把彼得罗夫的地址寄来，我一年没有寄信到列宁格勒，已经记不清他的通信处了；四，为我带一身浅色布制服来。

　　你们走后只有两个阴天我不曾出去。天气好的日子，我通是上半天出去或者爬山或者游湖。前天上午又坐四路车到四眼井，从烟霞洞翻龙井，又由龙井走到茅家埠和双峰插云，坐车到灵隐，下午三点才坐七路车回湖滨。这一天走了不少路，倒觉得痛快多了。

　　发言稿大概明天可以写好。字数并不多，但是写来写去写坏了好几张稿纸，总觉不行。这次留下来的初稿也得修改。这些年我写小说很少。已经谈过好多次，再谈也就更困难了；而且现在谈起来总得有自我批评，这倒是真心话。但是在会上作检讨也不好。拿起笔写不下去，我就喜欢翻手边的书，一看书，时间也就飞走了。我就是这个毛病。因此几千字的东西倒花了我这么多的时间。

　　羊肠带两副已经买到了。我本来想等你来自己买，又怕售缺所以还是买了。

　　别的话见面谈。有事情随时写信来。

　　祝

好！

金　五月二十六日

　　下星期三是儿童节，孩子们都开会吗？

一九六〇年十月二十一日

蕴珍：

十六日寄发的信因写错地址退了回来，昨天才加封寄出。我自己也弄不清楚，怎么会把"上海市"写成了"成都市"。其实我不但现在这样，过去好多年都是如此，一忙就乱，一乱就错。五四年在北京（去苏联前）连地址也不曾写，就把信寄发了。是同样地荒唐滑稽！搬到三槐树将近五天，除十八日陪傅抱石和江苏的国画家们到草堂寺、武侯祠、望江楼玩了一天外，都在家。我在西安和傅同住人民大厦。这次他们来蓉，住永兴巷，我刚搬出。那天去看他，他们要去参观，就约我同去。那天天气不好，下午还下了一阵小雨。在武侯祠（现在的南郊公园）看见不少的芙蓉，远远望去，相当美。成都的芙蓉是木本，重瓣，且有红白两色同株，甚至同花的。我们家里的是江南的芙蓉，这里非常安静。读书作文都适宜。今天一个下午写了两千字。我感到不安的就是这一座楼现在只有我一个人，还为我单独办伙食。据说这里的伙食差，李宗林设法由商业局拨了些副食品，沙汀在我搬来前还去了解过。我表示只要是四川口味，什么菜都行，（菜不成问题，这个院子里种了不少的菜，长得很好）。可是他们要照顾我（烟也不成问题），我也不好意思多推辞。我每到饭桌，就想到能分大半给你们吃就好了。我到外面跑跑，总觉得自己欠人的情太多，不知道怎样才还得了。我的确应当安排好时间多做点事情。沙汀说，文章今年一定寄出，倘使没法写，就把他动笔写了一点的中篇，抄一段（自然是可以单独发表的）寄给你。我这些天的生活简单，变化不多。晚上有时出去看戏。大嫂和她的四个小孩同一个媳妇都见到了。大舅母那里去过一趟。邓七舅住处离我这里较近,我去过两次。姑妈那里我还未去。李宗林讲过几次,要用车可打电话到永兴巷去要。沙汀也说需要时文联车子也可以来接送。但是在增产节约的时候,为私事实在不好用汽车。再说我每天坐在房里看书写文章,不走动一下,连吃的东西也消化不了,因此我准备多借重自己这双脚。(成都市最近因为支援粮钢战线,公共汽车不但减少,而且停了些路线,一般人都是走路)。搬到这里来后,我每天都要走些路。

　　还要托你办点事情:一、李劼人托购蚊香,如买得到,请陆续买一点,放在家里。二、我托顾轶伦买十本《赞歌集》,如已送来,请寄八册给我。如未送来,就请他直接寄给我(四川省文联转)。三、我临走时忘记将《列宁主义万岁》等三篇文章带走,请找出寄来。(大概还在条桌上。如找不到,九妹那里有一本)。四、外文书店送书来,请付购书款给他们。五、如方便,可托郭信和打电话问中苏友协,上次借去展览的东西是否还在陈列展览。六、《毛选》平装本如能买到请购二册寄下。七、我订的几种外文期刊应当续订了,请查一下是否来收款,不然或催问邮局。

　　别的话下次谈。你好吗?孩子们都好吗?妈和九妹十二妹都好吗?很想念你们。祝
好。

　　　　　　　　　　　　　　　　　巴金 十月二十一日

南南的信也写好寄出了。

一九六二年一月十四日①

蕴珍：

　　我已于今晨八点半到达广州。欧阳山和萧殷两位都到车站来了。九姑是前晚八点在杭州上车的。这次旅行非常顺利。车上伙食也还不错，（早餐西式每客一元，有面包四片，果酱一碟，煎蛋两个，咖啡一杯。）我能吃能睡，因此精神很好。我在火车上忽然想起，未带了夏天衣服，去海南岛，有些不便，但也来不及了。我暂住羊城宾馆。今天上午在宾馆休息，下午出去看看，晚上看戏。可能明天动身去海南岛，据说走一转要十四天，回来大约在廿八日左右。我刚到宾馆王匡同志来谈了一阵，他还要请我十二点钟饮茶。也谈起邀请你和孩子们来这里过春节。我现在转达他的盛意。请你考虑一下。只要把家里事情安排好，走一趟也有意思。你们在这里玩十多天（不过不能去海南岛），我同你们一起回上海，没有别的麻烦，只是多花一点钱罢了。你如决定将来动身时请通知王匡，因为我估计你决定来的时候当在廿八日前后。那时我也许还在路上。别的话后谈。祝
好！

　　问候大家。来信请寄作协萧殷转。

一九六二年一月十五日

蕴珍：

　　昨天寄出一信想已收到。我明天飞海南岛，九姑同行，这一批还有几

---
① 此信原无落款。

个别处来的代表。我估计本月底可以回到广州。那么要在半个月后才能见到你的信了。昨天信内谈到你和孩子们来粤的事，不知你如何决定。我现在是这样打算：你们能来，我便留在这里过了春节和你同回上海，你们不能来，我便在二月一日或二日离开广州，至迟四日中午到沪。你们如来，请给我：(1) 带点粮票来，我身边的粮票只够用到下月二、三日；(2) 带一套制服来，我穿的那一套领子已经破了，住到春节前还可以应付过去，住久了就得脱下找人补好才行。我这次去海南岛未带浅色衣服，身上的制服恐怕穿不住了，可能在那边露出狼狈相；(3) 带点钱来，参观结束后食住行都得自己花钱，准备充足点，免得临时发生问题。这里一切都好，接待也很不错。昨天下午一共四个人看了农民讲习所，红花岗烈士陵园，因九姑感到疲劳，就没有逛越秀公园，晚上看了舞剧。今天去花县看人民公社，一行十余人，上午八时半动身，下午五点回到旅馆。在公社大吃木瓜、香蕉、荔枝干和龙眼干，广东农村一片欣欣向荣的好景象，令人高兴。想念你们。你们生活怎样？都好么？"香烟壳"请转交小棠。下次再谈。祝

好！

金　一月十五夜十一时

一九六五年九月十一日

萧珊：

我离开河内五十天，昨天早晨回来，坐了一夜的车相当疲倦，朋友们热

情接待，来来往往，下午请吃中秋月饼，晚上陪我们出去赏月。大使馆送来你的两封信，夜十一点，我才有时间读完。本来打算今天早晨给你写信，可是一直有人来找，下午又有活动，到现在才拿起笔，但又是夜十一点了。说实话，我很倦。请原谅，我这次不多写了。我只告诉你：我很好，身心都健康。我还告诉你：我们访越，时间已超过两个月，越南同志还安排我们去奠边府，因此时间可能延长一个月。今天请使馆给作协发个电报。倘使北京作协不反对，我们可能要住到十月初。一篇文章在三个星期前开了头，可是没有时间续写下去。整整五十天同美国飞机打交道，这些经验也是很有意义的。我出国前说希望带几颗菠萝弹回国，这个希望也落了空，我只拿到了一颗，却捡了些飞机碎片。有一次（两个星期前）黑夜行车，我正在打瞌睡，忽然给人叫醒，原来前后和头上挂了四颗照明弹，仿佛点了好些盏电灯，我们下车在一丛野菠萝下面躲了好几分钟，听见机声，有点紧张，但不久照明弹就灭了。又有一次，照明弹投在车子右边，敌机在不远处投了一支火箭，当时也有点紧张，但很快就过去了。行车到半夜，常常停下来，找老百姓家借宿，我们住过不少的农家，每次都是主人起来，把屋子让给我们休息，而且我们到处都受到热情的招待。有一次在招待所我们房间的门外，交通沟旁，带队的越南同志遇到了毒蛇缠身，后来司机同志用两只手活捉了蛇，吊起来准备第二天吃它的血。又有一次车子在路上遇到警报，停下来看到一架飞机当场给击落，燃烧以后沿途民兵出动，捉拿跳伞的美国飞贼，（第二天早晨六点给抓到了。）这些是我不会写在文章里面的，所以在信里告诉你。至于越南人民的英雄气概和战斗事迹，我不在这里讲了。下次再写吧，我要睡觉了。祝好！

　　　　　　　　　　　　　　　　　　　　　　　　金　九月十一日

问候大家！

一九六六年六月五日

萧珊：

前信想已收到。我在这里很好，明天就搬到京西宾馆去。代表团昨天成立，家宝、雷加都参加代表团，（这次没有冰心，有杨沫。）他们也要搬到宾馆去。昨天听了报告，明天起开始学习。这两天我在招待所里看文件，很少出去。生活不紧张，睡眠时间也充足。准备好好学习，好好参加这次国际斗争。这里住的都是大会的工作同志，韩北屏就住我隔壁。家宝在昨天会后来我这里吃了一顿饭，坐了一会。他忙，也紧张，一天三班，既参加文化革命，又在讨论剧本，明天以后可以把全部时间用在大会上了。中岛夫妇不久要来访问，中岛要参加大会，将来也会去上海，那是七月中旬的事情。会后恐怕还要参加总结。听文井谈起作协文化革命也已开始，大字报很多。他们也是一天三班，但从明天起也要搬到京西宾馆，专为会议工作了。

以上的话是昨天晚上写的。今天早晨九点我们就搬到复兴路京西宾馆来了。我住在八一七号，房间相当大。这个旅馆是部队的，一九六四年建成，上次开人代会，中南区的代表就住在这里。这次大会的代表和工作人员都住在这个宾馆，外宾也全住在这里，大会小会都在这里开。以后你们来信也请寄在这里。请告诉济生：倘使我那小书的校样打出来了，请直接寄北京西郊京西宾馆八一七号。预计我得在这个宾馆住上一个月。会议闭幕后，或陪外宾参观，或先回上海准备接待，现在还不知道。

北京市文化大革命进入高潮，真是热火朝天。上海不知道怎样？想念你们。有空请来信。请代我问候金公。

　　祝

好!

　　　　　　　　　　　　　　　　　　巴金　六月五日
　　问候大家，不另写信。致罗苏信请加封转去。

呢？有的只是需要我照料或关心的人，我得硬。有一天晚上，睡在床上的时候，小妹很好奇的问："妈妈，你为什么流眼泪了？"我能对一个小女孩说什么呢。而且我最不愿意别人看到我的眼泪，或看见我哭。刚在小康家时，大家都以汝及人没有回来为奇，"家"还是非常温暖的地方。成都大嫂、三三都有信来，钱都收到了。译协抗美援朝的收据也寄来，我把几张收条放在一块儿。

雨还是在落着，我真不喜欢。你猜我在哪儿给你写信？——我睡在床上，躺着给你写。今天天气又变了，外面好大的风。小妹听说你又有礼物给她，很快活。今天她一直问我，乌克兰是不是一个人，无论如何解释不清，这孩子主观也很强。冷得很，不写了，现在是十一点零五分，小弟还没有醒！

蕴

十五晚

绍弥十九日回学校，采臣拿一百二十万出来，除付学费外，有廿五万余存"定活两便"。我们都很好，别挂念。信到时如上信未到请到开明去拿。

十六晨

一九五二年二月二十五日

李先生：

廿一日来信收到。这几天的报纸上整天在登载美帝在朝鲜发动细菌战争，害怕极了，我没有办法在看到朝鲜战场任何消息时不联系到你，因为就在现在，在我的想象里你已是他们中间的一个了。你们组织上应该照顾到你们的安全，应该对你们的安全是有保障的，是不是你们都已打过防疫针了，我非常惦念。昨天星期日，采臣的大男孩子二足岁生日，晚上我们都在他那里吃面，菜烧得多，都是采臣烧的，都是你所喜欢吃的，可是你离开我们多么远呀！（昨天有一只坦克车，我让萧苟送"白蛮"了，我送一只蛋糕。）昨天你信到的时候，妹妹吵着要我念她听，这一次我是念给她听的，她听我念到"学好了，爸爸更喜欢她"，她就大哭，大叫爸爸。幸而有萧苟在一边，不然我也将哭起来。我的怀念也是深的，每晚上我坐上你的大椅子时，好久我不能收集我的思想。也许你又会笑我，你会说："你喜欢的是感情的闪耀，你只喜欢你自己。"可是你怎么会晓得呢，昨晚上我好久不能睡，我轻轻地喊着你。你记得不记得十几年前你讲给我听过"七重天"的故事？半年是不是很快的呢？我们分开已是半月了，对于我，这已是长得不能令人忍受的了。顾师母有信给我，她希望我春末能去北京，这一次她又白等了。我希望我能九月去北京，在北京等到你。你回北京之前，你当然会通知，可是这离现在太远了。

　　钱收到没有？今天上午开明又有电话来，明天将送那张支票来。你们决定什么时候离开，我想我还可以使你在北京收到一封信。请转告罗菌子，她那位爱人同志来过我这里二次，因为她没有信来。那位党员同志的温情使我感动。

　　　　　　　　　　　　　　　　　　　　　　　　　　蕴珍
　　孩子们都好，昨天小棠也带着去采臣家。采臣近来很瘦。

一九五二年四月十六日

李先生：

　　四日的信想早收到。我们已经收到你的信有三月十八、廿三日、廿九日，及今天这封由北京付邮的信，照片和底片都收到，带回国寄发的信，到得较快。小林看到你的照片很高兴，说："爸爸变得更好看了，爸爸也成志愿军了。"小弟也会跟着他姐姐乱嚷一会，逢人就说："爸爸在朝鲜。"孩子们都长得很结实，很快，你回家的日子，你会吃惊。小林弹琴很有进步，会自动的去练，我现在已替她接洽好了，在本弄一家熟人那里练。叶艾生每天下午都在我这里，陪小妹练琴。十一日早晨采臣给我打电话来："四哥有一封长信给你，在《人民日报》上。"我很焦急地找《人民日报》，终究在文生社读到你的文章，我很感动，我也很感激你。在这种紧张的日子，你并没有忘记我们。小妹不倦地听我读，把头一偏："爸爸总是喜欢提到我，别人都晓得我，多难为情！"她是高兴你提着她，记着她。这孩子，有的时候我抱着小弟玩，她会说："我晓得你不喜欢我，妹妹自家喜欢妹妹，爸爸喜欢妹妹。"多心极了。第二天上海各报都转载这篇文章了，连我父亲在无线电里也听到这篇文章的广播。他说过好几次要我来信希望你善自保重。也许我们说这话是多余的，因为你自己会更知道保重，因为通过你，通过你们，这些英雄的形象会保存，会活在每个人的心里。但是我还是一个母亲，一个女人，有时候我怀念是沉的，会叫眼睛发潮。自然我懂得我的怀念是跟千万个母亲、妻子的怀念连在一起，我不必要恐慌，我们即使在心理上也得打胜仗的。但许多时候情感和理性并不一致。你自然懂得我的心情。九月实在太远了，我什么时候能重见你，多好呢。我现在对孩子唯一的责骂就是："你再不听话，妈妈不带你去北京接爸爸了。"这比什么都灵!

　　说到我自己,我很好,正常的工作也做一些,(有一次我们调查我们里弄家长身份情况,发现有问题的工商家都是有二个"家"。而这里金屋之多令人吃惊。)娱乐也找一点,我们每天六时前后开留声机(是叶小姐拿来的机器),让孩子受点音乐教育。二、四、六,依然上课,我现在又升一级了。俄文愈读愈难,愈觉得生字把握的少,我一定坚持下去。前星期在靳以那里住二晚,那边空气好极了,秋天有机会时,我们可以一起去他那里住一二天。九姐那里我已汇过二次钱,你别担心我会忘记。萧荀、瑞珏都卷入了"五反"里,表现得很好。

　　常常给我们写一二个字,说你好。最近在报上读到敌人在前线放毒气弹,担心极了。妹妹一定要写一封信给志愿军大哥哥们,而且还要贴照片,照片我没有替她贴,信寄上,请转交。

　　祝福你!

蕴珍
十六晚

一九五二年六月六日

李先生:

　　今天收到你的廿九日来信,到得很快,看到你的照片我很高兴。你不但没有瘦,我以为反而比以前胖了些,足见你心身都好,还有什么能比这使我们更高兴的吗?只是天气渐渐热了,我不知道朝鲜热天的滋味怎么样？上海已经热得人昏昏沉沉的了。我说这话我知道你一定会笑我，朝鲜零下的寒流并没有使你叫苦，你还怕夏天吗？可是一个女人的心有时是会这么狭，我害怕你会以我而脸红。十五日信到的时候刚是端午节，你可以想象我的心情，我们是不在一地，我们中间隔着很大的距离，但是什么会隔离我们呢？当我寂寞的时候，当我想念你的时候，你会特然的站在我的前面。甚至在这个端午节，我也不是孤独的，你的信躺在我的手里。你还记得十五年前那个端午节捧着花来你那里的小姑娘吗？孩子们都长得很快，小妹渐渐有所谓独养女的习气，要求很多，这是很坏的一件事，希望你回家时候我们共同来克服她这个"病"。小弟很好，很壮很傻，很美，尤其是脸上线条活动的时候，真逗人爱！我怕我会有偏心。《平壤》在《人民文学》第六期上发表了，我还收到廿万稿费。通过你，朝鲜人民的乐观精神使我感动。俄专渐渐正规了，教我们读书会话的是革大的苏联教师，他培养我们革大的精神，所以现在学习很紧张。我吃亏在开始基础没有打好，但正如你所说，我并没有比别人笨，别人可以，我没有不可以的理由。你什么时候可回国呢？想到可以读到你所刻划的英雄的形象的时候，想到做你第一个读者的时候，我多幸福！但这之前，我希望能早日在北京看到你。别忘记告诉我你可能离开朝鲜的时间。

　　　　　　　　　　　　　　　　　　　珍

　　　　　　　　　　　　　　　　　六月六日

　　九姐来信向你要几张朝鲜邮票。我将上街时，又看到五月廿日的信及照片，但廿八的信依然没有收到。（小弟在捣乱。）

一九五二年七月三十一日

李先生：

　　同时收到七月五、九日二信，信走得很久，之间我已有一月没有见到你的信，非常焦急，自然你不会有什么事的，但是人有时候会这样没有理性，我的怀念甚至刻在我的脸上，连丁香她们都看出来了。但是好了，你的信来了。再过几天，你将在开城，之后可以回到兵团，可以决定回国的时期。想到将要到来我们见面的日子，我有的不仅是喜欢了。什么时候我可以在北京等你了，九月中，九月底吗？什么时候我写信的地址得改变了？我们看到你（五月摄）的照片，你胖了，足见你的心身都愉快，我们很高兴，小棠棠还认识你，用小手指着："爸爸，那个！"其余三位是谁呢？小棠棠二足岁的生日过了，我没有任何表示，只是星期日中午请萧荀带弟弟、妹妹在十三层楼午饭，棠棠高兴极了，跟小妹俩在厅里跑来跑去。那天还请了丁香，她带了他二年。老太太很不高兴，"弟弟二足岁就不过生了！"自然你不在也是重要的因素，天气热也有关系。我上次告诉没有，小妹弹琴的成绩很好，只是一暑天过去，天天不练，开学时又忘掉了。这几天在收拾屋子，响应清洁防疫运动，彻底一点，可是人累极了，好几天没有好好念俄文了。今天奇热，我坐着给你写信，汗流如注。今晚上不想去上课了。《家》的一千五百本稿费早寄来了，好像只有二百二十余万（合百分之八点五样子），《秋》尚未有消息。

　　你知道不知道李健吾将离"剧专"，去北京人民出版社，专搞翻译。黄裳廿八晚去北京，陈沂邀他去写《白蛇传》（越剧），徐玉兰剧团加入部队，成解放军剧团了。另外有言慧珠和新凤霞二剧团。也许可以到国外演出。小弥这几天在上海，陪一外国客人来的，姊弟见过面。马弟弟这学期成绩依然不好。小孩子好玩，虚荣心很大，学校里的小组并没有帮助他。奇怪，这孩子实在太复杂。

黄源离开文化部了，你知道不知道？

保重身体，你的安全在我们是第一。

祝好！

蕴珍
七月卅一日

广川部队女同志给小妹的信早收到，只是她不想再写信。

一九五二年八月二十五日

李先生：

十五日的信到得很快，刚十天。我们分别六个半月了，愈来愈不能忍受这距离，这次你写来的信封上好像为火烧炙过，一片焦黄色，它遭遇过什么呢？我的朋友，你没事罢？你为什么要提说那首瓦普查罗夫的诗呢，他是在跟人生告别，可是你为什么要向我说那首诗呢？我们快要见面了，再一个多月我们能互相握住我们的手，我预计九月底带小妹来北京等你，让你在北京的车站上就可以看到小妹的笑容，你是不是回北京过"国庆"呢，快给我来信，让我知道你的决定。其实我真傻，你何尝不愿早点归来，只是任务未了。有一天小妹向我提出这样的疑问："为什么人家爸爸都在家里，我们爸爸一直不回来？"有的时候小朋友的爸爸带他们出去玩了，她会很寂寞的说："我爸爸回家也会带我出去，我爸爸会带我去吃冰淇淋，还有奶油呢！"所以我觉得像"翻妮"那样的小孩子，他们生而不知"父亲"，他们的父亲现在遥远的国土保卫朝鲜的母亲与孩子，保卫祖国的幸福生活，他们该以有这样的父亲而感到骄傲！然而不是幸福。"幸福"原住在非常平凡、细琐当中，今天我才懂。所以我提议把"她们会觉得有着这样的父亲是多么'幸福'的事情"，改为"……多么值得骄傲啊。"你的意思如何？

前不久大嫂有信来，而且给你的，说了半天没有提到要钱的事，但是我还是在给九姐寄钱时多汇了十四万，让九姐转给她，能帮助人总是好事。

当心你自己，我的目光永远跟随着你呢。

蕴珍

八月廿五日

我不知道你会不会笑我：我想译屠氏的 Ася，我有了一本俄文的，但不知英文的你放在哪只书柜，我知道你要译这本书的，但还是让我译罢，在你帮助下，我不会译得太坏的。你帮别人许多忙，亦帮助我一次！

一九五三年七月二十九日

李先生：

今天已经星期三了，你离开家整整三天。这时候你大概已经决定你的行踪。朝鲜和平谈判已经初步完成，停战协定已经签字了，这时候去朝鲜会有不少东西可看，你也许不会等到开作协会了。只是你去了朝鲜，我们之间距离更远了，不禁黯然。

你走了，好像把炎暑留下来了，星期天奇热。想到你在车上一定更热，你不会中暑？非常挂念你。火车开动之后，小林大哭，我不敢看她哭，我也不能安慰她，我又能怎么做呢？好几天来我们没有说过关于"离别"的话，等我意识到"离别"的时候，火车早走了。我们就这样分别了，以后半年，也许半年更多的时候，我只能每天等你的信。——棠棠木然，他不懂"离别"是怎么一回事？火车开了之后，他还在等火车回来，"爸爸要带嘎许多冰淇淋来"。回家之后，许久许久，他忽然说一句："火车顶坏！"小林很想念你，只要我略略把话说得重一点，她就会感到很委屈，今天早晨自己爬到长沙发里去睡，自言自语地说："阿拉爸爸喜欢我的。"我忍不住哭了，我不仅是你离开了我，我感到孩子也离开了我，还有什么事能使一个做母亲的更伤心的吗？

你好吗？这三天你怎么度的。在火车里你休息得好不好？我真愿意你会详细告诉我，但是你没有时间，我知道。家里很好，孩子们也乖，小林弹琴还是不肯自动练，但每天都弹，早、中、晚三次。

昨天《生活在英雄们中间》版税来了，是千字十单位算，九百万。

家里有你三封信：①杨静如夫妇要到东欧新民主主义国家去教中文了。这时候已在北京。②那位找樱子女士的先生，大表示"卿本薄命，我也无缘。"③杨人缏介绍来的女孩子来信，附两首诗给你。三信都不转你了。还有《资本论》第一册已拿到，我放在楼下新书橱里。

再会了，我的朋友，如果这些日子我有什么使你不愉快的地方，原谅我吧，我的心是好的。

　　祝福你！

蕴珍
七月廿九日

　　八月一日开始我译《初恋》了。

一九五三年九月二十日

李先生：

　　真怪，你廿七日寄发的信倒比十九日先到。今天是九月廿日，再两天就是中秋，你在哪里，在哪一个部队了？开城早就离开了，三星期看到很多东西吗？真羡慕。上海也是秋凉了，晚上盖薄被，冷天很快就来，不知道你冬天的衣服够不够，你自然不好再着军装，希望你来信告诉我。还有你不是说一副眼镜弄坏了，有便人来的时候带回国，邮政寄我，我替你配一副寄朝鲜来，就是不知道朝鲜可不可以寄邮包。国际书店定书单寄来过两次，共九本书。款已寄出。

　　靳以他们已去京，去京前我请他们在锦江吃饭，我们两家八口，跟黄源九个人，靳以点菜，吃得很好，吃了廿余万。黄源这人实在很温情，他听说我要译《春潮》，他在旧书店为我找一本《春潮》（张友松译的），实在让我很感动。所以我更该好好搞一下，让别人失望一点也不愉快。《初恋》我已搞了三分之一，你回来当然可以完成，只是我怕又给你失望。常常想到这一点我没有信心了。

　　济生为你常去国际书店，买来好些书。插图本托氏、屠氏新全集市上还没有见过。这不会忘记给你买的。我们普希金的好本子有没有？查良铮已译好一部，但没有插图。你能告诉我，我们的放在哪个书架吗？

家里很好，这一次棠棠常常想到你，常常说："跟爸爸好，有冰淇淋吃。"坐在座上吃饭的时候会问："爸爸'哪能'样子坐的？"他觉得你是他的英雄。可是这孩子脾气很急躁，个性又强，实在是个问题，长大后问题不会比绍弥少。有一天他打人，十二小姐告诉他打人不好，他就问："妈妈为什么打我？"这样小，就会问出这类话，真糟！妹妹小气，整天问我喜欢不喜欢她。这孩子也淘气，有一天朱妈（女裁缝不做了，朱妈做下去）去接她，五点钟时垂头丧气地回来："妹妹不见了。"真把我急死。我给他们学校打了好几个电话，找她要好的小朋友地址。结果她六点钟悄悄地走回来了（她跟小朋友到另一个小朋友家去）。这孩子胆子真大，我骂了她一顿。弹琴时总要使你生气，不然不好好弹。但是人都是有惰性，我想到自己，对她也无可奈何了。

我告诉过你没有，我送靳以及萧苟躺床各一。做得比我们的好看。我父亲去宁波了，祖母八十阴寿。

靳以十月初回上海，你一定一月底回上海吗？这次你不要我来接你了（一笑），是不是？曾有两张照片寄朝鲜，收到吗？

常常想你，我们有好几年没有在家里过中秋了，去年不在一起。前天王道乾结婚。

《英雄的故事》采臣已办妥。听说《春》、《秋》第四期将印，印数尚未来。今天小妹吵着要《彭德怀将军》那本小册子，说你给她一本，她丢了，闹着要我给她另一本。她说要叫先生讲给他们听，结果我只有替她找一本《生活在英雄中间》，她才满意地去学校。小姑娘事情真多!

　　想我。

蕴珍
廿晚，月亮好。

绍弥问题暂时解决，先在上海读半年。

一九五三年十一月二十七日

李先生：

　　收到你八日、十二日来信。看到红叶如见你人，非常感动。前天是你的生日，你在哪里？那天下雨，中午萧苟在我这里吃面，晚上靳以、郑美修也在我这里吃饭，吃蛋糕。你听见没有，我的心在为你祝福。我上信不知道告诉过你没有，我替你购一件很轻柔大衣料子，是我送给你"生日的礼物"，我的版税还够替你付大衣工资，我很高兴，因为这真正是我的收入送给你的礼物。

　　廿二日（星期日），三哥忌日的那一天，天气好极了，我们照了好些像，中午大大小小有十八个人在我家里吃饭（还不算丁香、朱妈），可算奇迹。寄给你三张照片，这次郑公照相不如上次，太黑了。

　　我的朋友，你那里已经下雪，零下五度，上海还是小阳春的天气，但愿这封信能把上海的阳光都给你捎着来，使你不感觉冷。再隔两个月我们又将聚在一起了。这些天小棠棠已经整天嘴边都挂着"坐汽车去接爸爸，好姐姐讲过带我一块儿去接爸爸！"妹妹听我说你将回来，她更高兴了，就问：爸爸赶回来给我过生？这孩子这学期功课很差，上一次期中考试，读书、写字都得一个"下"，实在很糟。现在我把三楼亭子间整理出来了，也可以给我们（你或者我）做书房，小妹还可以在那儿弹琴，客人来可以方便得多。你回家之初，又会发现我们家里完全一新了。

说说我的工作，我仿佛是走上你忙乱的路，可是我完全没有你的博学和仔细，济生的稿子还刚开始看，《初恋》才译一半，心里真焦急。如果你回家时候，连这两件工作还没有搞完，那我真可以朽焉。所以这两个月非好好抓紧时间不可。你给济生信里有两句话我看完非常有感（就是说年纪不小了，不要再浪费光阴），啊，我亲爱的朋友，我真怕时间，我这许多年已经浪费过去了，现在来追，是不是还来得及？不会永远掉在后面呢？我好胜心重，内容空虚，这是我的大毛病。俄专的同学又拉着我去读俄文，我答应了，只是我怕，这会使我工作的进展更慢了，试一个月罢，反正是找私人学。

冬衣我会寄到北京去的，你放心。你到北京时候去顾师母处取就是。

你的计划我非常同意，只是你非写不可。我以为你可以写，你能够写，我等着做你第一个读者。我的意思你还得写战士的私生活一面，所以你还得到四川走走，熟悉几个战士家属。但这也是后话。

傍晚沈从文打电话来，说明天早晨八时多来看我，好家伙这么早！他说了好久要我猜他是谁，可是我猜不到，他还是很有意思，明天我该请他吃饭。

小妹也问你要红叶。

再谈了，我的朋友。

祝你晚安!

蕴　珍

十一月廿七晚十一时

这时朝鲜几点?

一九五四年九月八日

巴先生:

收到你三日来信。你住在北京饭店,我为你高兴,现在可有一个安静的环境,晚上可以关起来做点事了。可是你是不是一个人住? 你走的那天,天气又出奇的热,不知道你又生了多少痱子。你这个人真有意思,专会拣大热天行路。上海又热了几天,今天比较好些了。北京怎么样,一定凉爽得多了? 你们开始开会了,累不累呢? 北京饭店新楼房早该造好了,不会吵得你睡不好觉吧。你看我一张嘴就问你这许多问题,使你开不了口。我们离别有一星期了,时间过得真快! 这一星期(开会以外),你是不是关在屋子里,还看到些什么人? 这次行车一定很好玩,这许多人,只是车上太热了,你会说。据说沈沦母女在车站看见你,你却不要我们来送你。

你走的那天,小妹去学校很早,回来我问她,为什么走得这么赶忙? 你想,她怎么回答? "每次爸爸走,我总要哭的。"这孩子真多情! 只是有时候非常不听话,总是惹我生气,有时候我平静地想想,我有许多不是处。昨天我在送章靳以,他去宜昌,随民众轮走了。

他还是想到四川的，准备在宜昌等船。这船可真不坏，我在船上待了二小时。我真希望有一天你会陪我坐这轮船到四川走走，看看三峡，我们从没有在一起旅行过，晚上让我们躺在甲板的椅子上，望天水相接的远方！为什么你总是说我是奢望？如果真是奢望，那么我再也不说了。

你走了，家里冷落了，平时常来的那些人都不来了。可是采臣却叫人送来一部唐湜译的普希金诗剧，要我看。自然我很难为情，我只好把它搁在桌上，而且我也只能就中文看。我的稿子抄好了。新译尚未开始，还没有想过从哪一篇开始，让我休息几天吧。你看，我多懒！

前晚上家里闹贼，虚惊了一场，东西倒没有少。是这样，丁香半夜起来解小手，发现有人，大叫，人就从后门出去了。我吓得不敢动，楼上只有我跟两个孩子。现在到了晚上，我们是草木皆兵了。

王道乾说，可以给我弄拾张票，那么就够了。有一天我在看山东话剧团几个独幕剧，水准不高。昨天孔罗荪也随"民众"走了，他去南京接太太的，不然我还可以找找他。

记着，这次你可要送我图章，不能忘了。

再四天就是中秋了，你自然会过得很好，很热闹，可是我们呢？我们有几个秋节不跟你在一起了，未免黯然。少了你，我们这个节会过得多么没劲！可是在你那些热闹中却没有我的份。

孩子们都很好，小棠棠每天喝牛奶，要吃两片桃脯，你来的时候为他买一点吧。他很壮，在托儿所也讨人喜欢。小林上午在家很不定心，十一时就闹吃饭，到学校去。现在是早上弹琴，然后做功课，下午回家再弹，下午不让她做功课了。我又伤风了，昨天在黄浦江边又吹了风，又晒了太阳，昨晚又跟李瑞珏看《奇婚记》（对过），这故事很好玩。我怕一时好不了。想我吗？

蕴珍

九月八日

一九五五年七月九日

巴先生：

收到你五日来信，《谈契诃夫》八本已另包寄上。这几天上海较凉快了，孩子们都放假，整天在家里闹。作为少先队的姐姐，打头闹。马少弥也回家了，据说他星期二三去京，我送给他一件灰毛衣，星期一可拿。我想星期一晚上请马氏姐弟、章氏兄妹及孩子们吃饭，算给他们送行，也算庆祝大蜀加入青年团。前二天诚实书店那个人把一本沙氏全集拿来（有很多插图），说是你跟他说好的；在我这里拿了十五元，发票没有送来，说明等你回来结算，你如不要可以退还他。《草原集》中文本家里有（我已经找到），俄文的我可以打电话问采臣要，你放心，我一定给你看。

卞之琳又回来了，已经找过我一次。那位小姐的事好像难成了，小姐明白表示，愿意跟他做个朋友，进一步却不能了，因为一切都有距离，不论学识、年龄……卞之琳将回北京另外进行了，但愿他此行顺利。听说他好像月中回京。你需要带什么东西，那顶帽子要不要带来。

昨天下午靳以在我这里（就是收到你信的时候），他现在又将为第一个五年经济计划的报告写文章了。据说陶肃琼有小孩了。星期天晚上孩子闹着要出来，我们曾去他们那里玩了一阵。陶很害怕有小孩，但那天她却有此预感了，昨天靳以来，我还问过他呢，似有可能。很好，他们也可以尝尝小小孩的味道了。

九姐这阵子很少来，上海的天气把她吓死了，她说她几十年来没有过这样的大热天。可是热的还在后面呢！

南开外文系决定停办了，查、巫都来信告诉我这件事，两个人的态度显然不同，查很得意，"能逍遥一时且逍遥一时吧。"巫有点焦急，想进文学研究所，要我告诉他卞诗人地址。这跟物质基础很有关系。卞很愿意帮巫的忙，然而事实上他也无能为力。

看来，小棠棠的生日你不会回家了，抱歉之至！棠棠出生以来，只有他出世那年你在上海。幸而他还小，不懂得这些，不然他会伤心。明天又是星期天，明下午得为小棠去开家长会了。听说他们托儿所暑假有开班可能，如这样太好了。

我开始在译迦尔洵了，译得很慢。有时有疑难的地方想问问人，苦于你不在上海，别人我是不会问的。

蒲园的房子已经出租，300 单位一月。靳以说如果我们要以后可能有。但那地方地基不好，常常做大水。

想我们吗，你走了十天了。

祝你好！

蕴珍

七月九日

一九五七年九月十八日

李先生：

　　昨天刚寄上一信。《友好报》社来信，现附上给你，好像是你答应人家写稿似的，《友好报》不寄了。今天十八，好像你走了很久，屋子更空阔了。下午总是寂寞的，孩子们都上学去了。小棠这孩子愈来愈皮，昨天给关"晚学"，据说两个小朋友打架，怎办？男孩子真不得了，小林可从来没有这种事。教管孩子我们二人都有责任，可不能全堆在我身上，我们得合作。

　　今天桂花开始开了，金桂、银桂都绽出几朵小花来，只是靠秋千的那枝依然故我。你回来之时，当然满园芳香了。靳以家也很寂寞了，中午就是南南一人。你们会开得怎样？报上没有一点消息。祝好。

　　问章大哥好！

蕴珍

十八日晨

一九五八年一月三十日

李先生：

　　两次来信收到。彼得洛夫的地址只错了二个号头，你的记性真好。作协刚有人来，我就把地址的条子转给小彭去了。四期的《收获》我还没有看到。你走了以后，小棠也考好了，小林天天考试，每天照例四个小朋友一块去校，一块来温书，小棠嫌孤单了，昨天下午我和九姐带他去大马路，红茶我也买了一点，百货公司有九角、五角两种，我每样购六两，祁门红茶买不买由你自己决定吧。今天卅号，你已经走了八天，日子过得真快，希望你能如期回家，小棠每天问我，"爸爸什么时候好回来"，他们都是三月初开学，听我说爸爸回家，他们还有两个多星期的假期，高兴极了。小姑娘这几天很辛苦，害得我陪着辛苦，她每样功课都要我帮她温一遍。明天好了，考最后一样，算术。小棠眼睛上伤疤已结好，只是有一个疤，赵政说，将来可以电烫一下。

　　星期天这里下了一上午雪，但没有积起来，孩子们很扫兴，天气还是冷，经常在零度以下，所以我几乎跟孩子们一起睡，一方面因为人少屋大，颇有寂寞感（决非害怕），还不如寻梦。今天我第一天生火，在你的书房里。从昨天开始我们也在打扫屋子了，我们已把你汽车间书房打扫一番，堆在地上的，都叠起来放在木箱里，精致工作由你自理。你身体怎么样？北京更热闹了吧。俄文《友好报》转来苏联读者给你的信，还有一篇批评你小说的文章，《友好报》不用，也把它转来了。要不要我转到北京，此人还附有照片呢。

　　寄上三佰元，查收。问你好。

蕴珍
一月卅日晚

一九六一年一月三日

李先生：

　　收到你廿八日来信。编辑部廿八日曾给你打了一个电报，大概地址写错了，没有及时收到。这样倒好，你的校稿信其实也是廿八日收到的，因为信封上有我的名字，老赵没有交给编辑部，而编辑部也没有仔细找找，却在一边焦急。我第二天（廿九日）上午去作协老赵才把那两封信交给我。一切都照你所改的改正了，请放心。这期刊物阵营很强，可是二月号却没有这样大的号召力了，我们把希望全搁在沙汀身上，今天上午才给沙汀去一信，希望文联会把信转到重庆去。二月号一定要有他的稿子，你给我催催他吧。

元旦已经过去了，没有你在旁边，我们总感到很寂寞。上午罗荪、任干、以群到我家来拜年，弄得我很窘。稍坐片刻，我们便去金公那里，金公一开口就说：要请我们喝酒，可惜老巴没有回来。可是那天他却什么都没有请我们吃！昨天看见罗荪（招待拉丁美洲的外宾）又说什么时候招待我们，我看又得等你回来了。元旦中午济生在我家吃饭，因为正在整社，他第二天（昨天）早晨就回去了。下午陪陶肃琼去罗荪家，我顺便把那件紫红尼龙茄克送给咪咪。本来打算去陈同生家，打电话去他不在，我们便去看南南，谁知道在路上看见他了，一起去章家。我回家时赵家璧夫妇在，他们要去文化俱乐部吃饭，顺便来我这里看看。晚上孩子们情绪都很低落，家里只有我们母子三人（她们去济生家），我又把孩子们带到俱乐部玩一会，真是人山人海，元旦夜就这样度过去了。小林说，爸爸不在家，戏票都没有了！那一年她跟着你去大世界，她还念念不忘。其实我也努力过，只是没有办法。现在我们已经在计划你回家度春节了，孩子们决定不吃这个月你的照顾肉，"做酱油肉，等爸爸回家一起吃！"我们还计划让绍弥回来过春节，一来春节时间短，短期相处，孩子们不至于吵架；二来女儿要暑假"周游全国"，说是你讲的。但是你也不必太迟离开成都（二月十五日是春节），你还打算去郑州看看。你总不好在大年夜回来吧！到郑州看见李准，为我们约稿！希望你不迟过二月十日回家。

黄源有一信给你，他现摘下帽子，很高兴。现把信给你寄上。

这次为你寄上全国粮票 36 斤，请查收。因为是集中一个月打的，所以这个月粮食可能紧一些，但没有关系，我们总可以克服。文化俱乐部还有 15 张票，起码可带孩子们去四次！我们早已吃两稀一干了。两个保姆每月得吃 70 斤粮，就是说我们几个人得调剂她们 20 斤，所以小林在外公家吃午饭，我也没有给粮票了。

下星期为你寄钱来，就是说十日左右为你寄上。

这几天，天天有电视，孩子们不肯好好睡觉。有时从热屋子里出来到大客厅冰冷，我又伤风了，真是受电视之累。附上照片，你要送给谁就送给谁！

上次告诉你的，小李写一篇关于你的文章，这几天不见刊出，登出后我寄给你看看。人民文学出版社来信催你的校样。

李劼人的蚊香只买到四大盒（每盒 20 封，一封两盘）另十六封。现在看不到了！有时当为他再买。天冷了，这东西不太容易找。

非常想念你，孩子天天问：爸爸什么时候回家？中篇写得怎样了？晚上穿上棉衣，不会冷了！祝

新年好！

蕴珍

元月三日

小林、小棠照片请各送一张给沙汀。

一九六二年一月二十三日

李先生：

广州两信都收到，刚才又见到海南岛的来信，好像我闻到潮润的海风，多好，能在海南岛的椰子树林里散步。我跟孩子们谈起你的打算，孩子们来广州的热心还不如我强，我来广州时不过比小林稍大，隔了二十余年，我多么想看看广州的变化！所以说我决定来，坐廿九日来广州的通车，卅一日便可以到广州了。我们结婚后还没有在外面过过春节，这似乎不可思议，但一定别有风味。你走后，马绍弥来了，学校把他留在上海（作为家在上海的学生），他本来打算寒假看些书，棠棠闹得他无法安静，我们离开十余天，他倒可以利用这时期好好读些书了。

这几天上海冷极了，虽然满天阳光但不能驱寒。因为你不在上海，我们楼上也不经常生火，一方面也因为在家时间不多，又因为生火后晚上又不想睡觉，不如干脆不生，晚上很早睡了。你这些时间一定不觉得寒冷了，真高兴。你想念我们吗？孩子们都在考试了，小棠现在也知道用功。刚才拿到你信时，两个孩子齐声问："爸爸要不要我们去？"他们怕万一爸爸改变主意了。

祝好

蕴珍

一月廿三日

一九六三年十一月二十五日

亲爱的朋友：

　　今天是十一月廿五日，你记得这个日子吗？我又一次没有跟你在一起度过这一天。你现在在哪里？上月卅日晚上听到你的声音后，你的消息寂然了。你知道我多么想知道你的消息，可是报上也没有关于你们的报导，一直到月半，才有寥寥数语，报导你们到东京了。这几个字对我变成了有形象、有感情的东西了，我读了又读，好像你会从中跳出来跟我说话似的。前三天又有一个"中岛健藏宴请你们代表团"的消息，又是这样简练，记者不肯多说一个字，我无法得知你们的行动。这消息是十九日电，算来是你到东京二个星期后才发表欢迎你们的报导。现在你们到东京有廿天，你们去过一些什么地方？真想听你聊聊，可是你们什么时候才回来？我可能星期一（十二月二日）到北京去，以群要我尽早去，看看人代会的作家，家宝打电话来，说房间已为我准备好，我已成了欲罢不能了。你知道这个时候，我并不想到北京，没有你一点消息，你什么时候才会回到国内？写到这里，赵家璧来了，他在我家吃晚饭（我在洁尔精叫了四个菜，都是你爱吃的），我们还为你的健康干杯！这时候你又跟谁在一起？

　　女儿去农村三个星期，胜利归来，没有生病，倒受到表扬。不过今天她却没有去学校，昨天晚上又发热了，自然规律，睡了一天，晚上又可吃两碗饭。现在大家都睡了，不过十点来钟，四周却十分安静，你走后家里真是冷清！小棠棠还是六点钟才回家，这孩子把所有的功课都放在学校里做，一回家不是打球就是看小说，睡觉不早，早晨天天要人叫醒，真要命。不过这孩子还有一点好处，做功课自觉，不要人督促，成绩还不坏，这一点也比较容易使他产生自满情绪，所以这孩子又好强、又自尊。

今天忽然很冷了，日本似比上海更冷，你的冬衣够不够？下月四日是阴历十月十九日，我会在北京等你，要是这一天我们能在一起又多好呢！我知道你一到广州就会跟我通话的，可是你又什么时候可到广州呢？你知道我至迟十四日回到上海，我要跟女儿在一起度过她十八岁的生日。

再见了，我的朋友，我虔诚地为你

祝福！

珊

十一月廿五日晚上

一九六五年八月一日

亲爱的朋友：

收到你临行时从北京寄出的信，和在越南寄发的两信，你现在早已离开河内了，这一路一定看到很多感动人的事物，我知道愤怒的人民一定会产生巨大的力量，美帝的狂炸能炸出多少英雄好汉！这一切我将在你的笔下看到。国内的报纸也有少许关于你们的报导，有一次我在《新民晚报》看见你们参加"中国人民援越抗美宣传展览"的开幕典礼，还有一次我又看到胡伯伯接见你们。自然，不是细心的读者，不会发现你的名字，但是现在越南是全世界注意的中心，对于我，尤其是，一篇小小的报导，变成有生命的东西了。读到你十八日的信，你说要过两三天再走，那么胡伯伯接见你们之后，你们就离开河内了。在河内你看到很多熟人吧，如果你再看到邓泰梅，也请代我问好。我们家里都好。小棠棠满十五岁了，这一次你又不在家。我告诉过你没有，这一次他的成绩不错，都在九十五分左右，只是语文还是 76 分，用他自己的话说："这没有办法，我已经尽了最大的努力（大考作文做了三张纸）！"你送给小棠的《主席语录》早收到，他包了书面，放在他的床边，这是你送给他最好的生日礼物！现在他睡在外边床（走廊上），不过，他说，"爸爸回来，我还是要跟爸爸睡，爸爸喜欢跟我睡，我也喜欢跟爸爸睡！"你看，这孩子！

小林有信来，说起收到你的信，她说，"信很短，不过我已经感到很满意！"她可能要到八月底才能回来，现在桂未明也去了她们那里。老杜又从厂里出来，原来要他搞解放上海的剧本（他的《上海战歌》，电影《战上海》、《激战前夜》，三个合并，三个剧作者共同创作），现在又叫他搞越南的剧本，人艺的《南方来信》重搞。前几天我跟他通过电话，他还没有谱，感到很苦恼。罗荪常见到，他要我问你好。柯灵去了北京，他去搞"上海今昔"的电影。前两个星期李季来过一次上海，作协同人（我也在）请他吃一次饭，他也到我家坐了一会。他是来组稿（抗日战争的小说）的，吴强允许他八月中交稿，但他重点在搞《红日》，是否能如期交稿，天晓得！

九姑、沙汀都有信来，都要我问你好，过几天我要给他们写信，告诉他们你的消息。

上海今年不算太热，尤其是这几天，下午总是有暴风雨，入晚后，我们的走廊十分凉快。昨晚上济生夫妇、蔡公都在这里纳凉，济生的信还是上次来的时候（七月十日）交给他的，他很感动，要我写信时，替他致意。

我的生活如常，你可以想象得出，我多么希望能跟随你的踪迹！话很多，纸完了，下次再谈吧！希望你保重，我们这里大家都在等待读你的文章。

祝福你！

珊

八月一日早晨

一九六六年七月三日

亲爱的朋友：

昨夜上刚给你写了几个字，忽然想到有一件事忘记告诉你，这个月的香烟我没有购，家里还有一条，这几天连日阴雨，我怕发霉。又不知道你什么时候回家，我想一条也差不多了。

这个暑假孩子们都不放假，小棠的升学：据说以选拔为主。不管他进什么学校，让党来选吧。小林很活跃，昨夜上匆匆和她谈了几句话，现在简直连谈话的时间都没有了。今早我走时，她还在睡觉，回家时她也早走了。这些日子许妈的孙女住在我家，多了一个孩子也热闹一点，要不然白天只有两个大人。

你是不是要陪外宾各处走走，昨天姜彬告诉我：外宾十五日到上海，那么你一定比他们早回来了。

　　金公已从乡下回来，每个休息日我都看见他。陈同生也来过，我没有见到他，后来我去看过他。他倒是十分关心我们！

　　祝好！

珊

三日

致李小林^①

一九五二年三月二十四日

小林：

　　前天给你妈妈写了一封信，大概已经收到了。明天这里有人回国，托他带这封信回去投邮，希望你能够收到。我在朝鲜很好。这几天住在一个很高很大的山洞里面，我们二十一个人住在一个洞里，有床有电灯。每天要上山下山几次：吃饭，开会。这两天晚上下大雪，早晨出大太阳。我很想你，想你妈妈和弟弟，也想家里别的人。希望你们都过得好。我已经向志愿军同志们讲过连在小学念书的小孩子也在想念他们。告诉妈妈我的通信处：

　　安东海城部转志政宣传部王永年部长转巴金收。

　　过两天我要去平壤。

　　祝

你好！

金　二十四日

---

① 本篇根据《巴金全集》第二十三卷收入本书。李小林，巴金之女。

一九六〇年十月十一日

小林、小棠：

离开你们一星期，很想念你们。不知道你们在学校在家里怎样？

你们环境较好，父母都喜欢你们，因此养成了你们的一点娇气和骄气。其实这两气对你们并无好处。你们不久便会知道，要在新中国做个好学生，好公民，必须去掉这二气。好习惯不是一下子就能养成的。最好从小多学，多想，多考虑别人的好意见。妈妈对你们讲的话你们都要认真地听，她是为你们好才讲那些话。你们不要跟她赌气。她性急容易发脾气，你们不要惹她生气啊。要学习雷加叔叔几个孩子的榜样，爱劳动，能吃苦，对人客气，什么事都自己动手。小林不要忘记弹琴，早晨起来不要在马桶间里或梳妆台前浪费时间。应当把这些时间省下来做有益的事。小棠要在小组时间里好好温功课，做算术题不要粗枝大叶一写了事，应当多核两遍。小林有时间应当每星期看南南一次，两星期看好姐姐一次。舒元卉诚心地写信来，总得回人家一封信。小棠要香烟包封纸，我在这里还未看到新牌子的香烟，今天下午在小卖部买到一包云南的"红塔山"，这种烟我在簡旧抽过，也不错。给小棠寄去包封纸一张。以后找到新的会续寄。以后你们两个要常常给我写信啊。我的住处还未定，现在来信暂由沙汀叔叔转交。别话下次谈。

祝

好。

爸爸 十月十一日

记住：要听妈妈的话；要尊敬婆婆。

一九六○年十二月十六日

小林：

今天是你十五岁的生日，四姐要我代寄一张相片给你。我想起了十五年前的今天。我在重庆宽仁医院等你出世，差不多等了一个整天。晚上九点以后我终于见到你了。头发上还有一点血。后来爸爸还抱着你睡。你总是喜欢睁一只眼，闭一只眼，哭起来肚皮朝上一挺一挺的。再后来在上海，半夜眼睛还没有睁开，就喊："我吃牛奶！"爸爸就起来给你冲好奶粉。想不到你现在居然长成大姑娘了。过去爸爸多喜欢你，现在爸爸仍然很喜欢你。今天我祝你生日快乐。生日礼物等我回上海后补给你。现在送你两句话吧：多想到大家，少想到自己；多想到集体，少想到个人；多想到"公"，少想到"私"。要不断地朝前跑，一点也不要向后转。要做一个什么都好的学生。也要争取做一个共青团员。爸爸和妈妈，还有好姐姐，还有外公永远爱你，鼓励你，帮助你前进。再说一次，祝你生日快乐！

爸爸 十六日

你现在是大姐姐了，对弟弟要好好帮助，教育。以后不好再跟他吵架了。

一九七六年三月十日

小林：

　　来信昨天收到，小祝也在昨天夜里回来了，看了你的信。我们一家都好。嬢嬢和她老同学在杭州玩了三天，同小祝一起回来。小祝来得正好，端端今天上午要到卫生站种牛痘，由他抱去方便些。端端很乖，但是大小便还常常遗在尿布上。没有别的办法，只能随时提醒她。冻疮渐好，不会留痕迹，用不着担心。小棠的事并无大的进展。他去问过几次，说是区里最近要讨论。究竟怎样，还不清楚，总之街道乡办已经通过，上报了。而且每月可以到街道乡办借领粮票。刘志康的婚事听好姐姐说，大约在秋天办理，现在在做准备工作。刘大杰又来找过我，见到了，没有什么事情，只是看我身体好不好，谈一些最近情况。他说"发展史"卷二快出版了。去山区老根据地参观，是很好的学习机会，要认真学习啊。到宁波姑婆家去过没有？

　　匆匆，后谈。祝

好！

尧棠　十日

一九七六年三月二十四日

小林：

　　你从宁波回来，想一切都好。小祝一定早走了。我们这里一切都好。

端端也很好，真是生龙活虎的样子。喜欢吃山楂片。国炘夫妇星期天到上海，住在我们家。好像国炘给你写了信。他们可能要去杭州。阿庆下个月要参加考察团去西藏，说是待七个月，他要小棠给你写信谈一件事，小棠又推到我身上，事情是这样：舅妈托福建朋友买了一个五斗橱，无法运到上海，说是只能运到杭州；阿庆已写信去，要那边的朋友把橱托运到杭州，由你们收下，就放在你们那里，将来再设法运到上海，橱运到杭州的日期大概是下月上旬。上次买的肉松好不好？此物长远不看见了。有天清早经过日夜商店，看见它，买了一包，下班后再去买，影子也没有了。别话后谈。祝

好！

棠 廿四日

一九七六年七月二十三日

小林：

二十二日来信收到。家里人都好。上海这两天也很热，但还不是"热不可当"。端端很好，一天跳跳蹦蹦，很有劲，痱子生了一点，不厉害。我买了小儿痱子粉和小儿痱子水给她用。你走后，她晚上闹得不厉害，只是梦中叫了一阵"妈妈"。前天自己讲要买火车票到杭州去看妈妈。我的腰基本上好了。可能不会再有反复了。小棠说梁骅叫他问你，电风扇有货，七十几元，九吋，可以转头，有三种速度等等，你们要不要？我看你们用不着另买了。我那个给你们，够用几年了。七十几元的恐怕

也好不了什么，何必多花钱。桐庐招待所倘使是文化大革命前修建的，那我就住过。别话后谈。祝

好！

尧棠　廿三日

一九七六年十月十七日

小林、小祝：

信收到。砸烂四人帮，大快人心。在上海，十四夜交大学生已在淮海路游行，高呼打倒四人的口号。十五日街上已有大标语，康平路、淮海路、外滩一带炮轰马、徐、王的大字报很多，昨今游行的人不少。我们室里十五夜传达，十六下午开全社大会，会后游行。《盛大节日》是为四人帮树碑立传的大毒草，《盛》剧组有"坚决拒演盛大节日"的大字报。上海人民也把四人帮恨之入骨，不亚于外地。消除四害是今年的一件大喜事。

祝

好！

尧棠　十七午后

一九七七年二月七日

小林、小祝：

　　小林信收到。家里人都好。端端仍是活泼调皮,嘴动个不停,吃东西、讲话、管事、指挥人。我最近患感冒,一直未好,但并不厉害。上海下了两次大雪。天气冷,这是几十年未有的冷,从银川来的大叔叔和大婶婶（她昨天来）都不习惯,我们倒熬过来了。

　　上海的运动在慢慢地进展,但是慢。现在我脑子也清醒了些。"四人帮"的流毒太深,他们利用报刊骗人说假话,他们把人们的脑子搞得乱糟糟,至今许多人还是在照"四人帮"的思想办事。不花大力澄清思想,不认真苦干一场,收效不大。这几天上海市民就在抢购东西：糖果、火柴、味精、毛巾。凭主观想法办事。毛巾很多,卖不光,后来就没人要了。"四人帮"毒害新中国到这样程度,真是罪该万死。

　　你们十四日回来吗? 如方便,给我买根手杖带回来。上次下大雪的时候,我曾考虑到用手杖。现在体力差了些。

　　《诗刊》收到。我记起来了。你们走后两天《诗刊》那位同志来看小林,感谢你们的热情接待。

　　祝
好!

芾甘　七日

一九七七年三月九日

小林、小祝：

　　小林八日来信收到。托老宣带来的麦乳精早收到了，椅垫来不及交给他，因为他把东西送来没有坐就走了。问他什么时候返杭，他说还未定。

　　鲁迅先生迁墓照片本来我全有，但这次全拿走了。你寄给我也好，不必急。

　　家里人都好。上海运动进展较慢，的确有拖的现象。寿进文春节来说，事情一件件解决。上面已经知道，会解决的，要我安心等待。你已经知道了。一个多星期以前北京新华社两个记者来了解我的情况，他们说是先同周晔谈过，他们连我楼上工作的小房间也看了。我估计他们会写个内部的情况汇报。编译室的人告诉我，出版社也已提出我的问题，但解决问题关键不在出版社，他们说总可起点制造舆论的作用。听说有些人在替我讲话，有些人提出我的问题。越拖下去，讲话的人越多。因为政策摆在那里，我自己用不着讲话。我现在着急的，是我的翻译，最近在赶抄改译好的第二卷，其实所谓"赶"也不过是每天千字，连第一卷一共抄好二十万多一点，把第一卷抄完还要两个月。我的事如果彻底解决，我就可以去联系译稿出版的问题。当然出不出赫尔岑一类的书也还要经过出版工作的一番讨论。过去"四人帮"不让出，但"四人帮"的流毒还很广、很深，是不是过去的或外国的东西都是封资修，还得搞清楚。树基来信说《林海雪原》和《青春之歌》五月要重印了，这是一件好事。

　　别的话下次谈，祝
好！

芾甘　九日

《人民文学》今年送了我一份，我更不需要你们寄给我了。这期发表了家宝女儿万方的悼念总理的长诗，写得还不错。

巫宁坤来信，查良铮上月下旬患急性心肌梗死逝世。我还打算给查去信，没有想到他就去了。他年纪比我轻得多。又及

一九七七年七月十日

小林：

信收到。我在统战系统大会的发言稿讲"四人帮"的迫害稍微多了些，但发言稿交出去了，自己没有底稿。现在把第一次发言稿抽出三张寄给你，用后寄还。关于总理也寄三张今年一月写的发言稿给你作参考用。陈同生的事一时讲不清楚，但有一点很明白：他在隔离期间怎么会到煤气间自杀？据说他有信给儿子说他绝不会自杀。他知道的事情多，三十年代江青、张春桥的事情他知道不少。

我七三年"解放"的背景我也不明白。小道传说他们要给我戴反革命帽子，主席说五四时期无政府主义和别的思想一起到中国来，当时年轻人各种思潮都接受过，不要戴帽子了。但他们还等于给我戴了帽子，《军阀》电影也不让看。七五年派我到出版社，是因为小平同志抓落实政策。《英雄儿女》上演找我谈话。我很小心，说完全是编导的成绩，但单位里的人说我翘尾巴。四连军宣队负责人对我说，"这个影片虽然放映，内容还是有问题。"因为前几个月他还带头批评我的战争文学，批评这部影片。

别的话以后再谈。你倘使要发言，就得认真准备一下。

祝好！问候小祝。

蒂甘　七月十日

我上信给你们一本《辞海》（古代历史部分），如还在手边，就给我寄回来。我以后给你们另寄新的版本。

一九七七年九月六日

小林：

信收到。我最近很忙，就没有给你们写信。文章只写了一篇，即给《上海文学》的短篇《杨林同志》，两万两千多字。写完它，我感到很累，没法再写别的稿子，我究竟上了年纪了。我没有听到什么消息。这几天房管所来修围墙，还要换铁门。找茅公写稿很难，因为他眼睛不好，身体也不好。冰心那里我过两天写信去试试看。你得自己动手写信。中岛来，我一直陪他活动。铁托来，我参加了宴会。统战小组要开纪念主席逝世一周年大会，我还得准备发言稿。别的以后再谈。另外寄给你一册《人民文学》。知道小祝脚有进步，比较放心了。

　　祝
好！

蒂甘　六日

　　小祝均此

一九七七年十二月十五日^①

小林：

明天是你的生日，爸爸想念你。

祝你身心愉快，身体好，工作好。我昨晚给你打了电话，可是据说没人接，我问你：怎么搞的？下一次白天打个电话试试。我估计五届人大开会不会在年内，你春节回家也好。我还是忙，身体不大好，但也无大毛病，是整个地衰老了。家里装了个红外线炉，烧煤气，用起来很方便。料子给嬢嬢用好些，钱不用她出，我打算送给她。我向"人文"外编室要了一套《战争风云》准备送给你们。别的下次写。

祝

好！

问候小祝。汝龙处我已写了信去，但尚无回音。不知是否他的病又发了。

---

① 此信原无落款。

致李小棠①

一九七三年六月二日

小棠：

小林夫妇给你写了两封信，我就不多写了。

看到你的信，大家都高兴。希望你保重身体。

我很好。眼睛虽然还有点毛病，但最近几天九姑妈每天三次给我点眼药，也有些好转了。只是大家都想念你。

你抄来的两句英文，我未见全书或上下文，也无法懂原文的真义。我查《英文成语辞典》"this and that"作"种种、各式"解释（it signifies various things）不知能否解释得通？

望常来信，你走后，我就依你的话，每天晚上关好百叶窗，你不用挂念。祝

好！

尧棠 六月二日

何嘉灏五月廿八日有一信给你，由他哥哥送来，现在你

---

① 本篇根据《巴金全集》第二十三卷收入本书。李小棠，
　巴金之子。

已到了明光，用不着看信了，因此便未给你转去。

一九七三年七月十二日

小棠：

十日来信收到。今天早晨小林已给你写了信。我们希望你不要急于回上海。晚上嬢嬢从小叔叔家里回来，她对小叔叔谈了你来信的内容，她说小叔叔的意见也是要你在那边等到通知发下才走，据说本人不在，有时会出问题，即使有被录取的可能，也会被人搞掉，他参加慰问团遇见过这种事情。你谈到政审问题，说"看作协是否帮忙"。这方面不会有问题。这个星期一（九日）作协工宣队负责人找我谈话，文化局也有人参加，告诉我，我的结论已经批下来，作人民内部矛盾处理。后来问我有什么要求，我只提出你考学校（和小林留沪）的问题，文化局的同志和作协工宣队负责人都同意去联系（小林的问题工宣队已联系过，学校早同意留下她），这不是帮忙不帮忙的问题，也不是"开后门"的问题。因此你可以放心。但倘使别人考试成绩全比你好，那就没有办法了。

总之，我们都希望你等到考试录取通知发出后（不论录取与否）回家，你如有什么困难，请写信来，我们会给你解决。祝好！

父字　十二夜

一九七三年九月一日

小棠：

　　二十八晚寄的信今天收到。小林马上写了回信，我的意见同他们夫妇一样。我们都替你感到不快。我们的希望落空了。不过有什么办法呢？你也只能尽力为之而已。明年还有希望吗？我看要紧的还是身体。进不进大学是小事，考中技也是一种抽调的办法，你自己看怎么行，就怎么办，不要急坏了身体。既然填了表，应考时就得认真，尤其是回答政治方面的考题。总之，由你自己好好考虑决定。我们总是支持你的。

　　外公在十天以前搬回来了，约我们去吃了一顿饭，他很关心你，已问过了你的情况。其他一切照常。大家都好。

　　祝

好！

　　　　　　　　　　　　　　　尧棠　一日晚九点半

　　　　嬢嬢回来，我和她谈起，她也认为应考时不可以交白卷，
　　　　宁可考取后借故不去，万不可以交白卷。

致端端①

一九八七年十月十三日

端端：

你好，外公很想你，也想念小咺之。在这里比在家里忙，看见不少的人，不过我很高兴，我回到了久别的故乡，闻到了家乡的泥土味，听到了那么熟习的声音。这感情你不会理解，因为你还太小。你面前有那么宽广的世界，你应当朝前看，你也只会朝前看，你不会像我那样常常回顾过去。但将来有一天你也会想到你妈妈丢开你去杭州工作的那些日子。不过那是将来的事情，目前你还是做一个好学生吧。勤奋地学习最重要，但还需要适当的休息，也少不了跳跳蹦蹦的玩耍，年轻的孩子嘛，应当有一个快乐的童年和快乐的少年时代。……

你看，我又在发议论，写文章了。这样写下去，就会没完没了，不但我自己弄得精疲力尽，连一封信也无法寄出，废话太多，你也不会有耐心看下去，那么我还是在这里打住吧。其他的话以后再谈。现在我只告诉你我在成都，在这里过得愉快，过得很好。我想你妈妈会告诉你我

---

① 本篇第一封信根据《巴金全集》第二十四卷收入本书，其余四封原收《再思录》，该书原题为《写给端端》。端端，本名祝云立，巴金的外孙女。

们在这里怎样生活。万一她没有时间写长信，她回上海后也一定要讲个滔滔不绝！

　　祝

好。

老外公　十月十三日

　　问候九姑婆、太孃、五外公，还有舅舅一家。

一九九二年一月六日

　　近来常常觉得累，翻开书不想再写什么，并非我无话可说，至少我还欠你，欠"五卷书"①的读者一篇《四说端端》的文章。但是这笔账怎样偿还？讲不讲真话？对我们的实际生活，对我们的青少年的教育与成长我有我的看法。我能够老实地写出来吗？难道不会给你增添麻烦吗？我写"五卷书"挖得并不深，但我知道你不曾认真读过它们。你不读它们也行，最好挑选其中的一部分读两遍，你不会后悔的。

巴金
九二年元月六日

---

① "五卷书"指《随想录》，因为其中有三篇写端端的文章，
　故有下文提到的"四说端端"一说。

一九九二年五月十二日

端端：

最近一年我多么想同你在一起，因为我有许多话要通过你留下来。但是我没有办法同你接近，你现在被"考分"压得紧紧的，哪里有时间、哪里有兴趣同我闲聊？！

我看得很清楚：你们这一代都是这样，并非你们甘心做考分的奴隶、做文凭的奴隶。我们教育制度逼着你们走上这一条路。通过填鸭式的教育，人们希望把你们培养成听话的、听话的孩子。

你念的不是重点学校，你本人也不是不聪明的孩子，为什么每天还需要拿出那么多的时间来应付功课？为什么必须牺牲睡眠、牺牲健康、牺牲童年的欢乐，只是为了换取普通的考分？……

有许多话要说，但现在多说有什么用？你现在需要的是大学录取通知，是考分。而我此时所想的是收一个徒弟。

巴金

九二年五月十二日

一九九四年五月二十日

端端：

要告诉你的话可能还有很多，但已经没有篇幅让我涂写什么了。那么就少写几个字吧。我是这样想的：字越少，感情越深。我不是写这些话向你告别，我要告诉你：祖父的爱、外公的爱是不需要报偿的，是无穷无尽的，它永远在你身边，保护着你。你们不理解我，但是我爱你们。我仿佛还能够把你高高举起。

蒂甘

九四年五月二十日

一九九四年四月二日

《最后的话》，这说明我走到路的尽头了。好些人替我惋惜，我却明白现在是适当地使用文字的时候了。越简单越明了，越少越有力。一直到闭上眼睛，我还是有意见，我不会沉默，但我不再啰嗦。文字仍然是我使用的武器。

说真话，我并未放弃过手里的武器。我始终在疲乏地奋斗。现在我是疲乏多于战斗。

我说我要走老托尔斯泰的路。其实，什么"大师"，什么"泰斗"，我跟托尔斯泰差得很远，我还得加倍努力！只是我太累了。

巴金

九四年四月二日

致李旵之①

一九九〇年八月四日

我的小旵旵：

你好！收到你的信，好像见到你本人。我跟你分别一年了。老爷爷多么想念你！这一年来我什么地方都没有去，因为腿痛，行动不便，除了华东医院外，什么地方也去不了。这样一个大上海这几年变化很大，可是老爷爷一点也没看见，一点也不知道。你看老爷爷多可怜。旵之可以到处跑，老爷爷只好坐在小桌前面。

老爷爷真想念旵之。照片看到，可是不像老巴金看惯了的小宝贝了。这个美丽的"西方化"小姑娘老爷爷还不熟习，你得让我多见见你，看看你的笑容。你在信上说你会说英文，老爷爷很高兴。可是我下次同你见面时希望你不忘记说中国话。老爷爷爱你，我的好旵旵，我相信还可以见到你，我给你留着两件礼物：一，来回飞机票一张；二，我的《全集》一部，希望你有机会读它。

---

① 本篇根据《巴金全集》第二十三卷收入本书。李旵之，巴金的孙女。

　　问候你妈咪。祝

你好！

老巴金　八月四日

一九九一年十月二十日

亲爱的小咀咀：

　　你好吗？好久没有给你写信了。老爷爷实在想念你。我生病，不出去参加社会活动，有好几年了。现在仍然是每两个星期去医院检查一次并拿药，很多时间都在家里，做编辑《全集》的工作。经常有客人来，有时大家说说笑笑也很热闹。但是一旦静下来，或者因为疲倦不得不休息的时候，我总是看见你在我的眼前，或是跳，或是跑，或是笑，还是在上海的你，我多么想看见今天的你啊。

　　今天是星期日，大家都在家，你爸爸也不去上班。我坐在客厅里一张小桌前，给你写信，我知道你很忙，也很快乐，你不会想到爷爷。这没有关系，我手边有和你在一起拍的照片，多看看照片，就好像爷爷又同你在一起一样。我不会忘记你，一天也不会。爷爷希望你玩得很高兴，学习有好成绩，弹钢琴进步快。

　　问候你的妈咪。

　　老爷爷亲亲你。

爷爷老巴金　九一年十月二十日

一九九一年十二月八日

亲爱的小眶眶，我的小孙女：

　　收到你寄来的生日卡，我很高兴，好像你就站在我的面前同我谈话一样。我更高兴的是你说明年五月要回家看我，住一个月，那么我天天看到的眶之不单是不会讲话的照片，而是一个有说有笑的小姑娘！老爷爷写到这里忍不住放下笔一个人笑起来。我要好好地接待我的小客人，我要早早地作好准备，让你爸爸带你出去玩，使你在国内过得愉快。（去杭州看看西湖的风景，在上海看看这几年新的建设。）老爷爷很想念你，我有多少话要对你说，你一定有多少故事讲给我听，下次再说吧。

　　我交了一百元给你爸爸，这是送你的圣诞礼物，你高兴买什么就买什么吧。

　　祝

好！

　　　　　　　　　　　　　　　　　　　老爷爷　十二月八日

　　问候你妈咪

一九九二年四月十二日

亲爱的小眶眶：

　　你好！爷爷很想念你，天天都在想你，没有给你写信，还是那句老话："有病，写字困难。"的确老爷爷不能跟你相比。你想象不到老爷爷是什么样子，你也不用想象老爷爷是什么样子，简单地说，小眶眶一天天在长大，老爷爷一天天在衰老，小眶眶越长越高，老爷爷越长越短，但始终不变的是爷爷对眶眶的爱。

我多高兴地等着小眶眶归来，不说一个月，就是一个星期我也很满意了。我答应送给眶眶的书（我的《全集》）留在客厅里，已经有十七卷了，它们也在等候你，现在你不需要它们，你也不需要老爷爷。对！但是将来有一天你会知道老爷爷是个什么人，他写了些什么书，他对你有怎样的爱，你会感到多一点温暖。……

这信到你手边时，你的生日也到了。我没有带给你生日礼物，我等你回来让你自己挑选。

其它的话以后再谈。

祝

生日快乐！

爷爷　九二年四月十二日

问候你妈咪。

多给我一张照片（眶眶近照）好不好？

一九九二年十一月九日

旦旦，我的小宝贝：

老爷爷谢谢你的信，我实在想念你。我常常看你的照片，轻声地唤你的小名，你的笑脸时时在我面前。你还是那样活泼，那样可爱。

我又老又病，左腿跌断，成了残疾人，但是想到你，我的脸上就出现了抹不掉的笑容，我高兴啊。

我羡慕你爸爸，他明年春天要去看望你们，和你们在一起欢度你的九岁生日。老爷爷没有办法，到时候只好请你爸爸替我买一样礼物送给你。

现在我又要开始做我的第二个梦，那就是小旦旦第二次回家和老爷爷共度我的九十生日。你回来吧。

写信很吃力，我不写了。再见。

老巴金　九二年十一月九日

问候你妈咪。

寄给你我们今年七月在上海的合影，你喜欢它吗？

又及

一九九三年三月七日

亲爱的小咟咟：

收到你的信，收到你的照片，我真高兴，老爷爷天天想念你。每天都听见你的声音。小咟咟并不曾离开我。你告诉我你同妈咪去了巴黎，你的信把我也带去了那里。我是在巴黎拉丁区开始我的文学事业的，那是六十几年前的事了，我今天还没有忘记，一九七九年、八一年我又两次到过那里，重游你信上讲的那些地方，好像一切都没有大的改变，我想到你的旅游，我觉得那些"名胜"把我和小孙女连在一起了。

我不是在写文章，我多么想见到你，你明年真的要回来吗？明年真的回来吗？老爷爷又老又病，不能作长途旅行，无法像你父亲那样飞到你身边，我只有等待小咟咟像小鸟一样飞到我面前，我盼望这样的一天的到来，我相信我一定见到这一天。那时候我的工作已经完成，我可以把准备好的礼物交给你，我送给你这一份礼物，只是为了让你知道你祖父是个什么样的人，他对你负什么样的责任，你可以丢开他奋勇前进，他的爱绝不是压在你肩头的沉重包袱，这二十六本书（我的《全集》）也不会妨碍你向前的脚步。我写字太吃力，你读汉字也吃力，我用不着唠叨地写下去了。你见到你父亲，见到你外公外婆，他们都那么爱你，不久以前他们都在上海接待过你。这次你们见面有多少话好说，你父亲会把我的爱和我的想念带给你，还有我送你的生日礼物，因为你生日就要到了，那么祝你生日快乐！这封信就托你父亲当面交给你。这就是说，我虽不能飞，但我的信和礼物可以飞到你的身边。见到你的笑脸，老爷爷高兴极了。亲爱的小 Linda，我的小眍眍，再见吧，老爷爷等着你，亲你！

老巴金 三月七日，九三年

问候你妈咪！

四

一九六三年八、九月日记①

八　月

一日　上午七点半起。复广东汕头专区读者姚叔平信，并退还证件（请萧珊明天早晨带出去寄发）。十二点半午饭。午睡一小时。三点后收听北京各界人民集会支持将在日本广岛召开的第九届禁止原、氢弹世界大会的实况转播。五点结束。六点一刻和萧珊同去衡山饭店二楼，请蔡公吃晚饭。饭后邀蔡公步行到我家吃西瓜、乘凉。蔡公坐到九点三刻，我送他到门口，并祝他旅途愉快（他后天搭车去成都）。听广播。改译《处女地》。洗澡。一点睡。唐弢来信，他已收到赠书了。

二日　七点起，收听中央台广播的《人民日报》本日社论。写得好。八点后陈同生来，坐了将近三刻钟。看报，看《参考消息》。读袁鹰的访越散文集《红河南北》。十二点半午饭，饭后午睡。三点后改译《处女地》。六点洗澡。六点半晚饭。饭后在园内散步，浇花。在廊上乘凉到九点。听广播。读书。一点睡。邵洵美来信借书。《人民日报》姜德明来信。中国青年出版社寄赠《李自成》第一卷上、下二册。

三日　六点半起。收听中央台广播的本日《人民日报》社论。连听

---

① 本篇根据《巴金全集》第二十五卷收入本书。

两次。改译《处女地》。看书。十二点半午饭。午睡一小时。两点半动身去华东医院治牙。三点后到文艺会堂，参加作协书记处的漫谈会。六点一刻回家。六点三刻吃晚饭。七点半郑美修来。大蜀来。大蜀先走。美修坐到十点钟。看书。听广播。零点三刻睡。

四日（星期日） 上午八点起。读报和《参考消息》。萧荀来，十一点后大蜀来，他们都在我家吃中饭。午睡两小时。改译《处女地》。六点三刻晚饭。顾轶伦送书来，并在我家看电视节目，他在八点一刻离开。听完联播节目后，又看了电视节目《南海的明珠》。在廊上乘凉，月色甚佳，轻风徐来，使我想起一个月前在下龙湾海滨别墅阳台上望月的情景。十点后上楼，看书。抄写日记。一点前睡。文栋臣夫妇托人带来茶叶和信件。

五日 上午八点半起。九点赵忍安来电话。九点一刻动身去华东医院。九点半经张医生检查口腔后，决定拔去上星期断掉一半的蛀牙。再由护士打针，检查对麻药的反应，结果良好。约定明晨十时去华东口腔科拔牙。十二点半午饭，饭后午睡约半小时，统战部派车来接我去文化俱乐部，三点向刘述周、张振辉、冯国柱、陈同生（后到）、王致中、赵忍安、吴康、姜华谈访越情况，五点结束。五点乘原车回家。六点半晚饭。在廊上乘凉，听广播。写图书预订卡。读雨果诗。洗澡。十二点半睡。

六日 七点半起。九点半后去华东医院。十点张医生给我拔牙，十点半结束。即回家休息。三点听广播（首都人民欢迎索马里总理大会实况转播）。三点半后喝牛奶一碗。六点半吃汤面一碗。在大客厅里休息。七点半后姜彬来，八点半罗荪来，在廊上乘凉，谈了些《上海文学》改组的计划和意见，并收听联播节目。月明如水，凉风习习，大家谈得愉快。广岛第九届禁止原、氢弹世界大会胜利开幕的消息，令人兴奋。他们坐到十点半钟才走。看书。听广播。零点二十睡。

七日　上午七点起。在大客厅里看报、读书。十二点半午饭，吃汤面一碗。饭后午睡。三点半古籍书店李守望送来"古本戏曲丛刊"第九集《鼎峙春秋》、《铁旗阵》、《盛世鸣图》和《昭代箫韶》共四种，收费一百四十元。洗澡。四点动身去华东医院看牙，在口腔科遇见任幹，他刚刚拔了牙，便同他一起出来，坐三轮车送他回家。六点三刻晚饭。饭后在走廊休息，听广播。零点二十分睡。

八日　上午七点起。八点半钟统战部来接我去锦江饭店小礼堂，出席座谈会听陈总讲话，同车有周予同、魏金枝两位。座谈会到一点结束。在"锦江"十二楼吃了午饭。两点乘原车回家。午睡。四点半顾轶伦来，留他吃晚饭。饭后济生来，在廊上乘凉，闲谈。轶伦先走。我和济生在客厅里看了电视节目(故事片《鄂尔多斯风暴》)。十点济生回家。听广播，知道第九届禁止原、氢弹世界大会已经取得辉煌成就胜利闭幕，非常高兴。洗澡。零点收听新闻，听到毛主席的庄严声明（支持美国黑人反对种族歧视的斗争），很激动。这个声明来得正是时候。它一定会在全世界产生巨大的影响。一点睡。

九日　七点起。读报，读《参考消息》，读来信。成时昨天寄来里普敦红茶半包，今天上午给他写封短信致谢。复叶君健信（他在六月十二日写信来为中国号 Paco 索稿，我七月下旬才见到）。致百花文艺出版社信，请另寄访日散文集《感情》半精装本五十册。读雨果诗。十二点半后午饭。午睡到两点半。改完《处女地》第十三章。五点半晚饭，仍吃汤面一碗，因拔牙处肿未消。六点半离家，乘二十六路无轨电车到市人委大礼堂，看话剧《兄弟》。戏比北京中央戏剧学院实验话剧团演得好。休息时见到导演杨村彬。散戏后坐陈同生车回家。到家刚十一点零五分。听广播。喝牛奶一大杯。零点三刻睡。树基来信。

十日　上午八点起。牙肉肿胀未消。九点后南南来,十点半坐三轮车送她回家。去淮海路外文书店,购得旧版插图本《神曲·地狱篇》一册。去南京西路集邮门市部购邮票。去文化俱乐部理发,同萧珊在那里吃中饭。回家午睡到三点。三点半去文艺会堂参加作协书记处的漫谈会,罗老请吃点心。漫谈到七点。七点一刻到礼堂看英国电影《罪恶之家》(根据英国作家 J.B.卜里斯特勒的舞台剧改编)。和萧珊、林、棠等步行回家,已近十点。听广播。洗澡。零点三十分睡。寄外文书店门市部预订卡若干张。

十一日　七点起。读《国际问题译丛》八月号。九点半后任幹来,送来消炎片十二粒,说是服了可消牙肉肿,当即服了四粒。十一点半朱雯来,任幹便告辞出去。朱雯刚从北京回来,谈了些朋友的情况,送来一点土产。他坐到十二点。十二点半午饭。饭后午睡一小时。四点改译《处女地》。复树基信。六点洗澡。六点二十分晚饭。七点前看电视节目(《刘主席访问越南》的新闻纪录片和朝鲜故事片《新春》)。听广播。抄补访越日记。读书。零点三刻上床。天热无风,背心已经被汗打湿了,还不能入睡。大约在一点半左右睡着。

十二日　七点半起。读书、报。萧珊患重感冒,在家休息。得小弥姐弟信。十二点一刻午饭,饭后午睡一小时光景。改译《处女地》。听中央台广播(北京各界人民支持美国黑人斗争大会实况转播)到四点半。洗澡。去华东医院看牙。遇雨。五点半后回家。六点一刻吃晚饭。天黑如漆,大雨将至,在廊上休息。雨下后,又在客厅里坐了好一会。八点半上楼收听联播节目。楼上较热,九点一刻又下楼去看了一会电视节目(日本排球队和上海排球队友谊赛实况转播)。十点整理书桌,看书。一点半睡。

十三日 早晨刚起来就听见小林说："棠棠的通知来了，考取五十一中学了。"她马上打电话给她外公和她妈妈报告这个消息。上午在楼下客厅里看书读报。今天是九妹的生日，中午全家吃面。饭后包书（寄赠越南读者陈清珠《文集》十二卷至十四卷共三册，寄赠陈庭樑《文集》十四卷和《李大海》各一册），请九妹上街时代为寄发，并汇给袁志伊三十元。午睡后改译《处女地》。六点半晚饭。饭后在走廊闲谈，济生来，坐到十点。听广播。看书。读完读者郭军的短篇《元宵》（原稿）。一点睡。

十四日 七点半起。读报看书。十点同小林一起上街，买牙膏牙刷等物。十一点半返家。读书。十二点半午饭，吃汤面一碗，昨天晚饭吃的是米饭，还带了些饭焦，使得发肿的牙肉微痛。饭后午睡。三点读书。复陈庭樑信。复陈清珠信。改译《处女地》。洗澡。六点半晚饭，牙肉仍有些肿痛，只吃了两个豆沙包（这是我上午在淮海路大同酒家买来的）。饭后和孩子们在廊上休息。九点半继续改译《处女地》。听广播。看书，补抄访越日记。零点三十分睡。

十五日 上午七点半顾轶伦来，我正在听我国政府发言人的声明，就把收音机带到楼下去继续收听。这个声明比以前的几篇文章讲得更透彻，更全面，也更尖锐，连听两遍还想听，下午又听了一次（联播节目）。读书看报。十二点一刻午饭。午睡一小时。三点市人委徐路来谈，坐了一小时光景。改译《处女地》。复熊岳读者郭军信并退还小说原稿，准备明天挂号寄出。六点洗澡。六点半晚饭。看电视节目。电视台周峰介绍一同志来修理电视机，无结果。和小林、萧珊、小棠先后在院内乘凉，第三次听完《声明》。看书。复姜德明信。读英文小说。一点一刻睡。成时来信借书。《人民日报》姜德明来信并附香港《文汇报》剪报（《贤良桥畔》）。

十六日　七点半起。看报读书，十点点眼药。十二点午饭。午睡将近两小时。洗澡。改译《处女地》。复《人民文学》编辑部信。六点晚饭，饭后在院内乘凉。听广播。收到北京中国少儿出版社文学读物编辑室来信，要我删节旧作《坚强战士》，交给他们收进将在明年出版的《志愿军英雄传》内。九点半动手删节该稿，一点改完，马上封好，准备明天寄去。今天奇热，出汗太多，因此临睡前又洗澡一次。一点半睡。收到沙汀来信，说寄书已收到。

十七日　上午七点半起。看报读书。十点半后洗澡，换衣。十一点罗荪乘作协车来，约我、萧珊和茹志鹃同去北站接三宅艳子和冰心。叶露西同车去接杜宣。十一点五十分车到。我和罗荪、茹志鹃陪三宅、冰心两位分乘二车去"和平"，萧珊和杜宣夫妇坐作协车回家。我们在和平饭店吃午饭。饭后休息。三点和三宅谈日程。四点乘"和平"车回家，取送越南作家新钢的礼物，因为今晚七点由我出面请他吃饭。五点和萧珊乘"和平"车去淮海路。萧珊购得送三宅的礼物后，又去国泰戏院附近商店购物。我们上车去和平饭店。刚下车大雨就来了。这是第二阵大雨，先前返家时也是这样。在楼下休息处坐到六点，然后上楼，先去四一四号，随后由梁、张两位陪我到十楼。梁炎介绍了一些情况，我也谈了些在越南的见闻。梁去后，六点三刻罗荪上楼来，说外宾未回，又过了一刻钟唐铁海来了，不久客人新钢也上来了。宾主一共六人，可以说是一个家庭欢聚式的宴会，大家谈得相当融洽，愉快。便宴九点结束，客人还要去逛"大世界"。我和罗荪同车回家。我到家时已近十点，萧珊、小林都在看报刊。读《参考消息》。看书。洗澡。一点半睡。

十八日（星期日）　上午八点起。看报，读书（法文）。十二点一刻午饭。饭后午睡到两点。改译《处女地》。洗澡。洗衣。六点一刻对外文协车来，佐临已在车上，我上车后，又去接了杜宣和茹志鹃，六点三十五分到上海大厦十七楼。七点罗荪、冰心陪三宅艳子来。七点二十分便宴开始，大家都讲了话，气氛友好，亲切。宴会结束后，大家吃冰淇淋聊天，谈到九点三刻，还出去在阳台上看上海夜景。回家已过十点。和萧珊闲谈了半个多小时。补抄访越日记。看书。洗澡。一点半睡。树基来信。

十九日 八点半起。看报，读书。十点到汽车间搬书，昨夜在那里发见了白蚂蚁，必须把一个靠墙放的装满俄文小说的大木箱彻底检查一下。盛华和小棠给我帮忙，不到两个钟头就把木箱腾空，把一部分蛀坏了的木板和一个大纸盒烧了。十一点半小林回来，说是今天下午就要搬进学校去。十二点前萧珊回家。午饭后小林和同学去学校（上海戏剧学院），我午睡约一小时。三点前五分杜宣乘作协车来，约我和萧珊去和平饭店，找冰心同访沈尹默老人。冰心请沈老为新刊《儿童文学》题字，我请他写扇面，沈老夫妇好客、健谈。他不但给刊物题了字，为我写了扇面，还替我们四个人写了单条。楼外大雨不止，室内谈笑甚欢，沈太太还以点心和冰淇淋待客。我们坐到五点二十左右才告辞下楼，冒雨登车。先送冰心回"和平"。我们夫妇回到武康路，雨已暂停。等了小林一会，据说她今晚还要回家取物。不久她回来了，我们吃过晚饭，在客厅休息了好一阵。上楼听广播。改译《处女地》。看书。一点二十分睡。

二十日 八点起。在楼下看报，读书。十一点顾轶伦来，留他在我家吃中饭。一点半洗澡。两点半罗荪、杜宣乘车来，同去文艺会堂，主持欢迎三宅艳子的座谈会，并去枕流公寓接以群。三点后冰心、茹志鹃陪三宅来。宾主寒暄后由以群介绍过去上海文学界的斗争，一直谈到五点半，又到会堂各处参观一遍才结束座谈，送客人上车回旅馆。我回到家里，在楼下便听到小林的声音，她回来取东西。晚饭后在廊上乘凉。八点前一刻小林回校，我和萧珊把她送到学校门口，散步而归。听广播。复树基信。读书。一点一刻睡。复邵洵美信，说我没有 Loeb's, clasics 希腊、拉丁名著英文对照本。收到树基寄来《现代文艺理论译丛》一九六三年第二期一册。

　　二十一日　七点半起。看报，读书。十一点十分杜宣、萧珊乘作协车来接我去华侨饭店，今天中午我和萧珊请冰心在八楼吃饭，十二点罗荪陪冰心来。施燕平来电话。饭后一点半钟离开"华侨"，先送冰心、罗荪回和平饭店，再送杜宣、萧珊回家。在家休息一刻钟，乘车去上方花园接魏老，同去第六人民医院（北京西路），和茹志鹃、施燕平一起，听朱院长介绍治疗断手工人的经过，《上海文学》准备在九月号上发表一篇接好断手的报告文学。朱院长的介绍简单、扼要而且有启发性。四点半我和魏老先回家。改译《处女地》。洗澡。六点半吃晚饭，饭后在廊上休息。七点半小林回家。八点前济生夫妇来。九点后绍弥从北京来。十点后济生夫妇回去了，我也上楼看书。零点听广播二十二日《人民日报》社论《谁也挽救不了印度反动派的政治破产》，写得好，痛快之至。看巴基的小说（世界语）到两点半。即睡。

　　二十二日　上午八点起。看报，读书。大蜀来看绍弥，留他在我家吃午饭，并打电话到洁而精餐馆叫了五样菜来。改译《处女地》。一点午饭。午睡一个半小时。补抄访越日记。读书。洗澡。六点半晚饭。看电视节目（越南纪录片《C-47飞机案件》和古巴故事片《十八号封地》）。从莫斯科华语广播中听到《苏联政府八月二十一日的声明》，仍然弹"和平竞赛"、"在废墟上建设共产主义"、"美国疯人和西德军国主义者"一类的老调，听到这些无耻谰言，令人愤慨。读巴基的世界语小说。一点半睡。今夜奇热，倒下去，背心就湿了。寄百花文艺出版社信催寄访日散文集。

二十三日 八点起。读法文，看书。点眼药。我刚下楼时，院子里还有阳光。后来乌云密布，仿佛要下大雨。天气却凉快多了。不久果然下起大雨来。十二点后雨渐止。十二点半吃中饭，仍吃光面一碗。一点半乘作协车去上方花园接魏老，同去友谊电影院，听市委曹书记的报告。传达报告两点开始，六点结束。去文化俱乐部买了点心，送师陀、魏老回上方花园。到家时已过六点半钟。萧珊代我到车站送冰心和三宅艳子去广州，五点四十分开车，她已先我返家。小林也回家来了。七点晚饭，只吃了我刚刚买回来的包子三个半，牙齿仍有不便，背心却早已湿透了。洗澡。和儿女在廊上乘凉。九点上楼。读书。听广播。补抄访越日记。一点半睡。

二十四日 七点三刻起。看报读书。十点前师陀来闲谈，坐了不久就下起大雨来，十二点雨停，请他去衡山饭店吃中饭。一点回家，午睡一会，两点三刻罗荪、罗老乘车来，接我和萧珊、以群去文艺会堂。杜宣、任幹、姜彬、章力挥、丰村已经到了。就座后，杜宣介绍访日情况。六点散会。回家后六点三刻晚饭。饭后和萧珊及儿女在院内乘凉，听完联播节目，九点十分上楼。读完巴基的小说《在血地上》（世界语）。这是十三年前在北京买的，今天才读完了它。巴基的生活哲学和人道主义混在一起，再加上他的世界语主义，成了这样一个杂拌儿。实在不高明。他有生活，约翰·巴地便是他自己。他仍然写他在西伯利亚的俘虏生活，白匪军的凶残暴行他是亲身经历了的，因此这方面的描写还使人有点真实感。一点一刻睡。内山夫人来信。林林来信说寄赠日友的两包书，已托文协译员董德林带去东京。

二十五日 今天又是星期日。八点半下楼，陶肃琼和大蜀已来了多时，在门厅和萧珊闲谈。十点后送走了她。读法文书，看报。十二点午饭。

午睡一个半小时。三点改译《处女地》。四点南南和大蜀来，坐到五点半以后。六点晚饭。饭后在汽车间包检俄文书，少弥在旁边帮忙。洗澡后在廊上乘凉。听广播，九点上楼，写信，整理书刊。看书。零点三十分睡。复国炯信。准备明晨交邮。

二十六日　上午七点起。八点半作协车来接我去文化俱乐部，出席座谈会，听驾机起义归来的徐廷泽介绍台湾的情况，座谈会结束后，由统战部招待午饭。饭后大雨不住，冒雨返家，已过一点半钟。洗澡。午睡。三点起改译《处女地》。看书。点眼药。六点一刻晚饭。在廊上和少弥、小棠乘凉。八点半上楼，听广播。看书。补抄访越日记。一点睡。陈若虹来信。复香港《文汇报》驻京记者龚之方信。

二十七日　八点起。看书。十一点和少弥同去文化俱乐部，理发。十二点一刻萧珊来同吃午饭。一点半回家。午睡。看报。读法文。看书。五点后罗荪、任干、于伶乘车来接我和萧珊去龙华医院探柯灵病。在他的病房内谈了许久，六点一刻回家。六点三刻吃晚饭。饭后在廊上和少弥闲谈。洗澡。再到楼下乘凉，十点半同萧珊、小棠上楼。听广播。看书。一点半睡。复小弥信。

二十八日　七点起。读法文，看书。得《人民文学》编辑部散文组来信，并附《贤良江畔的金星红旗》三校副样。读后便上楼写了复信，在十二点钟前投邮。十二点半午饭。饭后在床上躺了半个钟头。一点半钟前作协车来，即上车，先去四马路外文书店购书，然后去南京西路市政协，参加学习会，讨论曹副市长上星期五的报告。两点半开会，五点结束。和吴若安、刘大杰同车回家。小林回家取衣物，在家吃晚饭。七点十分散步送小林回校。在廊上乘凉。洗澡。看完一本世界语小说。一点半睡。

二十九日　上午八点起。看书，读报。十点坐三轮车去邮局寄书，去南京西路集邮门市部购集邮簿，最后到市政协楼上统战部看文件。十二点动身回家。饭后午睡。三点半中国图书发行公司送书来。改译《处女地》。洗澡。六点五十分晚饭。饭后在院内乘凉。今天气候酷热，躺在藤椅上背部都湿了。看书。两点睡。今晚一连三次在广播中听到毛主席支持越南南方人民斗争的重要声明。这又是一篇不朽的文件，还是光辉的历史文件，它一定要产生巨大影响。寄国炯书一包：计《找姑鸟》、《风云初记》、《沂蒙故事集》、《新同学》、《燕妮·马克思》及《上海教育》若干册。

三十日　八点起。在床上听了两次广播。九点下楼读书看报。十二点半午饭。午睡一小时。整理书刊。改译《处女地》。今天特别热，稍微动一下，就是满身大汗。六点后洗澡。六点三刻晚饭。饭后在院内乘凉，听广播。十一点后上楼，读《人民日报》。补抄访越日记结束。看书，一点半睡。复解放军文艺社小说组信。越南陈庭樑和陈清珠来信，说寄书都已收到。

三十一日　八点起。看报，看法文书和第六人民医院接好断手的材料。十二点半午饭。午睡半小时。两点三刻和萧珊到文艺会堂，参加作协座谈会，听杜宣谈印尼情况和亚非作家会议执行委员会会议的经过，谈得不错。六点结束。即回家晚饭。饭后洗澡。顾轶伦送书来，和他在廊上谈了一会。九点陪小棠上楼。整理书架，弄得满身大汗。十点后小林回家。看书。一点半睡。树基来信。

九　月

一日　今天是星期日。早晨在床上收听广播，听到我国政府发言人的声明，这是一篇极有份量的文章，它真像一面照妖镜，照出了赫鲁晓夫的原形：看你往哪里逃？上午读外国文，读报。上午天气奇热，下午下雨以后，天气转凉。整理书架。六点吃晚饭。萧荀来。八点十分和萧珊、绍弥、小棠同去平安戏院看挪威影片《小岛奇闻》。回到家中已十点半钟，读《人民日报》。看书。一点睡。天津百花文艺出版社来信。

二日　上午八点起。今天小棠正式上课，家里清静多了。读法文，看书。十一点五十分吃中饭。午睡一个半小时。下午复沙汀信。得统战部关于四日上午开会的通知。改译《处女地》。六点一刻小棠放学回家，六点半晚饭。萧珊去文艺会堂听评弹。我和小棠在廊上乘凉。八点半上楼听广播。读《人民日报》译载的比共布鲁塞尔省委会八月十五日的决议，这是一篇有水平又有说服力的重要文章。开始写香港《文汇报》要的祝贺报庆的文章。一点半睡。九姑来信。茅盾来信谈补选冰心为作协书记处书记事。

三日　八点半起。读报，读法文，看书。十一点二十分辛笛来，留他在我家午饭，谈到两点才回去。午睡一个半小时，续写《热烈的祝贺》，四点半写完。请少弥拿出去投邮箱。复内山夫人信。六点半午饭。在廊上休息，和少弥、小棠闲谈。听广播。九点上楼，读《人民日报》和《赤旗报》。改译《处女地》。零点三刻睡。寄内山夫人信，并附萧珊的感谢信。

四日　七点起。八点作协车来，接我和魏老、刘大杰去"锦江"小礼堂开会。上午的会议八点半开始，十二点二十分结束。回家吃午饭。午睡三刻钟。两点半乘作协车和魏、刘两位去文化俱乐部继续开会。下午的会三点开始，五点一刻结束。回家后洗澡。六点一刻小棠回家，吃晚饭，在廊上休息。八点上楼，看报，听广播。细读茹志鹃、施燕平几位写的关于接好断手的报告文学的初稿。读完第二部分。一点半睡。沙汀寄赠《蜀籁》一册。

　　五日　上午七点起。八点和刘、魏同车去文化俱乐部。八点三十五分开会，十二点十分结束。回家吃午饭。午睡一小时。三点继续细读茹、施几位集体习作的原稿。五点半洗澡。六点晚饭。六点三刻熊佛老来接我去文化俱乐部，出席陈同生召集的小型座谈会。九点三刻坐同生车到家。听广播。读完茹、施三位的稿子。复施燕平信。零点收听《人民日报》和《红旗》编辑部《评苏共中央七月十四日的公开信》的第一篇文章，到两点四十多分结束。即睡。复茅盾信。

　　六日　六点半起。七点前对外文协来电话，说已安排好要我今晚七时代表和大分会与作协分会宴请加纳作家威廉斯和喀麦隆作家阿坎加。八点和刘、魏去文化俱乐部开会，十一点半散会。回家已近十二时。午饭后洗澡，换衣。两点作协车来，和魏老、罗荪同去市人委大礼堂，听李储文、施如璋两位报告广岛大会情况和修正主义者破坏大会的阴谋和失败后的丑态。六点前十分结束。和罗荪去和平饭店九楼餐厅。宴会七点一刻开始，九点结束。回家已近十点。听广播。看《人民日报》和《参考消息》。零点三十分睡。李季来电报，要我为《人民文学》写"断手"文章。

　　七日　六点半起。八点零五分和魏、刘两位乘作协车去文化俱乐部，八点半会议开始，十一点五十分结束。由统战部招待午饭。十二点二十分回到家里。午睡一小时。两点三刻动身去文艺会堂，参加作协书记处的漫谈会。五点萧珊来电话，说蔡公刚从成都回来，正在我家等候。即乘三轮车返家。蔡公带来沙汀赠我的《白香词谱笺》一部共四册。留蔡公在我家晚饭。六点五十分和萧珊、绍弥、小林去文艺会堂看《杨乃武与小白菜》。九点三刻回家，读报。看书。听广播。洗澡。一点半睡。得玄骄信。东京波多野太郎来信。《人民文学》编辑部来信。

八日　九点起。十点后任幹来，谈到十一点半。大蜀、南南先后来，在我家吃午饭。午睡一小时。改译《处女地》。修改对外文协送来的今晚庆祝朝鲜民主主义人民共和国成立十五周年大会的开会词。萧荀来。五点半洗澡。六点吃了半碗面。六点半乘作协车去友谊电影院出席大会。庆祝大会七点开始，会后放映朝鲜电影《时代的凯歌》（故事片）。九点五十五分到家。吃了两个包子。读《人民日报》和《赤旗报》。听广播。零点四十分睡。

九日　八点起。读报。看法文书。写支持越南南方人民斗争的短文。十二点一刻午饭。午睡一小时余。金公来电话说他今天下午刚从北京回来。续写短文，一共写了千字左右。六点半罗荪来接我去友谊电影院，出席朝鲜金寿锺副领事的宴会。九点半回家。听广播。写短文。一点半睡。小弥来信。《人民日报》姜德明来信。

十日　七点起。房管局派人来搭脚手架，材料早已陆续运来，今天开始动工。八点作协车来和魏老同去政协，参加小组会。十一点半结束，乘车回家。饭后午睡一个半小时。写短文。四点半后济生来，谈到五点半。和少弥把前天送来的一盆昙花搬到饭厅里。六点三刻晚饭。饭后看昙花，七点一刻花初放，共五朵。赵忍安来，谈到九点一刻。再看昙花，花盛开，色香都好。听广播。十点半续写短文。十一点五十分下楼，三看昙花。零点续写短文。三点半写完，即睡。

十一日　九点起。到楼下饭厅看昙花，五朵花都谢了。读《参考消息》和报纸。十点半修改短文，交萧珊下午给《上海文学》带去。十二点午饭。饭后刚刚上楼，小林回来了。午睡到三点三刻。读法文和世界语。听拉马丁诗《湖水》的朗诵唱片。六点半晚饭。在客厅和小林谈话。听联播节目。改译《处女地》。读显克微支的《洪水》（法译本）。一点半睡。

　　十二日　七点起。昨夜开始刮大风。今天早晨有微雨。八点乘作协车去政协参加小组会，魏老因感冒请假。十一点半散会返家。半途雨渐大，到家后雨未停，风也大了。十二点三刻午饭。午睡到两点三刻。听法语朗诵唱片和世界语自修唱片。给九姑写信，信里有这样的话："现在窗外下着大雨，已经下了几个钟头了。还刮着大风，树枝抖得那么厉害！街上涨了水。放学回家的孩子们赤脚走过水荡，边走边笑。我坐在写字桌前，也听得见他们快乐的笑声。"六点半吃晚饭。饭后在客厅闲谈。小林回来洗澡，同看电视节目，只看到一半便走了。改译《处女地》。看昙花，最后四朵也一齐开了。零点起，听广播《人民日报》和《红旗》编辑部评《苏共中央公开信》的第二篇文章。这一篇较短些，专门谈对斯大林的评价问题，透彻之至！这是对赫鲁晓夫的毁灭性的打击。一点半下楼，剪下一朵昙花作标本。一点三刻睡。

　　十三日　八点半起。续听广播。雨整夜未停，前后院都淹了水，街中积水更深。少弥说，汽车间已进了水。倘使再下一天暴雨，书架下层放的图书都会给水浸透了。我有这样的精神准备：下午搬书。幸好不到中午，积水渐退，我也就放心了。本日报纸因刊载《二评苏共中央公开信》的全文，出报较晚，十一点半以后才送到。在报上读到日本"松川事件"全体被告宣判无罪的消息，非常高兴。这是第二次知道这个好消息了。昨天晚上的国际新闻节目就报告了这个消息。这是日本人民的又一伟大胜利。我还想向广津和郎和杉浦三郎两位表示衷心的祝贺。下午整理图书。复陈若虹信。复李季信。看书。听广播。一点一刻睡。

　　十四日　七点起。八点半政协车来接我去开会。三次小组讨论会在今天十一点三十五分结束。即去文化俱乐部理发，同萧珊在那里吃中饭。

回家休息约一刻钟，去文艺会堂，参加作协书记处座谈会，先讨论《二评苏共公开信》。三点一刻金公来，请他对我们谈古巴的最近情况，六点后结束，即坐他的车回家。在家吃过晚饭，又同萧珊、小林去文艺会堂，看英国故事片《冰海沉船》。回家已近十点。读《人民日报》和《赤旗报》。复百花文艺出版社信。读书。两点睡。百花文艺出版社来信。陈庭樑寄赠《胡志明选集》第三卷一册。

十五日　七点半起。读书，看报。发现汽车间放书报的木箱最下层浸水，一些旧书刊有损坏，和少弥把最下层两个木箱中的旧报、旧书搬出，拿到外面晒太阳。为这件事忙了半天。十二点半午饭。午睡到三点。改译《处女地》。蔡公和林秀清先后来，谈了好一会。大蜀和南南来。晚上请蔡公、大蜀兄妹、少弥、萧珊、小林在衡山饭店吃晚饭。七点后和蔡公散步回家。看电视节目（故事片《燎原》），读《青年近卫军》。听广播。百花文艺出版社寄来《倾吐不尽的感情》特精装赠书二册。准备分赠九姑和李束为。看书。一点睡。

十六日　七点起。上午看书。封好赠九姑和束为的书，请九妹代寄。中饭后午睡一小时。复玄骄信。复北京读者马晓光信。听唱片（世界语会话和拉马丁、维尼两位法国诗人原作《湖》与《号角》的朗诵）。七点晚饭。济生夫妇、沙梅、顾轶伦、蔡公先后来谈到十点，一块儿告辞出去。校改支持越南南方人民斗争短文的校样，一点一刻睡。寄束为《倾吐不尽的感情》和《李大海》各一册。

十七日　六点半起。八点一刻乘作协车去南京西路政协参加汇报会，会议由陈同生主持，十二点前五分结束。回家吃午饭。饭后午睡一小时。整理图书。改译《处女地》。顾轶伦送书来。洗澡。六点半后晚饭。听法文诗朗诵的唱片。听广播。看书。十二点半睡。

十八日 六点半起。听广播"新闻和首都报纸摘要"。八点一刻动身去南京西路政协参加汇报会。十二点结束。去集邮门市部购邮票。回家午饭。午睡一个半小时。改译《处女地》。五点师陀来，六点一刻家璧来，他们请我去"洁而精"吃晚饭。九点半回家。听广播。看书。一点一刻睡。

十九日 七点起。听广播。听法国诗朗诵唱片。十点一刻下之琳来。十一点同他去万国公墓扫靳以墓。回家后又和蕴珍请他去衡山饭店吃午饭。两点一刻送他在淮海路上车后回家。三点施燕平来，商谈支持越南南方斗争的短文中应该删改的几个小地方。他坐到四点便拿着删改后的校样走了。改译《处女地》。小林回来，要我下楼去。六点一刻后晚饭。蔡公来。顾轶伦送书来。大家坐在门厅里闲谈。十点正少弥动身去北站，搭晚车返京，我们送他到大门外，顾轶伦和他同乘无轨电车到嵩山路。蔡公也告辞走了。整理图书，书多架少，搬来搬去，总放不好。为这事花去不少时间，颇觉可惜。看书。零点三十分睡。郎伟来信要我帮助他生活费二十元。

二十日 今天是房管处来修补屋顶、并换瓦的第三天，家中仍然乱得很。上午在家读《青年近卫军》。辛笛来电话约我在之琳处见面。十一点半到锦江饭店八〇五号房间，和辛笛、之琳谈了一会儿。十二点后同去"红房子"吃午饭，由辛笛夫妇作东，萧珊也赶来了。两点我和萧珊送之琳到锦江饭店大门，然后坐三轮车回家。午睡约一小时。改译《处女地》，改完第十四章。五点半金公来，坐了一会，同去锦江饭店十四楼吃晚饭，同桌还有陈同生、罗荪、以群、杜宣、任幹，由我和萧珊作主人。饭后纵谈国际形势。后来还和罗荪、以群到八楼去看之琳，他明天上午动身去浙江新登。九点半坐金公车回家。整理图书。听广播。读书。看《青年近卫军》到两点睡。百花文艺出版社来信。收到《人民文学》稿费六十元。

二十一日　八点起。读报看书。听法文朗诵唱片。十二点一刻午饭。午睡约半小时。两点半动身去文艺会堂，参加作协书记处星期六座谈会，讨论戏曲方面百花齐放、推陈出新的一些问题。六点前结束。和罗荪、西彦、师陀步行回家。休息一刻钟，和萧珊同去蔡公家吃晚饭，同桌还有沙梅和济生夫妇。饭后谈到九点半，告辞回家。略感不适。和小棠闲谈，帮忙小林温习英文。听广播。续读《青年近卫军》，一点半匆匆读完。即睡。

二十二日　八点半起。读报。白彦来谈了一个多钟头。十二点半吃午饭。午睡一小时。整理图书。又把《青年近卫军》后面一部分翻了一下。我认为将《青年近卫军》大批成员和领导人被捕，以及整个地下组织遭破获的原因写成：没收了德军礼物、三个人决定拿出一些香烟交给小孩去卖，给德军发现了等等，这样处理并不高明。六点吃晚饭。萧苟来。七点前十分，散步送小林返校。看电视节目（日本故事片《松川事件》）。整理书架。听广播。写信。两点睡。复本市读者金碧琴信。

二十三日　八点起。听法语唱片。看书。读报。十二点半午饭。午睡一个半钟头。改译《处女地》。五点前辛笛来，在我家吃了晚饭，坐到八点半回去，他明天上午要去崇明检查工作。听广播。看书。一点半睡。九姑来信。汇郎伟二十元。寄梧州读者林家强《春》一册，附短信。寄东京波多野太郎《烽火春秋》一册。

二十四日　八点起。听法语唱片。读张光年的文章，写信。十二点半午饭。午睡一个半小时。改译《处女地》。整理旧书。六点半晚饭。听世界语唱片。蔡公来，谈到九点一刻。上楼听广播，看书。洗澡。一点一刻睡。寄还张光年的文章，并复一短信。复波多野太郎信。寄李舒、李彦信，并附邮票六七套。

二十五日　七点起。听法、德、世界语唱片。看书。十二点一刻吃了一碗汤面。十二点半后对外文协的汽车来，接我去机场，欢迎朝中友协代表团。原先说飞机一点二十分到站，后来说延到一点四十分，在机场等了将近两个半钟点，飞机才由杭州到沪。见到了朝鲜故事片《红色宣传员》的女主角。送客人上汽车后，乘对外文协车回家。午睡了一会。改译《处女地》。任幹和罗荪来。把托林修德代购收音机的五百元交给了任幹。六点对外文协车来，接我和白杨、沈柔坚、袁雪芬去和平饭店，出席曹荻秋欢迎朝中友协代表团的宴会，九点四十分宴会结束，坐金公车回家。读《人民日报》。听广播《南斯拉夫是社会主义国家吗》到两点。即睡。收到百花文艺出版社寄来《倾吐不尽的感情》平装本六十一册。

二十六日　八点起。九点到十一点又听了一次《三评苏共中央的公开信》。摆事实、讲道理，说服力强，战斗性也强，这篇文章同第二篇文章都是挖心的文章，苏共中央一定回答不了。听德、法语唱片。十二点一刻午饭。午睡到三点。整理书架，包书。听世界语唱片。小林回家，并约桂未明在我家晚饭。七点二十分和萧珊去金公家。罗荪夫妇已先到。任幹接着也来了。他们打桥牌，我看《参考资料》。过了一个钟头光景，沈西蒙来了，大家谈到十点半，一块儿告辞出来。我们步行回家。上楼已近十一点。听广播，改译《处女地》。开始写访越的第二篇文章，只写了一百多字。两点睡。马小弥来信。

二十七日　六点一刻醒，听完六点半到七点的广播"新闻和首都报纸摘要"又睡了一会。八点起。听法、德语唱片。看报。十一点坐三轮车去淮海中路外文书店购书后去文化俱乐部理发吃午饭。回家午睡。改译《处女地》。复树基信。六点半晚饭。听西班牙语唱片。整理书箱，相当疲劳。开始写访问越南的散文。一点睡。树基来信。

二十八日　八点起。听法、德语唱片。十一点一刻去岳父家午饭，今天是萧珊祖母的生忌。一点后回家，午睡半小时。两点三刻去文艺会堂出席作协书记处座谈会，讨论《三评苏共中央公开信》。五点半和于伶同去华东医院口腔科看牙，遇见赵家璧，出来又遇见白彦，坐白彦车回家，家璧也到我家小坐，并在我家吃晚饭。济生夫妇带小孩来看电视节目。家璧先走。济生全家十点离开。听广播。十一点半睡。

二十九日　五点起。五点三十分对外文协车来接我和孟波去机场送朝鲜代表团去北京。飞机六点二十分起飞。我回到家中已近七时。小林、小棠都没有起来，我又上床睡了一小时光景。读报。听法、德、西班牙语唱片。十二点一刻午饭。午睡约三四十分，蔡公来教小林唱歌，陪他谈了一阵。整理"书箱"。四点一刻左右金公来，坐了一点多钟。五点三刻和萧珊到沙梅家吃晚饭。蔡公先到。过了半个多小时，济生夫妇来了，村彬、元美到得最迟，已过七点。饭后又谈了一阵，九点四十返家。顾轶伦送书来，在客厅看电视节目故事片《跟踪追击》，我也看到了最后一部分。顾轶伦去后，我上楼继续整理放在太阳间的旧书。一直弄到一点半钟，内衣让汗水打湿了。洗澡。两点一刻睡。

三十日　八点起。听法、德、世界语唱片。整理太阳间"书箱"。十二点午饭。午睡一小时。两点半后《解放日报》社派复旦实习记者蒋涵箴来谈了一会。三点后继续整理太阳间"书箱"内的纸件等等。济生来谈了一阵，他同我上来一起把最后一点垃圾扫出去了。六点作协车来接我去友谊电影院参加柯老的招待会，车子还开到作协去接以群。我在作协东厅见到闻捷、罗荪、郭老各位。招待会六点半开始，八点前结束。我没有参加晚会，和杨光池谈了几句话，回到家里不过八点一刻。顾轶伦来。看电视节目（故事片《红日》）。读《人民日报》。听广播。十一点半睡。收到越南武辉心庆祝我国国庆的信。

一九七八年七、八月日记①

七　月

一日（晴）　七点起。听广播主席六二年的讲话。读王楠的小说稿《战龙潭》。写信。上午辛笛来谈了好一会。中午彭新琪送悼念郭老短文的校样来。下午文联同志送明晚的电影票来，托他把校样带给小彭。晚上看电视（故事片《豹子湾的战斗》）。写信。十二点三刻后睡。复萧弛信。复林淑文信。林淑卿来信（附戏票）。复国煜信。文洁若来信。日本大阪读者岛田恭子来信。《巴金回忆集》译者池田武雄来信（附所译书）。邓善培来信。

二日（晴）　七点前起。九点前刘火子带两个女儿来。寿进文来。周玉屏来。儿艺张秉方来谈林元想见我的事。看关于日本文学的内部材料。萧荀来，在我家吃晚饭。八点前文联车来，并送来魏绍昌代买书若干种。同小棠坐文联车到新光戏院看法国故事片《巴黎圣母院》，十点四十分结束。坐原车回家，洗澡。看魏送来的书。一点前睡。寄罗苏信。寄李致信。复惠林信。臧仲伦来信。日本读者长屋成夫来信。

三日（晴）　室内温度早晨起就是32℃。七点前起。九点前黄裳来借书，他准备为香港《文汇报》写一篇报导，坐到十一点前。写信看书。下午午睡不到一小时。补写《回忆》第三章注释。辛笛来，坐了好一会。晚饭后看电视，整理房间。十二点三刻睡。李致来信。树基来信。河清来信。复李致信。复树基信。复河清信。

四日（晴）　七点前起。上午休息，包书。下午四点半林元、马清照来，坐了不到一小时，送他们一本《家》。林元是林憾庐的长孙，同他们谈了一些往事。晚饭后看电视。十点小祝、小林回家。写信。十二点半后睡。沙汀来信。臧仲伦寄回《回忆》一卷。

五日（晴）　五点一刻修建队泥工和漆工就来上班。六点半后起。七点五十动身去天平路邮局寄书汇款。然后去陕西路口人民银行取款。十点后返家。下午三十八度，午饭后休息。江忠来谈编译工作委员会的事情。晚饭后洗澡。陈文静和她的小弟弟来访，她明天返京。送她大白兔糖一盒。晚上同小祝、小林闲谈。写信。十二点前睡。复池田信（附近照）。复长屋信。寄赠读者张凤岚《家》。寄赠陈占元《家》一册。退回张凤岚汇款五元。寄回文洁若资料七册。寄臧仲伦《回忆》稿二卷。汇林淑文三十元。李致来信。收到《杨林同志》稿费一五元。

六日（晴）　今天仍是三十八度。七点起。周朴之来送还译稿并附意见。开始看臧仲伦的意见。下午午睡后看书。王立文陪新华社另一同志来谈了好一会。晚上看电视（《鄂尔多斯风暴》）。写信。十二点睡。复杜运燮信。刘昆水来信。读者曹山来信并赠书。

七日（晴）　七点起。今天仍是三十八度。有点中暑迹象。整天休息。下午济生来，在我家吃饭。托他把稿酬收据转给出版社。晚饭前草婴来借书。晚饭后洗过澡，看电视（故事片《大刀记》）。罗荪来信讲起立波患肺癌住院，已扩散，很难过。十二点前睡。复臧仲伦信。复李致信。

八日（晴） 仍酷热。七点前起。托小祝给草婴送去英译托氏九短篇集。上午休息。白国良来采访，借去《鲁迅回忆集》、《夜记》各一册。下午午睡后看书。李景福送书来。六点一刻"锦江"车来，接我去"锦江"十四楼参加欢迎瑞典文化界人士扬·司托尔佩夫妇和耶德高德的宴会。客人送我《春天里的秋天》瑞典文译本一册和一份载有瑞典女记者去年会见我的谈话报导（附《长生塔》的译文）的画报。九点后回家。同小林等闲谈。一点前睡。复林淑卿信。复张逸侯信。竹晓惠来信。

九日（晴） 三十八度。七点起。稍感不适，整天未做工作。晚饭后洗澡。沈亮和他的妹子来坐了一会，送他一本《家》，并托他带一本《新英汉辞典》给国煜。南南、东东姐妹来，谈了些她父亲的事。看电视（话剧《决战》实况转播的后半）。十二点睡。周赫雄来信。寄外办吴韵纯《家》一册。竹晓惠寄来茶叶一斤。庄守义来信。海南师艺陈贤茂自京来信。

十日（晴） 七点起。寿进文来电话，谈今年开会事。十点一刻曹柏年来看我，谈了一会。何嘉灏来，托他代寄成都挂刷二件。下午午睡后两点前起身。政协车来接我去静安宾馆参加统战部召开的回忆金公生平事迹的座谈会，四点四十分先退回家。五点半前外办车来，接我去"锦江"，同杜宣、茹志鹃两位到四楼有吉佐和子房内谈了一会，然后同到十四楼吃晚饭。宴会结束，回到家中还看了一阵电视（故事片《野火春风斗古城》后半部）。洗澡。十一点三刻睡。吴泰昌寄赠《红楼戏曲集》一部。寄天裔《列国》一部。寄国炜《希腊神话》、《莫泊桑》、《九三年》、《高老头》各一部。

十一日（多云） 七点前起。王辛笛来谈了好一会。下午午睡后写信。开始写《创作回忆录》的第一篇。晚饭后小华来玩，同小林夫妇、小棠等闲谈到十一点半。写回忆。一点睡。复陈贤茂信。复牟决鸣信（谢赠书）。

　　十二日（阴有雨、转晴） 七点半起。上午看书。写回忆。下午午睡后黄裳来谈了好一会，并托我转一封信给邓副主席。我答应把信寄给齐燕铭试试看。晚饭后洗澡，看电视。符容顺来找瑞珏、李国薇来找小林，都不在家。她们在我房里闲谈到瑞珏、小林回来的时候。续写回忆。十二点前睡。李致来信。复李致信。李治华来信。

　　十三日（晴） 七点后起。上午林淑卿来取去借款。续写回忆。中午袁恩桢来，谈了一会。午睡后续写回忆。晚饭后洗澡，看电视，德洪来还书。写信。续写《回忆》。写信。十二点半后睡。剑波来信。陈漱渝来信。

　　十四日（多云转阴、阵雨） 七点起。七点五十去"九层楼""永红"理发。然后到天平路邮局寄信和书。回家后写完《创作回忆录》第一篇。下午花师傅送来信、稿一束。写信。阵雨住后济生来，在我家吃晚饭。洗澡后看电视节目（话剧《兵临城下》）。十二点半睡。寄还陈占元原稿（挂号）。复李治华信。寄还胡翔原稿（挂号）。寄齐燕铭信（附黄裳致邓副主席信）。谭兴国来信（附年表）。

　　十五日（多云转晴） 七点起。上午辛笛来。树基寄书，小林去邮局取回。中饭后午睡。下午陈品璠送西瓜来。陈济来。彭新琪来。济生来。晚饭后孟生来。看电视节目罗马尼亚故事片《奇卜里安·波隆贝斯库》。读电影文学剧本《罪人》。在二楼整理报纸，被玻璃划伤手指。十一点半后睡。复国炯信。复竹晓惠信。复剑波信。王树基寄《呓语》等来。林淑文来信。魏绍昌来信（花师傅送来）。

　　十六日（晴） 六点起。洗脸后出去取牛奶，付牛奶费。七点三刻离家到天平路邮局寄书。裘柱常来谈他的问题彻底解决。周玉屏带圆圆来。朱雯来谈了好久，说他将去北京。废品站来收报纸。下午萧苟来，校改鲁研室寄来的抄稿，写信。晚上看电视。小祝回来，谈了一会。十二点半睡。

寄国炜书两包:《儒林》、《官场》、《欧也妮》、《斯巴达》、《艰难时世》、《曹禺剧作》、《大卫》、《古诃德》、《哥德巴赫》、《外国短篇》（上、中）各一册。李致寄还老舍小说三册。鲁研室荣太之寄来短文抄稿。罗玉君来信。沈毓刚来信。

十七日（多云） 七点后起。根据臧仲伦意见校改《回忆》。柯灵来，交来香港《文汇报》照片一张，把写好的稿子（关于《春天里的秋天》）托柯灵转给龚之方。下午续校《回忆》。晚饭后济生夫妇和彭济沅来，同看电视(故事片《蓝色的海湾》)。十二点一刻后睡。复荣太之信(附抄稿)。林伊磐来信。

十八日（多云） 七点起。辛笛来谈了好一会。校改《回忆》。下午午睡后起来续改《回忆》。晚饭后看电视。顾轶伦来。写信。校《回忆》。十二点半睡。收到寄赠的《文艺报》第一期。白危来信。

十九日（晴） 七点起。房管所来修补走廊。郑大群来。花师傅送书来。下午彭济沅给小端端送《看图识字》来。晚饭后江西钟民锋偕一友人来访，送来两瓶杨梅酒。洗澡。知识青年周励来，交来一篇稿子，看见我眼睛不大好，分泌物很多，同意请小林替她看看。看电视《南海长城》。校改《回忆》。十二点半睡。复日本大阪岛田恭子信。复白危。致谢望新信。复《中国报导》信。复《中国文学家辞典》编写组信(附萧珊生平)。寄赠陆万美、李鉴尧《家》各一册。

二十日（晴） 七点后起。上午校改《回忆》。下午继续校改。小林的旧同事来谈了一会。济生来，在我家吃晚饭。胡莹和孩子们来。汪致正从重庆来，带来绿豆等物。十点后继续校改《回忆》。十二点半睡。

二十一日（晴） 七点半起。上午西禾来，魏绍昌来。下午校改《回忆》。晚饭后去艺术剧场看《第二次演出》，见到剧作者耿可贵。回来在陕西路电车站见到师陀,同他散步到常熟路车站。到家后洗澡。校改《回忆》。一点后睡。王冠亚来信(附严凤英照片)。寄成时《戏剧艺术》二册。寄吉长山《家》一册。寄国炜《红岩》、《战斗青春》、《青春之歌》、《铁道游击队》、《翻身故事》各一册。

二十二日（晴） 七点半起。上午校改《回忆》不多。下午校完第四章。小汪（致正）来要书。辛笛来,坐了不久。钟望阳坐车来接我和吴强去"锦江"十四楼,夏征农请吃饭,同席还有沈亚威、秦怡、贺绿汀、赖少其夫妇。八点半后回家。看电视《好兵帅克》下集后半部。校改《回忆》。十二点半睡。牟决鸣寄来其芳遗作征求意见本一册。

二十三日（晴） 七点半起。八点后姚菊馨来,多年不见了,同我们谈到十二点,在我家吃午饭。两点后瑞珏送她回家。下午萧荀带双胞胎来。耿可贵来。大蜀、南南来。晚上看了一阵电视,沈沦母子来。十点后校改《回忆》。十二点半后睡。汝龙来信。玛拉沁夫赠书三册。

二十四日（晴） 七点后起。上午校完《回忆》第五章。下午午睡后写信。陈品璠来拿去冰箱费一千○八十元。晚饭后六点四十分钟望阳、张军坐车来接我（和小棠）去长江剧场看《彼岸》。到了门口才知道因冷气设备损坏停演。即乘原车回家。看电视（《平鹰坟》）。小华来。十一点后睡。复牟决鸣信。复汝龙信。寄回《文艺报》稿酬收据。剑波来信。胡絜青寄赠《老舍剧作选》一册。

二十五日（晴） 七点后起。上午辛笛来,周朴之来,送还第二卷译稿,把改好的五章交给他。郭化若来,送他一册《处女地》。下午市一医药店送冰箱来。写纪念其芳短文。晚饭后济生来,出版社让我看家宝为剧本《家》写的前记。看电视。十二点一刻后睡。许杰来信。复胡絜青信。复徐成时信。马士伟来信。李致来信。方殷来信。

二十六日（晴） 七点后起。上午辛笛来，在我家喝了两杯冰啤酒。海南陈贤茂来访，送来两个竹盘。送他一本明兴礼书的译本。下午冰箱开始使用。写短文。晚饭后汤永宽送《外国文艺》创刊号，谈了一阵，看电视。抄改短文。十二点一刻睡。国炯、栋臣来信。复李致信。复方殷信。复吴凯年信。

二十七日（晴） 七点后起。上午继续抄改纪念其芳的短文。胡莹母女和表妹来。中午吃冷面。午睡到两点半。继续抄改短文。济生和彭济沅来，在我家吃晚饭。重改短文《衷心地感谢他》，到一点。一点半前睡。谢望新来信。

二十八日(晴) 七点前起。八点前去天平路邮局寄书寄信。辛笛来，闲谈到十点后。下午颇感疲劳。罗荪来，谈了一会，同去同生家看张逸成，全家到龙华去了。晚饭后罗荪、望阳、张军坐车来接我（和小棠）去长江剧场看杜宣的《彼岸》，贺绿汀夫妇和柯灵都在。散戏后坐原车回家，已过十点。洗澡看报。十二点后睡。寄国炜《义和拳》、《鲁滨逊》、《汤姆》、《易卜生》、《艰难时世》、《十字军》各一部。寄牟决鸣挂号信（附稿）。寄国炯《斯巴达……》、《子夜》、《九三年》、《高老头》、《一千一夜》各一部。树基来信。寄赠黑龙江读者知青王长春小开本《家》一册。成时来信。

二十九日（晴、下午和夜十点后下过很短的小雨） 六点后起。七点半政协老张开车来接我和赵祖康去龙华火葬场，参加陈同生骨灰安放仪式。仪式相当隆重，由王一平主持，赵行志致悼词。九点半后回家。看书报。下午写信。陈国容介绍王同志来修床垫。开始校改《回忆》第六章。晚饭后陈贤茂来，谈了不多久。看电视《童心》，觉得不错。十二点后睡。复树基信。复徐一行信。

三十日（阴）　七点半起。辛笛来，他走后刘火子夫妇和金公的女儿来。秦秋谷来。下午写信。任斡和沈西蒙、萧梅夫妇来。罗荪来。任斡约我们去他家吃晚饭。喝了大半杯茅台。同罗荪步行回家。看电视。十二点后睡。复丁景唐信。复文小亚信。寄臧仲伦信。李季来信拉稿。

三十一日（阴）　七点半前起。上午黄裳来，谈了好一会。校改《回忆》。下午校改《回忆》，进行较慢。晚饭后六点五十政协车来，接我去北京电影院，参加军民联欢晚会，看了京剧《黑水英魂》。看完戏坐原车回家，已近十一点。洗澡看报。十二点半前睡。得周赫雄信、复赫雄信。

八　月

一日（阴、间断雨）　六点半后起。八点半去"九层楼"银行取款，到天平路邮局汇钱。在路上遇见张逸城母女。又遇到白彦。发现冰箱失灵。打电话到修理厂。下午校改《回忆》十余页。晚饭后白彦来坐了一会。看电视节目（电影故事片《走在战争前面》）。看报。十二点半睡。汇陈培德五百元。胡根天来信。

二日（多云）　七点后起。上午辛笛、乐平先后来，坐到十点一刻后一起辞去。改《回忆》。午睡后继续改《回忆》。济生来，谈到五点半后，寿进文来。六点一刻张乐平坐出版局车来接我去"锦江"，出版局×××宴请北京来的西德专家福斯特，他是来采访我们的。便宴结束，不过八点半。回家洗澡，看电视，休息。十二点一刻睡。傅敏寄赠傅雷译书二册。

三日（晴）　今天又大热起来了。七点后起。上午校改《回忆》约十页。

下午午睡后两点半钟望阳坐车来，接我去新光电影院看内部片《猜一猜，谁来参加我们的晚餐》。小棠同行。五点后返家。晚上看电视（曲艺剧《出色的答案》演出实况转播）。十二点后睡。退还徐恭时抄录的我的笔名表（交魏转）。

四日（晴）　七点后起。给成都李宗林治丧小组打电话，请代送花圈悼念宗林同志。校改《回忆》，下午继续校改《回忆》共十页。写信。晚饭后看电视（故事片《两个小八路》）。开始写悼念金公的短文。十二点后睡。复傅敏信。复许杰信。树基来信。文化部对外司来信。复罗玉君信。寄玛拉沁夫信。

五日（晴）　七点后起。上午校改《回忆》十页。下午两点半政协车来接我去上海展览馆宴会厅列席市革委三次扩大会议。六点休会，乘原车去静安宾馆，于伶请我在九楼吃晚饭，同席有罗荪、杜宣、柯灵、钟望阳、丰村。散席后坐文联车回家，已近十点。十二点后睡。复（黄梅剧团）王冠亚信。牟决鸣来信。臧仲伦来信。冰心寄赠《小桔灯》一册。

六日（晴）　七点前起。八点出版局派车来接我去"锦江"，小傅在楼下等我。同去七楼。八点半到福斯特房间，答复他提出的问题，十一点半结束，照相后坐原车回家。午饭后，梁岚来电话。三点陈达夫的儿子、孙女来接我去国际饭店。在楼下见到陈达夫、张作人，许杰也在。同到二楼喝咖啡，最后照相。五点半原车送我到静安宾馆，丰村夫妇请罗荪夫妇吃晚饭。同席还有任幹、吴强、赖少其夫妇、柯灵等。八点半走出宾馆，步行返家。才知道周尧夫妇、马云、金言、胡婉如、李国莹都来过。看报。写日记。十二点后睡。臧仲伦来信。

七日（晴）　七点前起。钟望阳来电话，通知我八点半到宣传部开会，讨论周信芳骨灰安放仪式有关事项（八点车来接我）。十一点半散会，同袁雪芬、俞振飞、孔罗荪同车回家。下午两点半政协车来接我去展览馆宴会厅参加市革委三次会议，最后彭冲讲了将近三小时。六点到"锦江"，罗荪请我在十二楼吃饭。同席有沈西蒙夫妇、亚威、少其夫妇、任干、吴强、丰村诸人。八点返家，看电视（《抓壮丁》）。写纪念仲华的短文。十二点睡。李季来电索稿。

八日（晴）　七点前起。上午在家校改《回忆》六页。写信。下午济生、马云来。杜埃女婿陈××和另一陈同志来谈了一会，他们在世界历史内部刊物编辑部工作。济生四点半去找吴强。沈沦来，在我家吃晚饭。洗澡后国莹偕刘右安、李宗武来坐了一会。看电视。续写短文。十二点后睡。复李季信。复臧仲伦信。复树基信。罗玉君来信。给胡婉如通电话。

九日（晴）　七点后起。上午陈校长介绍的人来修床垫。十点医药一店送来新的冰箱。续写纪念仲华的短文。下午写完《倘使骨灰会讲话》。晚上顾轶伦送书来。看电视。休息。看香港《文汇报》。校改短文。十二点前睡。林淑文来信。

十日（晴）　七点起。上午改短文。辛笛来。下午何憬、丰村、孙肇基等四位送来周信芳骨灰安放仪式悼词。徐开垒差人取去《怀念仲华同志》。校改《回忆》，校完第六章。晚饭后看电视。罗荪夫妇来，周玉屏先走，罗荪谈到十点。为阜阳邢铁华查对我的著作目录。十二点后睡。郎平生来信。

十一日（晴）　七点起。上午看为周信芳写的悼词。校改《回忆》。午饭后睡了一会，顾轶伦送书来，闲谈一会。上楼继续校改《回忆》。六点前任干坐车来，接我和小林去国际饭店，我请罗荪夫妇吃饭，并请丰村夫妇、少其夫妇、任干夫妇、吴强、老钟作陪。散席返家不过九点。看报。十一点半睡。复成时信。孟伟哉来信赠《昨天的战争》一部。

　　十二日（晴） 七点前起。七点五十政协车来接我去龙华革命公墓参加金公骨灰安放仪式和送灵仪式。十点后回家，周赫雄在家等我，谈了一会，国莹、萧荀来。胡莹、济生来。在我家吃中饭。饭后两点光景沈浮坐车来接我和于伶去电影局参加郑君里骨灰安放仪式筹备小组会议。五点返家。得到通知十五日赴京开会（人大常委会）。晚饭后萧荀和国莹先走。济生夫妇和符容顺还坐了一会。十点起校改《回忆》。十二点后睡。

　　十三日（晴） 七点起。八点后校改《回忆》。自称靳以的学生的陈靳来要了一册《家》去。陆恩年、振兴来给我看牙齿。十二点罗荪来辞行。下午校完了《回忆》第一卷。整理衣物。陈济来，坐了一会。晚饭后南南、胡耀年带孩子来，谈了一阵。看电视故事片《猎字九十九号》。今天是萧珊逝世六周年纪念日，我没有做任何事表示我的感情。但是我忘不了她。也还记得那些日子里她所经历的痛苦。十二点后睡。高缨寄赠所著《云崖初暖》一册。宝权寄赠所编《神话典故》一册。寄赠冯德培《家》一册。

　　十四日（晴） 七点前起。七点半后周朴之如约来取《回忆》第一卷后半部稿，周还未走，辛笛和田地来，在门廊里等我。九点一刻客人都走了。九点三刻周森坐车来接我去北火车站欢迎朝鲜交响乐团，见到杨凯、贺绿汀、孟波、李太成诸位，还有文艺工作者和群众约二三千人。接到客人送上车后便坐原车返家。下午在家校阅周信芳骨灰安放仪式上的悼词。师院徐恭时持魏绍昌的信来访，想了解我的笔名。谈了好一会。六点后周森坐车来接杜宣和我去工展馆宴会厅参加欢迎朝代表团的宴会。散席返家已过十点。十二点前睡。

　　十五日（多云） 七点起。辛笛送托带东西（给健吾）来，坐了片刻。九点贺敬之来，谈了好一会。房管所有人来谈粉刷屋内的事情。凌振芳陪两个朋友来，见我有事，说下次再来谈。中饭后午睡，顾轶伦送《英汉双解辞典》来，坐了一会。整理书物。校读周信芳骨灰安放仪式的悼词。圆圆（张向红）来，把包好的《家》送给她和她母亲（力勤）。晚饭后萧荀、济生先后来，同看了一回电视。读卢新华的小说《伤痕》。再看悼词。十二点半睡。复北京语言学院《辞典组》信（附校样）。阳朔龙水秀来信，并寄来香菇二斤。复龙水秀信。寄成时《外国文艺》一册。寄许杰、张作人《家》各一册。复潘克明信。

十六日（多云）　六点半起。七点半后老钟坐车来接我去龙华革命公墓参加周信芳骨灰安放仪式。见到不少熟人。八点半仪式开始，王一平主持仪式，我致了悼词。后来又送灵到革命公墓，和老钟、姜椿芳同车返家。黄裳来谈话约半小时。中饭后柯灵来。济生来。以后金力勤和张可来。并送来云烟一条。萧荀来。五点市革会陈同志坐车来接袁雪芬和我去机场。在机场吃了带去的衡山饭店的点心。遇到赴京开政协常委会的贾亦斌、贺绿汀、冯德培、江华、刘靖基五位。七点起飞，八点三十五到京。五三接待站李同志把我和袁接到京西宾馆，住十一楼三十五号，和王玉贵同房。看文件。洗澡。十二点前睡。

一九七九年一月日记^①

一 月

一日（阴） 七点半后起。上华盛华来。张则云母女来。辛笛来，把英语基础送给他。西彦夫妇来，谈了福建的情况。下午看电视《羊城暗哨》。济生夫妇来，沈沦夫妇来，在我家吃饭。中间小汪父子来，黄裳来，元美、元化来。六点政协车来接王致中、李干成和我去上海展览馆咖啡厅，同叶副主席照相（约几百人），并参加文艺晚会。十点半前返家。十一点半后睡。

二日（阴） 七点半前起。上午写《随想录》。下午去邮局寄信、寄书、汇款。晚饭前罗荪来谈了一会。晚饭后看了一场《蔡文姬》。唐铁海陪韶华来，在二楼谈了一个多小时。他们走后我又看《蔡文姬》八、九两场。十一点半后睡。寄际坰《随想录》二篇。寄本市读者张荣华《家》一册，退款一元。寄国炜书一包十二册。汇款二元五预订南师文教简报全年。

三日（多云） 七点后起。上午辛笛来，坐到九点一刻。九点半，老钟坐车来，接我和罗荪去龙华公墓，参加叶以群骨灰安放仪式，见到陈白尘、陈残云诸位。十点后洪泽主持仪式，我致悼词。下午两点后文联

① 本篇根据《巴金全集》第二十六卷收入本书。

车来接我去钜鹿路听罗荪传达胡耀邦讲话。两点半开始，四点后结束。即返家。六点任幹坐车来接我去静安宾馆九楼，我和罗荪请白尘、残云、韶华、徐迟夫妇、吴强、杜宣、老钟、丰村吃晚饭。散席回家又看了电视（京剧《猎虎记》）。十一点半后睡。中岛健藏寄来贺年片。拉丽特夫人来信。加利马尔出版社寄来贺年片。傅敏来信。马小弥来信。

四日（多云）　七点半后起。写信。罗荪来谈文代会事。刘素明带三个孩子来，罗荪还在，我们一起谈了一会。午睡后去天平路邮局汇款，又去陕西路邮局寄国外挂号信，并购蛋糕糖果。回家寻找旧照片。晚饭后辛笛陪唐湜来访。蔡玉燕、毕克鲁母子来取人艺描写朱洗的剧本。看电视（故事片《红河激浪》）。十一点三刻后睡。复李治华信。寄驻法大使馆文化处许澄骅秘书信。汇林淑文三十元。汇王仰晨五十元。李致来信。

五日（多云）　七点半前起。上午写信。写《随想录》。李景福送书来。下午到"九层楼"邮局寄信。到新店买东西。傅敏同他的舅父来坐了一会。晚饭后看电视新闻。顾轶伦来。《中国文学》编辑来谈了一会。看《阿诗玛》后半部。十一点五十分后睡。复马士俤信。寄天赟信（附年历卡）。寄李致信（附照片三张）。寄曹禺信（附照片四张）。复拉丽特夫人信。梅尘来信。复梅尘信。寄曹忠侃信。

六日（晴）　七点半起。上午辛笛来谈了一会，郑大群来。下午黄裳来。姚芳藻来。肃琼、大蜀来。晚饭前东东来。饭后济生来。顾轶伦来。看电视（故事片《早春二月》）。十二点后睡。寄梅尘《处女地》、《家》各一册。复卫惠林信。

七日（晴）　七点半后起。十点汽车公司车来，上车前诸关根来，谈了片刻，即上车去杨树浦看望岳父。在柯兴桂家还见到鸿堤。在岳父处吃了中饭，一点半辞去，雇汽车返家。午睡后冶金局于定孚来访，闲谈了一会。写完《随想录（四）》，约一千字。萧苟来。晚饭后看电视（纪录片《敬爱的周总理永垂不朽》）。写纪念萧珊文。十二点前睡。上午辛笛来，我已离家，未见到。

八日（晴） 七点半起。上午邓紫云的媳妇来取款（我上月答应送给她的二百元）。成钰亭来。陈残云和樊扬来告别。下午继续写短文。孙怀荣来，送他百元过春节。政协许大苏送水仙来。晚饭后看电视。续写短文。校《往事与随想》译后记。看电视（秦怡主演的故事片《风浪》）。十二点前睡。寄潘际坰《随想录（四）》（附信）。

九日（晴） 七点半前起。上午叶文玲来（找罗荪），同她谈了一会。罗荪陪毕朔望来谈访法事（毕带来张光年来信）。谈到十点半后。《文汇报》徐裕根和新华书店章德良送照片来。下午辛笛来，裴柱常来，坐到四点半后。胡莹来。李振家来谈明天参加对法中友协代表团的宴会事。晚饭后济生来，一起看完《五朵金花》。写短文。十二点睡。潘际坰来信。寄屠岸信。

十日（多云） 七点半起。毕朔望来电话说已同北京光年通了电话。写短文。刘燕萍和沈沦先来。沈沦十一点后离开。中饭后午睡。《光明日报》金涛来。严立宇偕侄女来。徐开垒二人来。任幹来。倪炎父女来。任幹谈了些文艺上的问题。晚饭后看了电视新闻。写短文。写信。学习总理一九六一年新侨会议讲话。十二点睡。

十一日（多云） 七点半后起。八点半左右老钟、罗荪、杜宣来接我去文联开会。座谈会由《文艺报》召开，罗荪主持，谈学习总理讲话的体会。贺绿汀、任幹、郑拾风、何慢、冯岗、吴宗锡、袁雪芬、姚时晓、王世桢、瞿白音诸位发言。我也讲了话。十二点半返家。饭后午睡。顾轶伦陪薛松林来谈了好一会。写短文。晚饭后看电视（故事片《花儿朵朵》）。

写纪念萧珊的短文。十二点睡。寄李治华信。余思牧来信。

十二日（阴、雨转阴） 七点半起。上午济生送书来。罗荪陪毕朔望来，给我看了他们准备发往巴黎的电稿。抄改《怀念萧珊》。下午辛笛来谈了好一阵。晚饭后看电视（张君秋主演的《望江亭》实况转播）。十二点睡。家宝来信。中岛来信。

十三日（阴、夜有小雪） 七点半后起。上午继续抄改《怀念萧珊》。张乐平来，并送来甲鱼一只。下午通甫来，送他一册挂历、一听糖果，并托他带一听糖果给巨川。济生夫妇来。六点后文化局派车来，接我到锦江饭店二楼，听他们介绍情况。见到方行和林志浩。今晚文化局宴请法国汉学家于儒伯、露阿夫人、白拉桑、赛居意四人，方行作主人。宴会结束，九点半前返家。整理二楼工作室到凌晨，一点钟睡。廖一原寄来挂历一幅。

十四日（阴） 七点半后起。上午蔡绍序夫人严恩美来访。继续抄改《怀念萧珊》和整理二楼工作室。下午两点后露阿夫人四人来访，在二楼工作室谈到五点，同行还有林志浩、李××、乔良兴、杨蓝四人。最后在楼下台阶前照相。萧苟来。晚饭后看电视（故事片《不是一个人的故事》）。抄改《怀念萧珊》。十二点后睡。政协司机刘正宝送信来，索《家》一册。采臣来信。陈若虹寄来挂历一幅。

十五日（多云） 七点半起。八点后李准来谈文艺上的一些事情，谈到十一点后，中间张乐平送鱼来，也坐了一会。下午抄改《怀念》。六点正在吃晚饭，老彭开车来，六点五十同瑞珏（还有冯岗）坐老彭车去"新光"看日本故事片《华丽家族》。十一点结束。坐原车回家。即睡。许磊然来信。复许信。孙绳武来信。

十六日（晴） 七点半起。上午抄改《怀念》。黎丁来长途电话。下午寿进文来谈了一会。继续校改《怀念》,夜十二点校改完毕,约九千余字。十二点三刻后睡。汇送刘志义花圈费四元五角。汇许磊然《基度山》书款四元五角。李致来信。

十七日（阴、雨） 七点半后起。辛笛来,黄裳来,十一点后两人同去。把《怀念萧珊》交给黄裳,托他转寄给际坰。下午章德良送来照片三大幅、《家》十册。沈沦来,白危送来苹果树二小株,并替我们种好。济生来,把人民教育出版社印的挂历转送给他。晚上同看一会电视。十一点半睡。树基寄赠《人民的悼念》一册。罗马尼亚作家保·安吉尔多赠所著《中国一瞥》一册。

十八日（晴） 七点半前起。九点半左右,政协车来接周谷城和我去市革会大厅,参加春节会餐,见到赵行志、张耀辉、韩仰山、黄松诸位（共十余桌）。中饭后同周谷老、张乐平坐原车回家。周赫雄在等我,谈了一会。午睡片刻,沈毓刚来访,谈了将近两小时。晚饭后师陀来,谈了好一会。十二点睡。杨静如来信。成时来信。屠岸来信。

十九日（晴） 七点半起。上午辛笛来,拿去《基度山伯爵》一部。人民出版社董秀玉（代表香港《开卷》月刊）来采访,谈到十一点后。下午写信,五点后去淮海路新开店买糖果等物。晚上看电视,写信。十二点前睡。复汝龙信。复巫宁坤信。复成时信。复家宝信。复沙金信。

二十日（晴） 七点半起。上午周朴之的爱人送书来,讲了朴之生病住院的情况,我和瑞珏给德洪通电话托他关注。阿珍来。写信。中午前济生送书来。下午写信,看书,六点老钟坐车来接我去一三三三号宴会厅参加欢迎日本歌舞伎使节团,见到尾上梅幸和浅田泰三等人。散席后坐原车回家已近十点。十二点睡。复杨苡信。复黄源信。寄马群信。复《文学家辞典》编委会信。复一文信。寄李致信。寄屠岸信。

二十一日（晴）　七点半起。上午吴钧陶陪杨之宏夫妇来访，谈了好一会。下午罗苏夫妇来坐了好一阵，周玉屏先走。六点半前杜宣坐车来接我去市革会礼堂休息室。七点一刻同杨士法、李储文、袁雪芬、杜宣、言行诸位观看日本歌舞伎初演。演出结束后，因知青请愿受阻，十一点后才离开大礼堂，同袁、杜、言三位乘车返家。十二点半后睡。许磊然来信并寄还《父与子》后记。

二十二日（晴）　七点半起。写《随想录》（六）。下午政协王同志来接我去延安剧场参加联欢大会，看了《演员之家》等节目。三点二十分动身返家。陆行良来谈出版王尔德选集事。晚饭后六点四十文化局来接我和罗苏夫妇去"美琪"看昆剧《蔡文姬》，九妹同去。散戏后返家已近十一点。十二点睡。寄苏州教育局江振华信（附《会见彭总》）。寄屠岸《少年读物》一册。

二十三日（晴）　七点后起。十一点一刻后老钟坐车来接我去上海宴会厅。日本歌舞伎使节团今天举行答谢宴会，请我们吃饭。宴会十二点开始，两点一刻结束，情绪十分热烈。团长今里广记几次谈起他是井上靖的好友，请他代我向井上问好。回家后未及换衣，即同瑞珏去牙防所镶牙。中间曾去邮局寄书。从牙防所返家将近五点半。晚饭后看电视，济生来，小祝母亲偕阿昌来。十二点睡。寄小铨《基度山》一部。寄林淑文《希腊神话》、《悲惨世界》、《高老头》、《契诃夫小说选》。寄静如《外国文艺》（三）、《上海文学》（一）各一册。赵蔚青来信。许磊然寄来《基度山》一部。

二十四日（阴、傍晚有小雨）　七点后起。八点半老钟、罗苏坐车来接我去龙华火葬场参加游云的追悼会。见到她的爱人宋日昌和许多朋友。仪式由马飞海主持，李信和宋崇致悼词。返家后辛笛父女来。下午严恩美送信来。写《随想录》（七）。李芹夫妇来，把《基度山》借给他们。晚上看电视（英国片《女英烈传》），甚佳。写完《随想》（七）。十二点半睡。《大公报》寄来剪报。

二十五日（多云转晴） 七点半起。上午写信，校改《随想》（七）。朱元仁来电话。下午去邮局寄书寄款。去新开店购物。开始写《随想》（八）。晚饭后顾轶伦来。看电视节目（故事片《怒潮》）。十二点后睡。复林淑卿信。寄静如《收获》一册。寄文栋臣《收获》、《上海文学》各一册。寄国炜《当代英雄》、《风雷》等四种。复赵蔚青信。高莽来信。祥生来信。

二十六日（晴） 七点半起。上午写完《随想》（八）。黄裳来，拿去托购的《基度山》，和写好的《随想》（六、七）。下午写信。晚上济生来，看电视（话剧《陈毅下山》）。写《随想》（九）。十二点半睡。寄黄源信。寄陆行良信。寄黄裳信（改正《随想》〔七〕中两处错字）。克家来信。

二十七日（晴转阴有雨） 七点半起。上午写完《随想》（九），下午校改。四点半车文仪来访，闲谈一会。济生全家和符容顺来吃年夜饭。看电视节目。赵巧元来访送来挂历，坐了一会，看节目到一点半，两点睡。复臧仲伦信。

二十八日（阴雨） 七点半起。上午罗思齐夫妇来，王元化夫妇和张文娟来，严恩美带孩子来，裘柱常来，师陀来，徐开垒父女来，陆盛华夫妇来，肃钧、淑贞全家来，张则云来。十一点后同小林去蔡家看严恩美，回来吃中饭。午睡片刻，黄裳来。钟望阳、冯岗、吴强、王西彦来。罗荪夫妇来。杜宣夫妇来，送露茜一册三十年代《钦差大臣》公演说明书。王元化、刘火子、戴鹏三位来。看电视（戏曲片《铡美案》后半部）。济生全家来，萧荀来，在我家吃晚饭。看电视节目（《大河奔流》下半部）。十二点半后睡。成时来信。文栋臣来信。臧仲伦来信。徐维善来信。

二十九日（阴有小雨）　七点半后起。上午香港《开卷》月刊社王耀宗、玉琼同友人梁伟坚来访。沈沦夫妇来，孙怀荣来，在我家看完了戏曲片《牛郎织女》（电视节目）。下午电影局派车来接我（和小棠）去淮海路看"参考片"（《大独裁者》和英国片《简·爱》）。五点半由电影局派车送到鸿堤家。小林夫妇已先到。在鸿堤家吃了晚饭。八点半我们全家四人同萧荀一起步行回家。济生夫妇、济沅、美修、轶伦都还在看电视（李玉茹主演《贵妃醉酒》）。十二点后睡。（今天下午我不在家时辛笛、李德洪、凌振芳和应云卫的儿子、媳妇都来过。）

三十日（阴、雨）　七点半起。上午马云来。倪炎来。刘金、黄屏、辛笛来。看电视。下午朱烨夫妇来，要我参加严独鹤的骨灰安放仪式。草婴父女来，赠我《当代英雄》一册。陶肃琼和大蜀、南南来。六点前去西彦家吃晚饭，在座有吴强、罗荪夫妇、老钟，九点后返家。十二点睡。下大雪。李治华来信。

三十一日（阴、小雪）　七点半起。一片白色。上午郑拾风来约我写文章。裘柱常陪刘思慕来。汪琦、张教浩、汪致正、李芹、汪致立来，照了好几张相。俞京偕女友来，又照了几张相。下午宋张乾和胡翔来。汪致正、李芹、萧荀来。五点半任干坐车来接我去"洁而精"会餐，小棠同行。八点半后搭二十六路车返家。看电视。十二点睡。复李治华信（附《爝火集》序）。

1972 年 8 月 13 日巴金在龙华与萧珊遗体告别。"望着那张惨白色的脸，那两片咽下千言万语的嘴唇，我咬紧牙齿，在心里唤着死者的名字。……我想，这是多么不公平！她究竟犯了什么罪？"

巴金《怀念萧珊》手稿

巴金1960年代日记手迹

《随想录》中《再说端端》一文手稿。《随想录》中有三篇关于端端、谈及教育的文章。

巴金独自在寓所院中散步（摄于 1982 年）

1980 年代，巴金在寓所太阳间写作

晚年巴金。摄于家中花园

"我要告诉你：祖父的爱、外公的爱是不需要报偿的，是无穷无尽的，它永远在你的身边，保护着你。你们不理解我，但是我爱你们。我仿佛还能够把你高高举起。"（巴金 1994 年 5 月 20 日写给端端）

端端的歌声让一家人发出会心的笑。摄于 1984 年春节

巴金 1980 年春与外孙女端端

1989 年春与孙女晅晅在寓所

满眼春色向往未来。一家三代人（巴金、女儿、外孙女端端）

1990年代巴金与外孙女端端（左图）、孙女晅晅（右图）摄于杭州

晚年巴金，摄于书房

巴金故居中书房今景

晚年巴金。摄于卧室，床旁放着萧珊的骨灰盒

巴金故居中卧室今景

巴金的书架

巴金的书桌

黄永玉画作《你是谁》

附 录

《家》《春》《秋》中外版书影

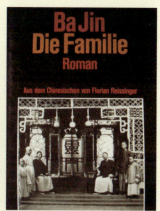

编后记

　　巴金写过一本很有名的小说《家》，引得一些热心读者几十年来不断关注巴金的"家"。巴金故居开放以来，我更是感觉到读者的这种关注事无巨细，从巴金先生的家庭、衣食住行、个人爱好，到他子女的情况都问个不停、讨论不断。尽管介绍和研究巴金的书刊不能算少，但是，对于作家巴金而言，要了解和认识他，还有什么比读他本人的文字更合适的呢？因此，有必要编一本《我的家》，介绍相关的情况。

　　可是，从巴金先生上千万字的作品中选出这么一本书，也不是一件容易的事情。我尝试从以下四个方面来展示"我的家"：第一辑选的是巴金谈自己的家庭，回忆和记述亲人的文字。第二辑是巴金谈他的颇负盛名的《激流三部曲》的文章。长期以来，不少读者都拿作品中的人物来套现实生活中的某个人，这种误解有趣却又不符合实际。巴金先生的这组文章道出了小说人物的原型来源，原型人物与小说中人物的差别。巴金有两个"家"，一个是现实生活中存在的"家"，一个是在现实基础上经过他艺术创造的"家"。只要小说流传，估计这两个"家"就会并存，这是一个无奈又有趣的事情。后面两辑选的是巴金先生的家书和日记，相对于前两辑的文字，它们看上去较为琐碎，然而，它们展示的是巴金先生及其家庭的日常生活，许多具体、生动的细节准确地描画出一个家庭在过去的一个世纪中的风雨晴暖，这是了解他们生活的特殊文字。这些文字虽然常常寥寥数语，却读来意味无穷，也容易引起人的联想和共鸣。比如，一九五二年入朝采访时，巴金与萧珊的通信，巴金先生对子女、第三代的私语，都能让人感受到这个家庭充满爱心，彼此平等、真挚、自由的情感氛围。这是一个文学巨匠的家庭，同时也是一个普普通通的家庭，夫妻之情、父子（女）之爱、祖孙的天伦之乐，都是我们每个常人所能感受、体验到的。因此，读这本书，感受巴金一家的浓情，也会不由自主引起"我的家"的感受和回忆。

　　几年前，曾有过一本同名的书出版，而今，我重编了文字，新配了图片，让这个新版本再与读者见面。巴金先生的文字在流传中，作者本人多有修改，形成不同"版本"，本书依据《巴金全集》等最后修订本文字为准。今年十月十七日，又值巴金先生逝世十周年，谨以此书献给在天国中的巴金先生。

编　者

二〇一五年七月十三日于巨鹿路